Arcalya

« Le Code de la propriété intellectuelle interdit les copies ou reproductions destinées à une utilisation collective. Toute représentation ou reproduction intégrale ou partielle faite par quelque procédé que ce soit, sans le consentement de l'auteur ou de ses ayant droit ou ayant cause, est illicite et constitue une contrefaçon, aux termes des articles L.335-2 et suivants du Code de la propriété intellectuelle »

© 2025 Clémentine Bellaca

Édition : BoD · Books on Demand, 31 avenue Saint-Rémy, 57600 Forbach, bod@bod.fr

Impression : Libri Plureos GmbH, Friedensallee 273, 22763 Hamburg (Allemagne)

Couverture par Marie Wohleber

ISBN : 978-2-3225-5684-7

Dépôt légal : Janvier 2025

Clémentine Bellaca

Arcalya

Tome 1 – La disparition de la princesse

Couverture par Marie Wohleber

VOICI QUELQUES MUSIQUES QUE VOUS POURRIEZ APPRÉCIER EN LISANT CETTE HISTOIRE :

L'arme – Noée

Can't Catch me Now – Olivia Rodrigo

Skyfall – Adèle

Teacher – Abel Korzeniowski

HoneyMoon – Lana Del Rey

Everybody Dies – Billie Eilish

The Feminine urge – Last Dinner Party

COPYCAT – Billie Eilish

Bohemian Rhapsody – Queen

Partie I
L'Apogée de la Lune

CHAPITRE 1

Olympe porta son verre de cristal à ses lèvres. Il était grand temps que ses maux de tête cessent et une gorgée d'eau ne lui ferait pas de mal. Les mains tremblantes, elle reposa son verre à la position exacte où il se trouvait auparavant : rien n'était laissé au hasard, à la table de la famille royale. La jeune femme était concentrée sur ses phalanges pâles. Une bague surmontée d'une grosse pierre précieuse ornait son annulaire. Cette bague semblait fausse. Trop clinquante. Olympe ne voulait pas lever les yeux vers sa famille qui mangeait sans aucun bruit. Personne ne se regardait en réalité. Ils n'y trouvaient aucune nécessité. A quoi bon ?

Le silence de la salle était assourdissant et la luminosité aveuglante. Tout était trop vif pour l'esprit sombre de la princesse, seule tache foncée qui venait perturber ce décor entièrement blanc. Car malgré sa robe claire et son teint blafard, Olympe possédait une caractéristique encore jamais vue à Arcalya et même dans le monde magique depuis la nuit infinie : elle avait les cheveux noirs. Son père l'avait détestée pour cela, et elle l'avait bien compris. Privée de sortie depuis sa naissance, la future reine ne connaissait rien du monde qu'elle s'apprêtait à gouverner. Coincée entre les murs trop blancs du château, elle vivait dans une captivité étouffante, dans la crainte du démon qui sommeillait en elle.

C'était la théorie : si Olympe avait les cheveux noirs, un démon l'habitait, il n'y avait pas d'autre explication. Il ne s'était, certes, pas encore manifesté mais il était là. Il n'avait, certes, pas été détecté aux centaines de tests que la princesse avait dû endurer mais il était là, dissimulé dans ses entrailles, patifrent. Le ventre de la jeune femme émit un bruit sourd, gargouillant sans ménagement. Le repas n'était pas très consistant, il fallait l'avouer. Les quelques baies qui remplissaient son assiette ne suffisaient pas à la rassasier, mais le mariage approchait, et il fallait qu'elle rentre dans cette robe imposante, que son père avait expressément commandée plus étroite. Cependant la princesse avait conscience que l'évocation du démon, même par la pensée, provoquait en elle certaines réactions comme ce bruit impromptu. Olympe ne le craignait plus, cependant. Elle s'était habituée à sa présence invisible et venait même à douter de sa réelle existence. Néanmoins, toutes les personnes de sa connaissance (ce qui se réduisait aux résidants du château), éprouvaient une réelle peur à son égard, la plongeant dans une solitude intemporelle.

Olympe jeta un coup d'œil vers son frère Zéphyr, brisant la règle silencieuse qui interdisait des interactions à la table royale. Le jeune prince avalait une cuillère de baies bleues, spécialité d'Arcalya. Lui avait le droit à une quantité beaucoup plus appropriée. Malgré son jeune âge et son comportement enfantin, le prince cadet comprenait parfaitement son devoir royal. De ce fait, il se tenait droit, mangeait proprement et de façon modérée, contrôlant sa délectation pour les baies bleues. A la vue de son jeune frère, si sérieux et si strict, Olympe sentit son cœur se serrer. Malgré l'horreur que cela représentait pour elle, la future reine était soulagée d'être l'héritière. Son frère ne méritait pas de subir ce qu'elle avait subi toutes ces années. Olympe avait presque vingt-ans, âge de la majorité sur Arcalya. Elle avait vu s'approcher bien trop rapidement le moment du mariage qui avait finalement lieu le lendemain même. En tant qu'héritière à la chevelure sombre, Olympe n'avait d'autres choix que de se résoudre au mariage, qui lui ouvrirait, selon son père, bien plus de portes qu'elle ne l'imaginait. Cela restait un sujet sensible et la princesse essayait d'éviter d'y penser. Elle était d'ailleurs persuadée que ses maux de tête provenaient de la préparation de cet évènement qui la répugnait plus que tout.

La jeune femme sentit ses épaules s'affaisser sous le poids de ses tourments. Elle détestait ces instants où ses pensées parasites prenaient le contrôle de son esprit déjà bien trop meurtri. Dans un mouvement maladroit, la jeune femme laissa tomber sa fourchette dans son assiette, faisant gicler les baies bleues qui s'écrasèrent sur sa robe claire, dans un fracas qui résonna dans la salle à manger. Le boucan se réverbéra sur les murs immaculés, mais tout ce que pouvait entendre Olympe à cet instant fut le bruit de son cœur, qui tambourinait dans sa poitrine. Une simple erreur pouvait beaucoup lui coûter, elle avait assez d'expérience pour le savoir.

Tous les regards se posèrent sur elle.

Tous, mais surtout celui de son père, qui fut si noir que c'en devenait illégal. Littéralement, en fait. A Arcalya, tout ce qui s'apparentait à du sombre ou du foncé, tout ce qui pouvait être considéré comme une essence démoniaque, était banni, même les regards. Cependant le roi était le roi, il avait tous les droits, mais là n'était pas la question.

  Olympe frissonna, attrapant sa serviette pour tenter d'éponger les dégâts. Ses mains tremblaient trop. Elle ne devait pas se laisser submerger par ses émotions, elle ne devait pas devenir vulnérable devant son père. Elle ferma ses yeux gris quelques secondes et prit une grande inspiration. Quand elle les rouvrit, son père la fixait toujours. Elle détourna les yeux et croisa le regard de sa mère, si bienveillant, mais si effrayé. Car sa mère savait le traitement que réservait le roi à sa fille lorsqu'elle commettait des impairs. Elle avait déjà vu. Elle n'avait jamais rien fait.

  Le roi se racla la gorge et la reine baissa la tête brusquement. Elle n'allait jamais à l'encontre de son mari. Jamais. Cependant elle avait vu la panique dans les yeux de sa fille et elle connaissait l'angoisse intense du mariage, qu'elle-même avait ressenti des années plus tôt. Izilbeth émit un petit couinement, la tête toujours baissée vers son assiette :

  - Ton mariage a lieu demain, Olympe. Tu devrais essayer de te détendre...

  - Là n'est pas la solution, Izilbeth, coupa le roi sèchement en faisant claquer son couteau sur la porcelaine de son assiette. Elle ne doit pas se détendre, elle doit pallier ses troubles du comportement et son manque d'éducation. Elle constitue déjà à elle seule la plus grosse honte de la famille royale depuis des dizaines de générations, je n'accepterai pas qu'elle nous humilie devant les représentants de la Barossellie.

La Disparition de la Princesse

Le roi enfourna rageusement une cuillère de baies bleues dans sa bouche, qu'il mâcha sans effort de dissimulation. Sa colère était difficilement maitrisable. Mais c'en était trop pour Olympe. Cette remarque, pourtant douce, comparée aux habituelles remontrances du roi, dépassait les bornes. La princesse était dégoûtée par les préparatifs de son mariage forcé, exaspérée par son futur mari qu'elle n'avait encore jamais rencontré, fatiguée par les menaces de son père qui ne cessaient jamais. Elle était à bout émotionnellement et physiquement, ses nerfs ne tenaient plus. Olympe en avait assez !

- Vous avez raison, mère, fit-elle d'une voix douce, je dois me détendre.

Olympe était assez réfléchie pour ne pas s'attirer les foudres du roi plus qu'elle ne l'avait déjà fait. Elle se leva en silence, ignorant le regard désapprobateur de sa mère, mais par-dessus tout, ignorant son père. Elle n'avait pas attendu sa permission. Elle ne l'avait même pas demandée d'ailleurs. Ce cruel manque de respect était sûrement motivé par l'épuisement qui lui faisait faire n'importe quoi, cependant il était trop tard pour faire demi-tour.

- Olympe, je pense qu'il est plus sage que tu te rassoies, murmura sa mère qui s'était recroquevillée sur elle-même comme si elle souhaitait disparaitre.

Le roi laissa échapper un grognement. Il se leva à son tour, frappant du poing contre la grande table en bouleau.

- Je vous mets au défi de quitter cette salle, détona-t-il.

- C'est une menace ? s'entendit répondre la jeune femme qui avait perdu toute capacité à réfléchir tant ses oreilles bourdonnaient et son cœur s'affolait.

Le roi la fixa, estomaqué par son audace. Jamais elle ne lui avait tenu tête de la sorte. Il ne prit même pas la peine de répondre. Elle subirait les conséquences de ses actes plus tard, il était inutile de lui courir après.

Olympe se détourna, coupant tout contact visuel avec le roi. Elle remonta l'allée, faisant claquer ses escarpins blancs sur le carrelage blanc de la salle à manger blanche, tentant de ne commettre aucun faux-pas afin de sortir en toute dignité. Elle devait tenir. Tenir jusqu'à la porte. Tenir. Ne pas flancher. Pas encore. Plus que quelques pas…

Olympe poussa la lourde porte de la salle à manger qui se referma instantanément derrière elle. A la seconde où elle se retrouva seule dans ce couloir éblouissant, ses jambes trahirent son affolement. Elle s'effondra sur le tapis, de grosses larmes dévalant ses joues. Mais à quoi jouait-elle ?

CHAPITRE 2

Olympe fixait son reflet d'un regard vide tandis que sa femme de chambre démêlait sa longue chevelure noire. Depuis aussi longtemps qu'elle s'en souvenait, Mary avait été au service de la princesse. D'un âge à présent avancé, la femme de chambre avait connu Olympe sous tous ses angles. Affublée d'une redingote blanche et d'un chignon tiré à quatre épingles, Mary travaillait avec une douceur incomparable, comme elle l'avait toujours fait après ce genre d'incidents.

Olympe essuya d'un geste las de la main l'unique larme qui avait mouillé sa joue porcelaine quand son père avait usé de son autorité sur elle quelques minutes auparavant. Les coups étaient partis tout seuls lorsque le roi avait retrouvé sa fille, plus tard dans la soirée, après qu'elle eut quitté la table sans autorisation. Olympe n'en gardait aucune marque, il savait s'y prendre, il avait l'habitude. Et elle aussi, malheureusement. Voilà pourquoi les larmes ne coulaient plus. Elle encaissait les coups, sans broncher, en espérant qu'il n'aille pas trop loin. Le cœur battant, Olympe pencha sa main vers la poche de glace que lui avait apportée Mary et la posa sur sa joue rougie. Certes, le roi ne laissait pas de marque visible, seulement certaines fois, des rougeurs restaient et Olympe devait se débrouiller pour les cacher sous peine de pire. La princesse avait les doigts tremblants, Mary l'avait vu. Elle reposa le peigne sur la coiffeuse et s'empara de la poche de glace qu'elle appliqua sur la joue de la princesse. Mary aussi était habituée à retrouver Olympe cabossée, son silence faisait partie du contrat, cependant cela lui serrait toujours autant le cœur.

- C'est fini, murmura-t-elle en lui caressant les cheveux dans un geste tendre, presque maternel. Vous êtes en sécurité ici, il ne viendra pas.

- Je vais bien, Mary.

- Vous n'allez pas bien, mademoiselle. Je le vois, depuis l'annonce de vos fiançailles avec le prince de Barossellie, vous êtes dans tous vos états.

- Je vais bien, Mary.

- Vous savez, ils nous ont envoyé du personnel. Les bonnes de là-bas le disent horrible et irrespectueux. J'espère que vous ne vous laisserez pas faire, mademoiselle.

- C'est plus compliqué que cela, Mary. Mais je suis d'accord avec vous, malgré mon isolement, je n'ai moi non plus pas entendu de positif à propos de ce prince. Mais je crains que ce ne soit encore qu'une vengeance du roi. Un énième stratagème pour garder la main mise sur le royaume et m'éloigner de ce rôle essentiel qui m'est destiné.

Mary parut hésiter un instant alors qu'Olympe levait sur elle des yeux qui se voulaient rassurants quant à son état mental.

- Si vous avez besoin de moi pour quoi que ce soit, déclara Mary, même les choses les plus folles, je suis là, mademoiselle. Je ne suis pas fidèle au roi. Je *vous* suis fidèle. A *vous*, Olympe.

Olympe ferma les yeux pour empêcher d'autres larmes de couler, profondément touchée par les paroles de sa femme de chambre. Mary avait rendu sa vie compliquée si simple durant toutes ces années. Sa loyauté était sans faille. Elle souffla :

- Je ne souhaite que fuir mon mariage, mais tu ne peux rien faire, malheureusement. Je voudrais m'échapper, arrêter le temps. Sortir de ce château trop blanc, rencontrer le peuple, et même les clans, dont on parle tant. Je voudrais simplement vivre avant de lier mon destin avec un parfait inconnu, mais c'est impossible, et tu le sais. Il n'y a aucune solution à mon problème, et il n'y en a jamais eu. Seule la mort me libérerait de mon fardeau.

- Ne dites pas n'importe quoi, mademoiselle, ou je vais finir par rester dans votre chambre jour et nuit, même quand vous serez mariée, pour vous éviter toute bêtise.

- Cela risque de déplaire à mon futur mari. Cependant, ça ne me dérangerait pas, moi. Si le prince est aussi répugnant que ce que disent les bonnes, je préférerais que tu sois là pour le surveiller et me sortir de toutes les situations inconfortables, si tu vois ce que je veux dire.

ARCALYA

Olympe ajouta un clin d'œil et Mary explosa de rire. La princesse sourit à son tour, amusée par le rire franc de sa femme de chambre. Elle adorait le naturel de la blonde qui n'hésitait jamais à lui dire le fond de sa pensée. Mary était sans filtre et de bon conseil. Elle ne faisait pas beaucoup de différences entre elle et Olympe alors que celle-ci était une princesse. De ce fait, Olympe avait constamment l'impression d'être en compagnie d'une amie. C'était le cas, en fait. Mary eut le bénéfice de la détendre, ne serait-ce que pour un moment, et la princesse en eut chaud au cœur.

CHAPITRE 3

La famille royale d'Arcalya et la famille royale de Barossellie ont l'honneur de vous convier au mariage du prince Lucius et de la princesse Olympe.

La réception se déroulera à l'apogée de la pleine lune, afin de respecter la tradition.

La présentation officielle de la princesse aura lieu ce jour.

  Olympe reposa l'invitation du mariage sur la coiffeuse. C'était aujourd'hui. Ce soir aurait lieu l'apogée de la pleine lune. Ce soir aurait lieu le mariage, à minuit, dans la nuit noire afin de défier les démons. Cette tradition ancestrale datait de la nuit infinie, année où les démons étaient sortis des entrailles de la terre pour envahir le monde. Ils l'avaient plongée dans une nuit sans fin, prenant le contrôle des peuples et plongeant les pays dans la terreur. Voilà pourquoi le sombre était craint. Voilà pourquoi Olympe était crainte. Depuis que les rois de la Barossellie et d'Arcalya, les reines des forêts denses, et la reine de la mer infinie, avaient chassé les démons, tous ceux qui présentaient des aspects démoniaques (par la couleur de leurs cheveux, de leurs yeux ou de leur sang), étaient emprisonnés entre les murs ultra-surveillés du centre pour démon. Olympe savait qu'ils y mourraient tous. Sans son sang royal, elle aurait connu le même sort, c'était certain.

- Vous êtes prête, mademoiselle, fit Mary joyeusement.

Olympe coupa le fil de ses pensées et jeta un coup d'œil vers le miroir appuyé contre son mur. Elle était vêtue d'une robe bleu ciel et ses cheveux avaient été remontés en un chignon serré. L'angoisse durcissait ses traits. Olympe ne pouvait détacher son regard de ce reflet amaigri que lui renvoyait le miroir. Elle n'avait jamais beaucoup mangé, l'angoisse lui tordant le ventre depuis bien trop d'années, mais cette fois-ci, c'était particulier. Elle était un fantôme. Bien trop pâle. Transparente. Bien trop discrète. Invisible. Bien trop.

La princesse avala difficilement sa salive et pencha la tête vers ses pieds nus. Elle enfila machinalement ses escarpins blancs. Son cœur battait si fort qu'elle crut qu'il allait exploser. Ses doigts cagneux se refermèrent sur la jupe qui composait sa robe, torturant le tissu de soie. Elle percevait le monde d'une façon trouble. Un épais brouillard enveloppait son esprit qui lui hurlait de fuir ses obligations. Il lui était impossible de réfléchir convenablement et elle sentait que des larmes se formaient déjà dans ses yeux. Elle voulait tant que le temps s'arrête.

Olympe s'accroupit devant ce miroir qui reflétait trop de souffrance. Elle essuya lentement le haut de ses joues, humides de larmes qu'elle n'avait même pas senties couler. Sa respiration se fit haletante, et elle dut s'asseoir par terre tant son corps tremblait. Elle était telle une feuille de papier ébranlée par le vent : fine, blanche, et faible. Le moindre choc la déchirerait. Elle expira à s'en donner envie de vomir : elle devait se calmer. Il était temps de se rendre dans le salon où elle rencontrerait la famille royale. Le salon dans lequel sa vie changerait. Il était trop tard pour faire demi-tour. En réalité, elle n'avait jamais pu faire demi-tour. Les choix ne faisaient pas partie de sa vie.

Mary sortit de la salle de bain dans laquelle elle était partie ranger le nécessaire de maquillage utilisé. Elle posa un regard dur sur Olympe, ainsi recroquevillée sur le tapis, combattant une crise d'angoisse qui tordait son cœur dans tous les sens. Mary vint s'agenouiller à côté de la jeune femme et attrapa ses mains qu'elle caressa d'un geste rassurant. Elle vint ensuite placer sa paume à l'endroit où se situait le cœur de la princesse qui leva les yeux pour intercepter le regard soucieux de sa femme de chambre. Celle-ci murmura :

- Mademoiselle, cela peut sembler étrange mais, si vous avez besoin de moi pour fuir votre mariage, je peux vous aider. Je peux trouver du monde qui nous aiderait.

Olympe pencha sa tête en arrière dans un sourire triste, essuyant une nouvelle fois ses joues.

- Évidemment que je voudrais fuir, d'autant plus si tu es à mes côtés. Cependant c'est impossible, je dois prendre mes responsabilités et rencontrer mon futur mari. J'ai passé ma vie à me préparer à ce moment. J'ai été élevée dans la perspective du mariage. Je ne peux indubitablement pas reculer maintenant. En plus, tu ne pourrais rien faire.

Mary hocha la tête et retira ses mains de celles de la princesse. Elle se releva et aida Olympe à faire de même. Elle réajusta son maquillage d'un coup de pinceau et la laissa filer non sans un regard appuyé. Le cœur serré, Mary sortit de la chambre à son tour. Oh comme elle détestait cette situation, ce futur mari, ces accords, et tout le reste…

Olympe descendit les escaliers principaux, les jambes tremblantes et les mains moites. Elle ne savait pas si sa future belle-famille était au courant de la couleur de ses cheveux, ni s'ils allaient se montrer tolérants face à cette différence conséquente. Elle redoutait également la rencontre avec le prince qui jouissait déjà d'une mauvaise réputation alors qu'il n'avait encore jamais mis les pieds au château. Elle longea le couloir central, plus éblouissant que tous les autres avec ses lustres en cristal et ses grandes fenêtres qui laissaient entrer la lumière vive du soleil, et pénétra dans le petit salon où se trouvait déjà la reine. Elle était assise derrière un piano en bois peint et s'attelait à apprendre une nouvelle chanson. Izilbeth pianotait constamment lorsqu'elle était nerveuse.

Olympe traversa la pièce au mobilier rouge et vint se placer derrière sa mère qui n'arrêta pas son morceau. Elle attrapa un violon et commença à jouer quelques accords.

La Disparition de la Princesse

Olympe avait toujours adoré la musique et excellait au violon. Sa mère se retourna quelques secondes, sans pour autant interrompre sa mélodie, et en un regard, les deux femmes commencèrent le même morceau, accordant les deux instruments. Il s'agissait de la partition d'une chanson que la reine chantait régulièrement alors qu'Olympe n'était encore qu'une petite fille, pour la rassurer après les excès de colère du roi. Les deux femmes se laissèrent emporter par la musique, se remémorant des souvenirs à la fois bons, et douloureux. Un sentiment puissant enveloppa le cœur de la princesse, et le monde disparut autour d'elle. Elle n'était plus dans le salon rouge, elle n'allait plus se marier. La musique attrapa son cerveau et le jeta par la fenêtre afin de laisser plus de place à son cœur, qui tambourinait si fort. L'image de la version d'elle-même enfant se faufila dans sa tête. Cette petite fille si timide, qui ne comprenait jamais vraiment pourquoi son père la détestait tant…

Une porte s'ouvrit brusquement et une femme haute en couleur pénétra dans le salon, du rouge à lèvres tartiné bien au-delà du contour initial de sa bouche. La reine stoppa brusquement le son du piano et se leva, se penchant dans une révérence maladroite. Olympe comprit alors que cette femme n'était pas n'importe qui : il s'agissait de la reine de Barossellie. Elle reposa son violon et afficha le plus beau sourire que l'angoisse de la situation lui permettait. Elle s'avança vers sa future belle-mère et s'arrêta à deux mètres d'elle, penchant sa tête vers le sol dans une révérence parfaite. Quand elle se redressa, elle dit d'une voix qu'elle espérait confiante et accueillante :

- Reine Gretta de Barossellie, c'est un honneur de vous rencontrer.

Le roi de Barossellie, suivi de deux princes et deux princesses, pénétra à son tour dans le salon. Quelques secondes plus tard, le roi d'Arcalya et Zéphyr firent leur entrée. Olympe se pencha plus bas encore. Elle craignait que son père n'entende son cœur battre tant il était rapide en cet instant. Les hommes de tous ses cauchemars étaient réunis dans cette pièce : les deux rois et le prince. Elle s'autorisa à fermer les yeux durant sa révérence, plongeant la pièce dans le noir quelques secondes, dissimulant les visages sévères de toutes les personnes présentes devant elle.

Quand elle se redressa, Olympe affichait toujours le sourire crispé et calculé qu'elle s'était entraînée à exécuter toute sa vie. Elle salua d'une poignée de main la princesse Anett, puis la princesse Misa, avant de finir par le prince Kolsio, accompagné de sa femme, en retrait derrière lui, vêtue de blanc, le visage dissimulé par un long chapeau beige. Le prince aîné lui fit signe de ne pas la saluer. Le cœur d'Olympe se serra et son visage se crispa davantage. Était-ce cela, son destin ?

Olympe s'avança vers le prince cadet : Lucius, son futur mari, tentant d'oublier la femme du prince Kolsio et la vision que cela lui donnait sur son avenir. Elle affichait toujours un sourire parfaitement calculé. Le prince n'était pas très grand mais musclé. De plus, il possédait un air hautain qui insupportait déjà Olympe. Le regard méprisant qu'il posa sur elle la dégoutait, elle avait l'impression d'être salie par sa nature carnassière. La jeune femme se força à se pencher vers le sol pour le saluer. Elle devait suivre le protocole et faire une révérence parfaite, son père l'observait, elle sentait ses yeux pleins de haine dans son dos. Alors qu'elle se relevait, elle sentit des mains lui attraper les joues et avant même qu'elle ne puisse s'y opposer, la bouche grasse du prince Lucius s'écrasa sur la sienne. Le monde se figea autour d'elle, comme si son cerveau refusait de réfléchir. C'en était trop. Trop d'émotions, trop d'incertitudes, trop de pression. Elle tenta instantanément de le repousser, oubliant le protocole un instant, mais les mains du prince étaient fermement agrippées à ses joues, encore douloureuses des coups du roi. Elle avait envie de vomir.

Le baiser dura une éternité. Là, collée contre cet individu répugnant, forcée à ce contact qui l'écœurait, Olympe ne pouvait rien faire. Elle ne savait pas où poser ses mains. Elle ne savait pas comment réagir. Un goût âcre remonta dans la gorge de la princesse qui sentait des larmes se former dans ses yeux. *Encore...* Olympe sentit que l'une des mains du prince se décalait sur l'arrière de sa tête afin de sceller violemment ce baiser inopiné, empêchant la princesse d'opposer la moindre résistance. Alors que l'autre descendait goulument vers ses reins, elle émit un petit cri de détresse, la bouche toujours accrochée à celle Lucius. Elle savait où descendaient ces mains, et elle n'avait aucune envie qu'elles arrivent à destination. Olympe commença à remuer, les yeux fermés de dégoût, l'estomac retourné. Cette expérience était bien pire que toutes celles qu'elle avait dû endurer jusqu'ici. Elle voulait disparaitre, et même la mort ne l'effrayait pas face à l'agression du prince et le goût qu'il laissait dans sa bouche. Son cœur battait la chamade et tambourinait dans sa gorge. Elle sentait la langue du prince caresser ses lèvres, solidement closes. Soudain le prince s'écarta dans un étouffement, laissant Olympe tomber en arrière, surprise par la brutalité de la situation et par la vitesse à laquelle elle avait été arrachée à cet être ignoble. Elle entendit son père hurler des paroles indistinctes. Sa vue était trouble, elle mit quelques secondes à comprendre qu'elle était au sol. Olympe effleura ses lèvres d'une main tremblante, puis se redressa timidement. Le protocole, rien que le protocole. Elle pleurerait plus tard. Elle comprendrait plus tard.

Ravalant ses larmes et sa fierté, Olympe se releva, ignorant une douleur à la hanche. Son cerveau se mit en mode automatique alors qu'elle avait l'impression de contempler la scène du dessus, comme si elle ne la vivait pas. La tête baissée, elle lissa sa robe de la paume de sa main et prit une grande inspiration. Quand elle leva les yeux, la situation la frappa : c'était Zéphyr qui les avait séparés. Zéphyr avait tiré le prince en arrière, l'arrachant à sa sœur qui suffoquait. Zéphyr ? Zéphyr ! Olympe ne pouvait pas se sortir de la tête l'expression grave de son frère et le regard dur de son père. Zéphyr. Zéphyr qui connaitrait ce soir sa première remontrance, événement qu'Olympe avait tout fait pour éviter depuis la naissance du cadet.

Olympe tourna la tête vers sa mère dont elle sentait le regard. Celle-ci avait des larmes dans les yeux. Son visage était fermé et dur afin de respecter le protocole mais la princesse pouvait lire une telle frayeur dans le regard de sa mère que son cœur se déchira un peu plus. Izilbeth savait comme elle ce que Zéphyr allait subir. La princesse perdit son sourire quelques secondes, incapable de résister face à la vision de sa mère si effrayée. Elle lui lança un regard entendu pour lui faire signe de se reprendre avant de tourner la tête vers les invités. Le protocole, rien que le protocole. Elle s'approcha des princesses Anett et Misa qui lançaient des regards mauvais à Zéphyr, chuchotant des mots qu'Olympe ne voulait sûrement pas entendre.

La Disparition de la Princesse

- Excusez le prince, commença Olympe d'une voix bien trop tremblante qu'elle peinait à maîtriser. Il est encore jeune et ne connaît pas bien toutes les coutumes de la Barossellie. Il a pris le geste de votre frère pour une agression. Je lui expliquerai, il comprendra.

- Votre geste était presque aussi déplacé que le sien très chère, susurra Anett, l'ainée des deux sœurs. Votre manque de réceptivité est inacceptable. Lorsqu'un homme vous touche, d'autant plus lorsque c'est votre mari, vous devez vous laisser faire. Vous êtes une femme aux cheveux noirs, estimez-vous heureuse que l'on vous accepte dans la famille.

Olympe accusa le coup, désemparée face à tant de méchanceté. Toute cette situation était absurde et elle ne faisait même pas partie des dizaines des pires scénarios de cette rencontre que la princesse avait imaginés. Anett jaugea Olympe et chuchota quelques mots à l'oreille de sa sœur qui ne cacha pas son rire. Olympe afficha un sourire mauvais, laissant remonter une rage froide du plus profond de son ventre. Une rage qu'elle ne connaissait pas. Une rage qui était liée à un besoin viscéral de protéger Zéphyr. Une digue de son esprit avait lâché, elle en était certaine. Mais ce n'était pas le démon, pas d'inquiétude. C'était bien elle et elle seule. Elle oublia le protocole un instant. Premièrement, Zéphyr ne serait pas frappé, elle allait s'en assurer. Ensuite, cette idiote de fausse blonde d'Anett allait regretter ses paroles. Jamais Olympe ne deviendrait l'objet du prince. Femme aux cheveux noirs, ou pas.

Alors que les deux familles royales s'agitaient dans ce salon qui devenait bien trop étroit au fil des conversations, Olympe murmura, le regard trop noir pour que ce soit légal:

- N'oubliez pas à qui vous vous adressez, mademoiselle. L'unique future maîtresse ici, c'est moi. Je serai reine et votre frère sera consort, pas l'inverse. Je ne sais pas quelle éducation vous recevez en Barossellie concernant les femmes, mais nous sommes à Arcalya, et je ne serai jamais l'objet de votre frère. J'espère que nous nous sommes comprises.

La princesse troqua son sourire mauvais pour son sourire le plus contrôlé et hypocrite, puis elle salua Anett, dont le visage s'était défait de son air hautain et n'affichait plus qu'une profonde stupeur. Olympe se retourna alors vers son frère pour régler le deuxième souci de la matinée : jamais Zéphyr ne vivrait ce qu'elle avait vécu.

Son père lui barra la route, l'air grave.

- Je ne suis pas certain que je ferais ça à ta place, murmura-t-il en broyant le bras d'Olympe de sa main. Nous aurons une petite conversation familiale tout à l'heure. Pour le moment, nos invités sont fatigués, il serait préférable qu'ils aillent se reposer.

Olympe se crispa plus encore, mais obéit cependant. Face au roi, plus aucune certitude n'existait. Face au roi elle n'était rien d'autre qu'une petite souris noire, apeurée et prise au piège, qui risquait de se faire écraser à chaque instant. Il n'était plus question de colère, ni même de courage, mais simplement de peur. Une terreur viscérale et incontrôlable. Elle déclara, s'adressant à tout le salon :

- Je tiens à m'excuser au nom de toute la famille royale pour la gêne occasionnée. Je vous assure que cela ne se reproduira plus et que le prince Zéphyr assistera à des cours supplémentaires pour pallier son manque de tenue et de culture.

La Disparition de la Princesse

Pour l'heure, je vous propose de regagner vos chambres, le voyage jusqu'à Arcalya étant long, vous devez vous sentir fatigués.

Zéphyr s'apprêtait à répliquer mais Olympe l'en dissuada du regard. Il avait déjà assez d'ennuis comme ça. La princesse raccompagna les membres de la famille royale de Barossellie vers la sortie du salon où **ils** furent pris en charge par les valets. Lorsqu'elle ferma la porte derrière eux, la reine s'effondra dans un fauteuil, incapable de tenir une seconde de plus sur ses jambes. Son masque se fissura quelques secondes et une unique larme dévala sa joue rose. Zéphyr se trouvait en retrait, dans le fond de la pièce, près des instruments, conscient de l'étendue de son erreur. Le roi fulminait, au centre, rouge de colère. Il empoigna sa femme, puis son fils, les forçant à bouger et murmura à l'oreille de sa fille :

- Salon royal, tout de suite.

Olympe frissonna. Elle connaissait trop bien le salon royal...

CHAPITRE 4

La porte claqua derrière le roi en colère. Il poussa sa femme et son fils vers l'avant et tous deux s'effondrèrent par terre, surpris par la force de cet homme qu'ils ne reconnaissaient plus. Olympe le reconnaissait parfaitement, elle qui ne l'avait jamais vraiment connu autrement. Elle s'arrêta sur le seuil, lasse tant la situation était récurrente pour elle qui essuyait les colères du roi depuis son plus jeune âge. Elle patienta, attendant le bon moment pour intervenir. Malgré la terreur affolante qui faisait bouillonner tout son corps, la jeune femme était calme, des larmes brouillant sa vue.

Le premier coup fut pour la reine, qui n'eut pas l'occasion de se relever. Olympe baissa la tête, sentant son cœur battre dans sa gorge et ses oreilles bourdonner. Ces coups que la reine essuyait pour la première fois, Olympe les connaissait par cœur. Elle ne fit rien, laissant la reine comprendre la souffrance physique et mentale qu'elle-même avait dû endurer à un âge bien trop innocent. Izilbeth se recroquevilla sur elle-même, attendant la suite, le prochain coup, sanglotant en silence, impuissante face à son imposant mari. Elle préférait largement que le roi la frappe elle.

Zéphyr était en retrait, horrifié par la violence de celui qui constituait sa figure paternelle. Paralysé par la peur, le jeune garçon ne savait absolument pas quoi faire. Il avait les yeux écarquillés, chaque trait de son visage était contracté par une terreur viscérale. Ainsi quand le roi en eut fini avec la reine qui avait la bouche remplie de sang, le cadet ne bougea pas, incapable de se détacher de cette vision d'horreur. Le roi s'approcha de son fils, rouge de colère et leva la main afin de le frapper pour la première fois. La reine hurla, crachant de la salive et du sang sur le tapis. Pas son fils. Par pitié, pas son fils.

Le petit garçon avait tenu dix ans avant son premier coup, ce qui était déjà un exploit en soit. Mais n'oublions pas la promesse que s'était faite Olympe.

- Arrête ! hurla-t-elle d'une voix forte alors que le coup partait.

Trop tard, Zéphyr s'écroula au sol tant le coup était fort.

Olympe émit un gargouillis sourd alors qu'elle plaquait sa main tremblante contre sa bouche, horrifiée de ne pas être parvenue à préserver son frère. Elle avait tutoyé le roi. Volontairement en fait. Elle devait le faire réagir pour détourner son attention. Pour permettre à Zéphyr de partir. Pour l'épargner de ce monstre qu'elle ne connaissait que trop bien. Et cela eut au moins le bénéfice de fonctionner. Percyvell se retourna vers sa fille, les yeux exorbités tant sa rage était forte. Il lui fit signe que son tour arrivait, puis il se reconcentra sur son fils.

- Espèce de petit impertinent. Tu veux briser des contrats ? Briser des accords bilatéraux ? Tu veux attirer la honte sur notre famille ? Cela fait pourtant partie du rôle de ta sœur, normalement.

Le roi passa sa main sur sa bouche en serrant son poing. Sa rage était telle qu'il avait l'impression de s'embraser. Il reprit de plus belle, hurlant dans ce salon royal :

- J'avais de grands projets pour toi, Zéphyr ! De très grands projets. Mais l'influence de ta sœur le démon n'a fait que t'éloigner du droit chemin. Je savais que j'aurais dû me débarrasser moi-même de ce problème il y a bien longtemps.

Olympe se sentit défaillir. Elle savait à quoi le roi faisait référence. Elle s'approcha d'un pas lent et vint se placer entre son père, et son frère, recroquevillé sur le plancher. Le regard vide, Olympe attendit que les prochains coups partent. Elle donna l'occasion à son père de se débarrasser du problème, tout en donnant une chance à Zéphyr de s'enfuir.

- Tuer ne m'effraie pas, Olympe, articula le roi. Pas quand c'est toi.

Elle se contenta de fermer les yeux, acceptant cette phrase si douloureusement remplie de sens. Dans une accélération violente, la main du roi vint s'écraser contre la joue pâle de sa fille. Elle ne broncha pas. Pourtant jamais une telle force ne l'avait atteinte.

Puis une autre.

Puis une autre.

Dans un cri de rage, le roi la frappa, encore et encore jusqu'à ce que la princesse tombe à genoux, palpant son nez sanglant. Sanglant de sang aussi noir que ses cheveux. Un sang couleur charbon, qui révélait au grand jour sa qualité de démon. Un sang bien plus éloquent que la simple couleur de ses cheveux. Apercevant cette teinte bien trop sombre, le roi se déchaîna sur sa fille qui roula sur le côté. Zéphyr ne bougeait toujours pas, paralysé, entre sa mère et sa sœur, toutes les deux à terre à cause de celui qu'il considérait comme son mentor. Maintenait que ni Izilbeth, ni Olympe n'étaient là pour le protéger, il savait que c'était son tour, que le coup qu'il avait reçu quelques minutes auparavant n'était rien comparé à ce qu'il s'apprêtait à endurer. Alors il se leva fébrilement et recula, enjambant sa mère qui suppliait le roi de ne pas toucher à son petit garçon.

L'ombre d'Olympe resurgit néanmoins derrière son père qui avançait en même temps que Zéphyr. Son frère ne serait plus jamais frappé. Jamais. Et cette fois-ci elle tiendrait sa promesse.

Une rage froide animait Olympe et la poussait à continuer la bataille. Malgré son nez cassé, ses yeux bouffis, sa bouche remplie de sang et son estomac au bord des lèvres, elle avança vers le roi, tirant sur les épingles qui maintenaient son chignon pour laisser sa chevelure noire se répandre sur ses épaules et dans son dos. La version d'elle-même timide et apeurée avait laissé sa place à une tout autre Olympe. Une Olympe beaucoup plus déterminée et surtout, beaucoup plus courageuse. Une Olympe prête à s'imposer. Mais sûrement une Olympe trop amochée pour réfléchir correctement.

Elle essuya d'un mouvement lent le sang qui s'écoulait de son nez et cracha au sol pour évacuer celui qui remplissait sa bouche. La princesse attrapa le bras du roi, le forçant à se retourner et alors qu'il levait une nouvelle main vers elle, elle se pencha vers son oreille, laissant ses cheveux se répandre autour d'elle et frôler la joue de son père qui frissonna :

- Je vous ai dit que le démon qui sommeillait en moi n'était jamais sorti, n'est-ce pas ? murmura-t-elle en lui plantant les doigts dans l'épaule de la même façon qu'il lui avait broyé le bras quelques heures plus tôt. Je vous ai dit que je ne ressentais rien. J'ai menti.

Ce murmure eut l'effet d'un coup de tonnerre. Olympe avait conscience que le seul moyen d'arrêter le roi était de l'effrayer et quoi de plus effrayant qu'un démon ? Elle devait le faire partir. Elle devait sauver son frère. La jeune femme agissait machinalement. Elle laissait l'adrénaline la guider tandis que son cœur menaçait de s'arrêter tant elle était terrifiée. Les lèvres tremblantes, elle reprit d'une voix dure et froide :

- J'ai menti, père. Il est là. Devant vous. Et tuer ne l'effraie pas non plus. Pas quand c'est vous. Il est là. Il vous attend. Partez maintenant, ou découvrez ce que cela fait, d'être confronté à un vrai démon.

Elle lâcha l'épaule du roi et observa sa mine horrifiée. Percyvell avait pâli. Il n'avait plus rien du monstre tyran qui venait de brutaliser sa famille.

Le roi ne reconnaissait plus sa fille. Mais elle ne se reconnaissait plus non plus. Parfois, l'urgence de certaines situations vous pousse à faire des choses que vous pourriez regretter plus tard. Des choses dont vous ne vous soupçonniez pas capable. C'était le cas ici, mais Olympe ne regrettait rien. Elle soutint le regard du roi Percyvell, ignorant son cœur qui battait la chamade et son corps qui lui hurlait d'arrêter de lutter tant il avait mal. Pour la première fois, elle n'avait plus peur. Pour Zéphyr, elle n'avait pas peur.

Le roi quitta le salon royal, se dirigeant vers ses appartements. Olympe en resta dans un premier temps sidérée. Elle ne cilla pas, immobile, là où le roi l'avait laissée. Plus rien n'existait. Même pas Zéphyr. La porte claqua au loin, et la jeune femme s'effondra plus brutalement qu'il ne l'était permis. Elle s'écrasa au sol, ayant l'impression d'être dépossédée de chaque muscle de son corps. La douleur des coups, jusqu'ici ignorée, déferla en elle tel un tsunami qui emportait tout. Absolument tout.

Le jeune prince s'agenouilla craintivement auprès de sa sœur, incertain du comportement qu'il valait mieux adopter. Zéphyr avait si peur que sa sœur soit en colère contre lui. Il savait que tout était de sa faute. Que sans son intervention, rien de tout cela ne serait arrivé. Une larme dévala sa joue pâle. Une larme brulante, qui fut suivie par de nombreuses autres. Des larmes au goût de culpabilité, de colère, mais aussi d'un déchirement profond. Il posa délicatement sa main sur l'épaule de sa sœur qui s'était recroquevillée. La jeune femme était secouée de violents tremblements. Le contact avec la paume de l'enfant l'apaisa. Le remarquant, Zéphyr l'enlaça doucement, prenant soin de ne pas la faire d'avantage souffrir. Il s'allongea à ses côtés et vint placer sa tête contre la sienne.

- Je suis désolé Olympe, murmura-t-il. Vraiment, vraiment désolé.

La reine se leva. Elle boita jusqu'à ses enfants et prit place de l'autre côté d'Olympe. Les trois pleurèrent, tentant d'ignorer la douleur lancinante que le roi avait infligée à leur corps, mais surtout à leur esprit. Au bout de quelques minutes,

La Disparition de la Princesse

Izilbeth se leva sans un mot, lançant un regard rempli de détresse et d'excuses à sa fille. Elle rejoignit le roi dans ses appartements, la tête baissée, prête à endurer sa colère une seconde fois. Elle ne s'opposait jamais à lui. Jamais.

Olympe retrouva un peu de consistance et serra Zéphyr encore plus fort. Sa mère n'avait jamais su en être une. Il était en son devoir de grande sœur de protéger cet enfant du mieux qu'elle le pouvait. Elle tenta de camoufler sa souffrance afin de lui montrer qu'elle allait mieux. Lui montrer qu'elle était forte et courageuse.

- C'est fini, Zéphyr. Il ne viendra plus. Je serai toujours là pour te protéger.

Le prince responsable et sérieux du début de la journée redevint ce qu'il était en réalité : un petit garçon de dix ans, apeuré et traumatisé par la vraie figure de son père, ce roi tyrannique et violent.

CHAPITRE 5

Olympe ouvrit ses yeux englués par une mixture inconnue. Elle releva la tête, désorientée, et essuya le liquide verdâtre et visqueux. Quand sa vision se stabilisa, elle aperçut Mary, assise sur une chaise, à son chevet, les yeux clos et la bouche entrouverte. Un léger son de ronflement s'en échappait. La princesse se racla la gorge, les évènements récents lui revenant à l'esprit. Mary se réveilla en sursaut.

- Je ne dormais pas ! s'exclama-t-elle. Vous en revanche, mademoiselle, vous avez dormi une bonne partie de l'après-midi.

Olympe palpa la mixture, se salissant encore plus les mains. Elle interrogea Mary du regard.

- Oh oui, je ne vous ai pas expliqué. J'ai dû utiliser la solution d'urgence. Vous vous mariez aujourd'hui, mademoiselle, je ne pouvais pas laisser de vilaines blessures altérer un visage aussi beau.

Vous vous mariez aujourd'hui. Olympe sentit son estomac se contracter et son cœur se tordre. Dans un sourire rassurant, Mary s'éloigna dans la salle de bain et en ressortit quelques minutes plus tard avec un linge humide. Elle nettoya le visage d'Olympe et son sourire s'élargit : les blessures étaient parties. Il ne restait plus aucune trace des événements de la matinée. Olympe se leva faiblement pour observer son visage encore plus pâle que d'habitude dans le miroir. Sa joue était légèrement rougie à certains endroits mais le reste avait entièrement disparu. Il n'y avait plus de bleus, ni d'entailles. Son nez paraissait en bonne santé, et toute douleur était partie. Elle poussa un soupir. Cela ne la soulageait pas du tout. Malgré tout ce qu'elle avait pu vivre, jamais son père n'était allé aussi loin... Du moins pas en présence de sa mère et de son frère. S'il remarquait avec quelle facilité sa bonne était capable de faire disparaitre les blessures, il ne se retiendrait plus…

- Oulala, mais c'est que vous êtes en retard, mademoiselle, s'exclama Mary qui tentait de détendre l'atmosphère. Vous avez rendez-vous dans le salon d'hiver afin de saluer vos invités. Tous sont très impatients de découvrir la princesse.

- C'est qu'ils ne sont pas prêts à me voir, soupira-t-elle.

Puis elle se dirigea d'un pas las vers la salle de bain. Le peuple ne l'avait encore jamais vue. Ses cheveux noirs l'avaient forcée à vivre recluse dans ce château trop blanc. Elle doutait même que les classes pauvres du royaume aient connaissance de son existence. Olympe soupira face au miroir de la salle de bain. Elle qui avait souhaité s'enfuir toute sa vie pour découvrir le monde, se surprit à redouter cette rencontre. Les gens qu'elle s'apprêtait à recevoir n'avaient rien à voir avec le peuple. Il s'agissait de la haute société. Des bourgeois. Des nobles. De toutes les personnes qui avaient une vision similaire à celle de son père.

Olympe brossa ses dents et lava les dernières traces du combat de la matinée à l'eau froide. Elle devait arrêter de penser à son père et se concentrer sur l'après-midi interminable qui l'attendait. La surcharge de préparatifs qu'elle avait dû affronter la semaine précédente n'était rien comparée à ce jour.

L'appréhension tordait l'estomac de la princesse et vidait son corps de son énergie habituelle. Ce pourquoi elle avait été préparée toute sa vie arrivait cette semaine : la présentation, le mariage, puis le couronnement dans cinq jours. Elle n'avait pas droit à l'erreur mais ne pouvait se défaire d'un sentiment lancinant qui lui hurlait qu'elle allait tout gâcher. Outre son éducation centrée sur le mariage, on avait toujours répété à cette princesse qu'elle était inutile, maladroite. Qu'elle était de trop. Elle ne pouvait maintenant plus se défaire de ces adjectifs censés la qualifier, et ce malgré tous ses efforts pour atteindre la perfection.

Olympe sélectionna une robe blanche dans la garde-robe réservée aux évènements de la semaine. Elle se glissa derrière les paravents et se déshabilla, se retrouvant nez à nez avec un grand miroir qui révéla toutes les petites cicatrices qui ornaient son corps. Il y en avait partout. Sur ses genoux, ses cuisses, son ventre. La plus grosse se situait sur son épaule, engendrée par un couteau qui aurait dû atteindre son cœur.

Mais rassurez-vous, elles ne venaient pas toutes du roi.

Olympe ferma les yeux comme à chaque fois, chassant les souvenirs malheureux, et enfila sa robe à l'aveugle, écœurée par la vue de son propre corps. Le visage fermé, la jeune femme s'éloigna des paravents et s'assit sur le fauteuil de sa coiffeuse. Mary appliqua des paillettes blanches sur ses yeux et rehaussa légèrement son teint. Elle tira ses cheveux en un chignon serré : c'était la meilleure chose à faire. Olympe fixa ses cheveux quelques instants ; en plus d'être noirs, ils étaient ternes et sans vie. Elle se leva et resta quelques secondes debout devant le miroir. Sa robe blanche lui couvrait les chevilles mais n'était pas bouffante comme la robe qu'elle porterait à son mariage : elle descendait droite après ses hanches. Elle n'était pas décolletée, ni originale. Malgré le fait qu'elle soit la mariée, Olympe devait rester discrète, personne ne savait comment le peuple allait réagir à sa couleur de cheveux.

- Vous êtes magnifique, mademoiselle, murmura Mary d'une voix chevrotante.

Olympe se retourna pour lui faire face. Sa femme de chambre lui tendit un chapeau pour dissimuler ses cheveux. Elle considéra quelques secondes la proposition, fixant ce chapeau trop blanc. Et refusa de le prendre. Malgré ses cheveux noirs, Olympe n'était pas un monstre. Elle savait qu'aucun démon ne se cachait dans son ventre en dépit de la couleur de son sang qui l'assurait. Le peuple allait bien devoir se rendre compte un jour qu'elle n'était pas comme tout le monde, autant ne pas se cacher. Elle en avait assez de vivre dans le secret et la dissimulation. Mary leva des yeux impressionnés vers la princesse qu'elle avait servie pendant vingt années. Sans lui demander son avis, la bonne la prit dans ses bras. Olympe sourit, soulagée de cette étreinte qui lui fit un bien fou. Elle blottit sa tête dans le cou de son amie, comme une enfant, vulnérable et triste. Mary était ce qui se rapprochait le plus d'une figure maternelle. Elle avait été là lorsque sa mère n'avait plus eu la force d'en être une.

- Au fait, mademoiselle, fit Mary, joyeux anniversaire. Je suis vraiment stupide de ne pas vous l'avoir souhaité plus tôt. Vous devez m'excuser, les préparatifs ont pris toute la place dans mon esprit, je m'en veux terriblement. Pour la peine, je vous ai fait un cadeau. Je ne peux pas vous le donner maintenant, vous êtes en retard, mais j'espère sincèrement qu'il vous plaira.

- Merci beaucoup, souffla Olympe qui, au milieu de tous ces événements, en avait oublié son propre anniversaire. Le seul fait que tu y aies pensé est suffisant, inutile de m'offrir quoi que ce soit. A vrai dire, ta présence a toujours été le plus beau cadeau que la vie m'ait offert.

Mary coupa l'étreinte, émue de cette déclaration. Elle ouvrit la porte à Olympe qui sortit non sans un dernier sourire pour sa femme de chambre. Pour son amie.

Le moment était venu. Olympe monta les escaliers de l'estrade qui dominait la salle sous un tonnerre d'applaudissements qui s'arrêta brusquement lorsqu'elle fit son apparition. Son cœur se figea en même temps que les visages qui lui faisaient face. La princesse avança sous les regards hostiles des aristocrates qui n'avaient d'yeux que pour ses cheveux. Elle s'arrêta au bord de la scène, affichant son plus beau, et surtout calculé, sourire.

- Bonjour à tous, clama-t-elle d'une voix qui se voulait forte et maîtrisée, ignorant le silence assourdissant qui s'abattait sur l'assemblée horrifiée. C'est un honneur pour moi de vous recevoir au château d'Arcalya en ce jour heureux. Le mariage qui unira ma vie à celle du prince Lucius de Barossellie aura lieu cette nuit, lorsque la pleine lune atteindra son apogée. Le couronnement, conformément à la tradition, se déroulera dans cinq jours. Cette semaine sera donc ponctuée par de nombreuses réceptions afin de célébrer ces deux évènements des plus symboliques. Le château est à votre disposition pour toute la durée des festivités. Les deux familles royales d'Arcalya et de Barossellie vous remercient de votre présence ici.

Olympe balaya la foule de son faux sourire : personne n'avait bougé d'un centimètre depuis son arrivée. Son discours avait été bref, elle n'avait pas eu la force de parler davantage. Elle ne s'attendait cependant pas à un manque aussi cruel de réaction. Ses cheveux noirs avaient fait oublier à l'aristocratie tout sens du protocole. C'est alors que la reine se mit à applaudir, timidement au départ, puis avec plus de vigueur, afin de soutenir sa fille, chose qu'elle avait eu tant de mal à faire durant des années. Le sourire qu'Olympe posa sur sa mère à cet instant parut moins faux, plus sincère. Les aristocrates suivirent la reine, sûrement rassurés, rappelés à leurs obligations, redonnant un sens au protocole.

Olympe descendit de l'estrade sous des applaudissements timides et se dirigea vers sa mère. *Merci*, articula-t-elle. La reine lui attrapa la main et se hâta de la présenter aux aristocrates les plus proches, juste pour tester leurs limites. Le vieux compte de Luwyn afficha un air pincé et méprisant, teinté d'une touche de terreur facilement décelable dans sa posture. Il prétexta devoir trouver le baron de Tovalur pour des affaires importantes, afin de se soustraire à cette conversation qu'il jugeait visiblement inconfortable.

Ainsi mère et fille se promenèrent de couple en couple, s'amusant de leurs réactions ou excuses pour fuir. Dans un sens, Olympe préférait que sa présentation se passe dans ces conditions. Elle passait un drôle de moment avec la reine, mais le drôle ici avait deux sens, le littéral était essentiel. C'était toujours ainsi avec la reine : quand le roi n'était pas là, elle était une mère merveilleuse. Et comme il était trop occupé avec le prince Lucius, Olympe voyait la reine comme elle était vraiment.

 Au bout d'une heure, les convives se dirigèrent vers la salle à manger où ils s'installèrent sur les chaises luxueuses des tables de banquet. Olympe prit place à la table royale, sur l'estrade au centre de la pièce. A sa droite se trouvait le prince Lucius, lui-même assis à côté de son père, le roi Lidon de Barossellie. A sa gauche se trouvait Percyvell d'Arcalya, son père à elle. Son père qu'elle n'avait pas revu depuis les récents évènements qui les avaient opposés. Les reines et autres descendants de la couronne étaient placés sur une autre table. La position d'Olympe était donc très inconfortable. Elle était entourée de tous ces hommes qui la terrorisaient. Tous ses cauchemars, toutes ses craintes, toutes ses angoisses.

 Elle mangea en silence son plat de baies bleues et sa tranche de cerf, admirant tout ce monde qu'elle ne connaissait pas. La jeune femme se tenait plus droite qu'elle ne l'avait jamais été, ne laissant aucun geste au hasard. Son attitude était parfaite. Sa posture était parfaite. Son comportement était exemplaire. Mais rien n'allait selon le reste du monde, uniquement car elle avait les cheveux noirs. Elle sentait les regards inquisiteurs du reste des invités.

Les deux rois et Lucius n'adressèrent pas la parole à Olympe, conversant sur des sujets d'une ridicule banalité. Olympe était heureuse de ne pas parler avec des gens aussi limités, rhétoriquement parlant. En effet, la diction de Lucius laissait à désirer et son père à elle, qui réglait tout par la violence et qui n'avait pas sa femme pour l'aider, se trouvait démuni d'argument face au roi de la Barossellie qui l'interrogeait sur des sujets si peu intéressants qu'à plusieurs reprises, Olympe rêva de pouvoir s'endormir et de rattraper son cruel manque de sommeil.

Le banquet se termina à huit heures du soir. Olympe salua une dernière fois les invités et regagna sa chambre. Elle avait jusqu'à onze heures du soir pour se reposer et se préparer. Alors qu'elle montait les escaliers, une voix l'interpella : c'était sa mère. Quand elle la rattrapa, la reine passa un bras sous celui de sa fille et elles repartirent vers la chambre d'Olympe.

- Comment va Zéphyr ? murmura la princesse dont la seule préoccupation restait ce petit garçon.

- Ton frère est fort, soupira la reine d'une voix remplie de tristesse, plus qu'on ne le croit. Mais rassure-toi, je fais attention à lui et je veille à ce qu'il ne soit pas trop touché par ce genre d'évènement qui se produiront sûrement plus souvent lorsque tu seras reine.

Olympe baissa les yeux, tentant de refouler les larmes que lui inspiraient les paroles de sa mère. Pourquoi Izilbeth n'avait-elle pas réussi à aimer ses deux enfants de la même manière ? Pourquoi avait-elle laissé Olympe souffrir alors qu'elle présentait la protection de Zéphyr comme sa priorité ?

- Mère, promettez-moi de ne pas reproduire ce que vous avez fait pour moi avec Zéphyr. Promettez-moi de tout faire pour qu'il ne voie jamais l'ombre d'une marque sur sa peau d'enfant. C'est tout ce que je souhaite. Considérez cela comme un cadeau de mariage pour moi.

- Je ferai de mon mieux, Olympe, je te le promets.

- Vous m'aviez dit la même chose.

Les mots d'Olympe étaient durs et sonnaient comme des reproches piquants, mais ils étaient si vrais et sincères qu'elle ne pouvait les retenir. La reine comprit qu'il était inutile de continuer cette conversation douloureuse. Elle avait tort, elle le savait.

Les deux femmes arrivèrent devant la porte de la chambre d'Olympe qui s'arrêta sur le palier, sans que la reine n'ait révélé la raison de sa présence aux côtés de sa fille.

- Pourquoi m'avez-vous accompagnée ? demanda la princesse.

- J'ai à te parler. Puis-je entrer ?

Olympe ouvrit la porte et laissa entrer la reine. Mary balayait la chambre. Elle lâcha le balai dans un mouvement maladroit en apercevant la reine Izilbeth et se pencha dans une révérence encore plus maladroite, ce qui fit sourire Olympe. Elle invita sa mère à s'asseoir sur les fauteuils près de la fenêtre et fit signe à Mary de continuer son ménage. La reine avait l'air préoccupée. Comme si elle ne parvenait pas à entamer la conversation. Se rendant compte qu'elle avait été dure, Olympe engagea :

- Mère, vous savez que vous pouvez tout me dire.

- Tu as raison, fit la reine en prenant une grande inspiration.

Elle hésita encore quelques secondes, puis se lança, rougissant d'avance :

- Alors... Nous devons parler... de la nuit de noces.

Olympe se figea et lança un regard vers Mary, retenant un fou rire dévorant. Un fou rire qui venait de ses entrailles, motivé par la pression terrifiante qui ébranlait la princesse depuis des jours, et qui avait empêché chaque éclat de rire de voir le jour. Mary continua son ménage, les larmes aux yeux tant la situation était comique pour elle, qui avait déjà, avec l'aide de quelques livres à l'eau de rose et les récits d'autres femmes de chambres, expliqué la nuit de noce - et bien plus encore - à Olympe. Olympe qui n'était pas du tout la jeune femme innocente et ignare que sa mère imaginait.

- Il y a quelque chose que j'ignore, Olympe ? demanda la reine, visiblement angoissée.

- Rien qui ne brise les règles de chasteté auxquelles une princesse doit obéir, pas d'inquiétude. Évidemment, si nous passons outre le toupet de notre cher prince Lucius.

La reine leva les yeux au ciel et sourit à sa fille, soulagée. Elle l'incita cependant à continuer, curieuse de connaître la suite de ce que la princesse s'apprêtait à dire.

- Cependant, reprit Olympe d'un ton léger, j'ai quelques connaissances sur des sujets tels que la nuit de noces, vous évitant l'explication remplie de gêne que vous vous apprêtiez à me donner. J'apprécie néanmoins l'intention.

- Olympe, comment...

La Disparition de la Princesse

- Les livres, répondit rapidement celle-ci, les joues empourprées et les yeux pétillants. Et les femmes de chambre qui sont bonnes connaisseuses du sujet.

La reine jeta un regard à Mary qui balayait le pied du lit, et les trois femmes explosèrent d'un rire franc et sans retenue. Un rire si rare dans l'enceinte du château.

CHAPITRE 6

Cela faisait une heure que la reine avait quitté la chambre d'Olympe. Celle-ci avait tenté de dormir en vain, son cerveau refusant de se reposer. Ses angoisses retournaient son esprit, le gardant inévitablement éveillé. A présent elle faisait les cent pas, emmitouflée dans un épais peignoir en coton. Sa vie allait changer pour toujours. Dans quelques heures elle serait mariée, liée à cet inconnu, ce prince, cet homme qui, quel que soit son appellation, restait répugnant et détestable. Il ne lui restait plus qu'une heure de liberté. Qu'est ce qui l'empêchait de partir ? De s'enfuir et de ne plus jamais revenir ? De tourner le dos à tout ce pourquoi elle avait été élevée ? A sa famille, à ses obligations ? Ils la retrouveraient c'est certain, mais elle devrait au moins attendre la prochaine pleine lune pour se marier, repoussant la date de son couronnement et de son emprisonnement dans les bras de Lucius. Mary l'avait surnommé « le prince du dégoût ». Olympe avait passé sa vie à se préparer à cette semaine et bien que ce fut contre sa volonté, elle ne pouvait pas reculer ce soir. Elle avait trop donné durant vingt ans pour refuser son titre et son mariage. De plus, si elle s'enfuyait, Zéphyr, qui n'était lui pas prêt, prendrait sa place, et c'était hors de question.

- Je ne veux pas, je ne veux pas, je ne veux pas, murmurait-elle en boucle. Je ne veux pas, je ne veux pas, je ne veux pas.

Elle allait devenir folle. La peur la rendait folle.

- Il est temps de vous préparer mademoiselle, fit Mary d'une voix timide, car elle avait tout essayé pour calmer la princesse. Il est presque dix heures. Il est l'heure.

Automatiquement, Olympe se dirigea derrière les paravents et ferma les yeux, faisant glisser son peignoir par terre. Machinalement, elle tendit la main vers les cintres sur lesquels reposaient habituellement ses robes mais ne trouva rien, sa robe étant trop volumineuse et encombrante pour tenir dans cette petite cabine d'habillage. Alors, à bout de nerfs, elle se mit à sangloter, seule derrière ses paravents, démunie et nue, le cœur serré par ce mariage qu'elle redoutait tant. De grosses larmes dévalèrent la pente de ses joues porcelaine.

- Mary, viens m'aider, s'il-te-plaît, supplia-t-elle comme une enfant. Ne te formalise pas de ma nudité mais ne regarde ni mon dos, ni mon ventre.

La femme de chambre écarta le paravent doucement et, malgré tous les efforts du monde, posa ses yeux sur le dos de la princesse, meurtri par des traces profondes et rougeâtres, comme des rayures qui la faisaient zèbre. Elle porta une main à sa bouche mais ne se laissa pas aller, résistant face au désarroi d'Olympe. La princesse ne devait pas savoir qu'elle avait vu, elle était déjà assez peinée. Elle ramassa alors le peignoir qu'elle déposa délicatement sur les épaules d'Olympe et attrapa l'imposante housse qui contenait la robe de mariée.

La princesse referma le peignoir sur son ventre et laissa à Mary le soin de sortir sa robe. Elle était gigantesque: la jupe, pesant plusieurs lourds kilogrammes, était si bouffante qu'Olympe se demandait comment elle ferait pour passer le cadre de la porte. Le haut de la robe se composait d'un corset blanc, aux lacets dorés et pailletés. Excepté ce détail, tout était d'un blanc lisse et uniforme. Mary délaça le corset et l'ouvrit de façon à ce qu'Olympe puisse l'enfiler seule. Elle détacha la jupe du haut et referma le paravent, laissant la princesse avec ses cicatrices.

Olympe enfila difficilement le corset qui, même délacé était extrêmement exigu. Quand elle eut fini, elle s'extirpa maladroitement des paravents et se dirigea vers le miroir de la chambre, bien plus grand que celui de la cabine d'habillage. Mary s'attaqua au lacet doré. Elle tira de toutes ses forces, comprimant les poumons et les seins d'Olympe. Celle-ci, déjà oppressée par l'angoisse qui lui écrasait la cage thoracique, peinait encore plus à respirer. Elle se sentait déjà emprisonnée, comme si ce corset symbolisait le mariage. Mary l'aida à enfiler la structure de la jupe ainsi que toutes ses parties et la robe fut prête. Imposante. Somptueuse. Lourde. Magnifique. Avec une telle robe, il était très inconfortable de s'asseoir, alors Mary monta sur un tabouret pour coiffer Olympe. Elle détacha le chignon serré, qui ne l'était plus vraiment, qu'elle avait depuis le début de la journée et interrogea la princesse du regard.

Olympe parut réfléchir. Elle allait se marier. Elle allait se soustraire à ses libertés. Donner la clef de sa vie à son mari, qui serait libre de faire d'elle ce qu'il souhaiterait. Car malgré tous les espoirs du monde, Olympe n'était pas dupe. Elle avait conscience de l'issue de ce mariage concernant ses libertés et ses désirs. Cette soirée était véritablement la dernière pour laquelle elle avait encore *le choix*. Olympe s'obligea alors à être courageuse.

- Ils me craignaient ce matin, murmura-t-elle. Détache-moi les cheveux, ainsi ce sera pire. Et je suis sûre que ni mon père, ni mon mari, n'apprécieront ce geste. Je suis d'humeur à contrarier ce soir. Pour ce dernier soir où j'ai du pouvoir.

- Vous êtes sûre ? Vous ne craignez pas les remontrances de votre père...

- Si, mais elles sont inévitables, alors autant lui donner une raison valable de m'en vouloir.

Mary baissa les yeux et commença à coiffer Olympe, qui se retrouva avec des boucles noires lui tombant sur les épaules en cascade. Mary appliqua du fard beige sur ses yeux, qu'elle releva avec des paillettes. Elle rehaussa ses cils avec du mascara blanc et appliqua du rouge à lèvres sur sa bouche pâle.

La princesse enfila ses escarpins blancs. Elle était prête. Il était l'heure.

Elle ne pleurerait pas. Elle assumerait son rôle et ses responsabilités.

Olympe n'était pas prête. Olympe n'avait pas le choix.

Il était minuit moins le quart. Elle devait partir. Il était temps.

Olympe voulait pleurer. Olympe ne pouvait pas.

Hurler. Pleurer. Fuir.

Non.

Impossible.

Elle serra une dernière fois Mary dans ses bras, la remerciant pour ces vingt années de loyaux services, pour tout ce qu'elle avait fait pour elle, toujours sans larmes. Elle ne pleurerait pas, elle l'avait dit. Alors qu'elle passait la porte, la femme de chambre lui attrapa le bras et lui tendit quelque chose. Olympe ne comprit pas immédiatement de quoi il s'agissait. Elle ne s'attendait pas à une telle offrande. Une dague. Mary lui tendait une dague. Fine et discrète, la lame paraissait plus aiguisée qu'un rasoir. La vieille femme la glissa dans une ouverture du corset. C'était comme si cet emplacement était fait sur mesure pour l'arme. Olympe regarda Mary faire, étonnée, mais celle-ci se contenta de placer un doigt sur sa bouche en signe de secret. La femme de chambre l'aida ensuite à descendre les marches et la conduisit jusqu'à la petite salle, qui reliait le couloir à la salle de sacre qui servait au mariage. La salle dans laquelle des milliers de personnes attendaient qu'elle fasse son entrée. Encore une fois Olympe avait l'impression de vivre la situation d'un point de vue extérieur. Comme si elle n'était plus dans son corps.

La jeune femme trouva sa mère, qui posa une main sur sa bouche à la vue de sa fille, subjuguée par sa beauté. Elle s'approcha de la princesse et prit ses mains.

- Tu es magnifique, Olympe.

Celle-ci ne répondit rien, savourant ses derniers instants de liberté qui n'en étaient pas réellement. Elle ne pleurerait pas.

Elle passait d'une captivité à une autre. Une autre qui serait pire. Elle ne soupira même pas. Elle avait survécu vingt ans, elle pouvait tenir encore. Enfin, elle le devait surtout. Le regard soucieux, elle adressa un dernier sourire à Mary, qui regardait l'horloge, presqu'aussi angoissée qu'Olympe.

- Je pense qu'il est temps pour moi de vous donner votre cadeau d'anniversaire, fit-elle d'une voix tremblante.

- Je t'ai dit que ce n'était pas nécessaire, Mary, tu en as déjà tant fait pour moi.

Soudain, les cloches sonnèrent, mais pas celles de l'église.

En vingt ans de vie au château, jamais Olympe ne les avait entendues, pourtant elle savait exactement ce qu'elles symbolisaient : il y avait des intrus dans le château. C'était une alarme, indiquant l'urgence pour la famille royale de rejoindre les cachettes de sécurité. Olympe le savait, ils étaient là pour *elle*. Son cœur se mit à battre à une vitesse ahurissante. Ils étaient là pour elle ! Une vague d'espoir l'envahit. Si elle devait mourir ce soir, elle en était presque soulagée, car quel était l'intérêt de mener la vie qu'elle s'apprêtait à accepter ? Mary lui attrapa la main, comme par réflexe, et la traîna en dehors de cette pièce si proche du lieu où tous les invités étaient concentrés. Elle devait la mettre en sécurité. Elle grimpa les marches des escaliers deux à deux, traînant Olympe qui peinait à la suivre avec sa robe encombrante. Une fois de plus la bonne œuvrait pour sauver celle qu'elle servait depuis vingt ans. Une fois de plus Olympe lui devait la vie. La reine les suivait également, essoufflée par la course. Elle tenta d'aider sa fille à se déplacer plus rapidement mais rien n'y fit, Olympe était toujours aussi lente.

La Disparition de la Princesse

Des milliers de pensées se bousculaient dans l'esprit d'Olympe. Qui ? Pourquoi ? Où ? Le mariage allait-il être reporté ? Était-elle effrayée ou soulagée ? Probablement les deux. Elle ne savait plus rien. Tout était flou et confus. Elle suivait simplement Mary, en qui elle avait une confiance aveugle et qui connaissait le château sûrement aussi bien qu'elle, afin de se rendre en lieu sûr. Les trois femmes gravirent les trois étages du château et la femme de chambre les enferma dans un salon. Cela n'avait aucun sens. Pourquoi si haut dans le château ? Pourquoi pas dans la cachette du rez-de-chaussée qui était la plus sécurisée du palais ? Mary agissait dans la panique mais ses gestes étaient précis. Elle balaya une commode d'un revers de bras et la poussa devant la porte pour la bloquer. Excepté les fenêtres, la pièce ne comportait aucune issue. Quand elle eut fini de sécuriser la pièce, elle se tourna vers Olympe, le visage grave et remarqua la reine. Elle s'exclama, totalement paniquée :

- Reine Izilbeth, que faites-vous là ?

- Pourquoi nous avoir conduit dans un salon ? s'agaça-t-elle en ignorant la question. Nous ne sommes pas en sécurité ici. Il existe au château des lieux bien plus sûrs, prévus pour ce type de situations ! Vous devriez le savoir bon sang !

La reine commença à pousser la commode, elle devait mettre Olympe en sécurité. Elle devait protéger sa fille. Un bunker, une cachette. N'importe quoi mais pas un salon. Pas un salon aux longues fenêtres sans volets. Les cloches n'avaient cessé de retentir, mais à leur son s'ajouta celui des cloches de minuit.

Minuit.

Minuit et elle n'était pas mariée. Elle n'avait pas lié sa vie à celle du prince Lucius. Olympe était libre. Pour quelques semaines de plus. Elle s'effondra alors dans un fauteuil, ignorant sa robe, un soulagement immense l'enveloppant : elle ne se marierait pas ce soir... Elle savait que ce n'était pas le moment de penser à cela mais elle n'arrivait pas à faire autrement. Ses pensées furent toutefois vite remises en place lorsque Mary assomma la reine avec un tisonnier.

Une frayeur incomparable envahit alors la princesse, plongée dans une perplexité si profonde qu'elle se retrouva démunie, incapable de réagir.

Paralysée, Olympe ne parvint pas à se relever. Que venait de faire Mary ? Pourquoi avait-elle assommé la reine qui tentait simplement de les mettre en sécurité ? Tout était encore plus confus dans son esprit. Toute sa vie, elle avait fait confiance à Mary, il devait y avoir une raison valable à cet acte de violence. Une justification, un élément qui lui avait échappé. Mary ne pouvait pas la trahir. Alors que la femme de chambre s'approchait de la princesse, le carreau se brisa et trois hommes pénétrèrent dans le salon, hurlant, courant dans tous les sens. Ils étaient armés jusqu'aux dents.

Le cœur de la princesse manqua un battement. Elle crut mourir sur le coup, tant la terreur qu'elle ressentit à cet instant était fulgurante. Pendant un instant, ses yeux arrêtèrent de voir, son cœur de battre, ses organes de fonctionner. Tout son corps se figea, paralysé. Puis elle se releva brusquement, comme électrisée, se rapprochant du mur.

Olympe attrapa la dague que Mary lui avait donnée et la lança sur le premier homme sans même réfléchir. La surprise était son meilleur atout face à ces combattants hors pair. Il la reçut en pleine épaule et tomba sous l'effet de la surprise et de la douleur. Elle avait visé juste : son but n'avait pas été de le tuer. Le temps s'arrêta alors. Les deux hommes encore debout fixèrent Olympe. Olympe oscillait entre Mary qu'elle tentait de protéger comme elle le pouvait et les intrus, se rapprochant petit à petit de sa femme de chambre. Mary ne bougeait plus, fixant l'homme à terre, les yeux écarquillés. Puis le temps reprit sa vitesse habituelle, quoiqu'il ne l'eût jamais vraiment perdue, et l'un des deux hommes se jeta sur Olympe qui tomba, écrasée sous son poids. Elle ne tenta même pas de se débattre mais hurla à sa bonne de s'enfuir, car malgré l'évidence qui s'offrait à elle, elle ne pouvait se résoudre à admettre que son amie l'avait trahie. L'homme lui attacha les mains violemment et l'assit sur un fauteuil, déchirant sa robe d'un coup de couteau.

Le dernier homme s'approcha d'elle. Il avait des cheveux blonds, presque blancs et un visage fermé, ne trahissant aucune expression. Il dégageait quelque chose qu'Olympe n'aurait su expliquer.

- Nous n'avons rien contre vous, princesse, déclara-t-il avec un accent du nord peu prononcé. Mais vous comprendrez plus tard que c'est aussi dans votre intérêt.

Pour l'instant Olympe ne comprenait rien. Mais alors rien du tout. Elle essayait de jeter des regards à Mary, l'implorant de s'enfuir, mais celle-ci ne bougeait pas, le regard toujours fixé sur l'homme à terre qui se relevait, le couteau toujours enfoncé dans l'épaule. Pourquoi ne bougeait-elle pas ?

- Ruby, fit l'homme blond, je sens que c'est trop dur pour toi, retourne aux dragons, ils sont sur le toit.

ARCALYA

Le cerveau d'Olympe arrêta de fonctionner quelques secondes. Elle n'avait pas vu de femme entrer. Qui était cette Ruby ?

Puis tout devint parfaitement clair. Son cerveau se décida à comprendre ce qui était sous son nez depuis que sa bonne l'avait entraînée au troisième étage du château, loin des cachettes de sécurité…

Elle comprit quand Mary passa par la fenêtre en murmurant, la tête baissée :

- Bon anniversaire Olympe, j'espère que mon cadeau te plaît.

Partie II

Le vide de la fin du monde

CHAPITRE 7

Olympe avançait.

Elle passa par la fenêtre, les mains ligotées.

Une femme tira sur l'armature de sa robe qui tomba du toit, s'envolant dans les airs comme un nuage de fumée.

Elle grimpa sur quelque chose de rugueux dont elle ne connaissait pas la nature.

On la força à avaler un liquide amer. Une plante.

Tout devint noir.

Plus rien.

Elle sombra.

Olympe n'avait pas beaucoup de souvenirs de son enlèvement. Tout s'arrêtait à partir du moment où elle avait compris que Mary, ou plutôt Ruby, l'avait trahie. Ensuite sa mémoire lui faisait défaut. Il fallait dire que ses agresseurs lui avaient fait ingérer une plante à la couleur étrange qui l'avait plongée dans un état de confusion extrême, brouillant son esprit. Elle sentait que les effets avaient disparu et était soulagée que son cerveau soit de nouveau opérationnel car elle ne savait absolument pas à quoi s'attendre. Elle avait simplement conscience d'être allongée dans un endroit mou et extrêmement poussiéreux. N'ayant pas vu le trajet, dans sa confusion, Olympe pouvait se trouver n'importe où. Un n'importe où quoiqu'il en soit hostile, puisqu' elle n'était jamais sortie du château. La princesse redoutait le moment où elle allait devoir ouvrir les yeux. Elle préférait rester dans cette obscurité apaisante que lui offraient ses paupières closes.

La seule chose dont Olympe était sûre et pleinement consciente en ce moment était la terreur qui lui dévorait le ventre et lui comprimait la cage thoracique. Elle, l'héritière aux cheveux noirs, enlevée et amenée dans un endroit inconnu, par des inconnus. Elle n'avait aucune chance de s'en sortir vivante. Elle essayait de ne pas trop penser à Mary, de ne pas espérer qu'elle ne l'aide. Elle savait que c'était vain et non productif. Elle était livrée à elle-même ici, elle en avait conscience. Son côté positif lui hurlait qu'au moins, elle était loin du roi et du Prince Lucius, à moins que l'enlèvement ne soit un coup de son père, ce qui ne serait pas étonnant.

- Elle est réveillée, remarqua une voix masculine.

Olympe resta immobile. Comment avait-il pu le remarquer ? Peut-être avait-elle un peu trop remué en réfléchissant… Elle était incapable de le dire.

Soudain elle sentit une main l'attraper par les épaules et la soulever comme si elle ne pesait rien afin de la mettre sur ses pieds. Elle ouvrit alors les yeux, il était inutile de faire semblant plus longtemps. Un grand jeune homme à la carrure imposante et aux muscles bien dessinés se trouvait face à elle, illustrant l'entrainement que devaient recevoir ces hommes tous athlétiques, confirmant les minces chances de survie de la princesse. L'homme qui l'avait relevée avait les cheveux blond foncé et les yeux bleus. En la voyant, son visage se renfrogna :

- T'avais raison, fit-il à son camarade. Elle est réveillée.

Puis il la lâcha si soudainement qu'Olympe perdit l'équilibre et manqua de tomber. Toutefois ce ne fut pas la brutalité de son agresseur qui ramena Olympe au sol. La jeune femme tomba à genoux lorsqu'elle comprit où elle se trouvait. Tant la peur était forte, tant son corps était à bout, bouche bée par la beauté, mais surtout la dangerosité des lieux. Malgré sa captivité, Olympe connaissait le monde magique parfaitement grâce aux nombreux livres qu'elle avait utilisés pour s'éduquer durant des longs après-midis d'hiver, quand la tempête était trop forte pour que ses professeurs ne montent au château. Elle en savait donc assez pour comprendre qu'ils l'avaient emmenée au beau milieu du Désert Aride, l'endroit le plus vide de tout le monde magique ! Vaste de centaines, voire de milliers de kilomètres, le Désert Aride n'était rien d'autre qu'une étendue de sable bouillant qui ne laissait aucun espoir de survie à ses visiteurs.

Prise d'une crise d'angoisse, Olympe se recula, à genoux dans le sable, les poumons plus encombrés que jamais. Personne ne venait jamais ici à part les clans les plus atroces que pouvait connaître Arcalya. Même les barbares de Barossellie n'osaient pas s'aventurer si profondément dans le Désert Aride. Elle ne pouvait apercevoir rien d'autre que du sable à perte de vue. Ils allaient la tuer, elle en était certaine. L'endroit était parfait. Parfait !

Mais au fond, n'était-ce pas ce qu'elle souhaitait le plus ? Mourir.

Olympe observa encore ce qui se trouvait autour d'elle, se forçant à garder la tête froide. Huit personnes lui faisaient face : Mary, l'homme à qui elle avait lancé le couteau (son épaule était d'ailleurs bandée), l'homme qui l'avait relevée, l'homme qui lui avait parlé au château, trois femmes et un homme qu'elle n'avait encore jamais vu. Olympe continuait de reculer à quatre pattes, incapable de tenir sur ses jambes qui refusaient de la porter. Elle avançait machinalement, perdue et incapable de réfléchir correctement tant le bourdonnement dans ses oreilles était fort.

- Si j'étais toi j'arrêterais de reculer et de gesticuler comme ça, fit une femme aux cheveux châtains et aux yeux noisette avant de pointer du doigt quelque chose qui se trouvait derrière la princesse. Tu risques de tomber.

Olympe se retourna et ne put étouffer le hurlement qui sortit de sa bouche. Quelques centimètres de plus et elle mourrait. Quelques centimètres de plus et personne à part elle-même n'aurait le plaisir de la tuer. Un gouffre infini s'étendait à perte de vue, que ce soit à l'horizon, ou dans la profondeur. Olympe connaissait ce gouffre, il l'avait fasciné durant ses nombreuses années de lectures. Elle avait fait des recherches, elle avait fait appel à des spécialistes, des explorateurs. Elle en avait fait des cauchemars tant il était terrifiant, ce vide. Le vide. La fin du monde. Un frisson remonta sa colonne vertébrale. Ils n'allaient donc pas la tuer dans le Désert Aride et prendre le risque, même infime, que quelqu'un ne retrouve son corps. Ils allaient la jeter dans la fin du monde. Si elle avait de la chance, elle heurterait un rocher avant de mourir de faim, car la descente était tellement longue que quiconque tombait n'arrivait jamais au fond vivant, si fond il y avait. La fin du monde avait été créée durant la nuit infinie, c'était le portail entre le monde démoniaque et le monde magique...

- Vous souhaitez donc me tuer en me jetant dans la fin du monde, murmura Olympe d'une voix chevrotante. Astucieux.

Elle se fit violence pour se relever et s'éloigner du gouffre. Ses jambes tremblaient tant qu'elle pensa dans un premier temps qu'elle n'en était pas capable. Mais autant mourir digne. Elle était la future reine, elle ne se laisserait pas tuer si facilement, même si désarmée et seule contre huit, elle n'avait aucune chance, elle le savait.

Le jeune homme aux cheveux blancs, sûrement le chef de ce clan, s'avança vers elle, un sourire carnassier sur le visage.

- Nous ne souhaitons pas vous tuer, princesse. *Pas tout de suite*.

Les derniers mots firent frissonner Olympe qui se rapprocha néanmoins du chef, afin d'être d'égal à égal. Un frisson remonta sa colonne vertébrale : cet homme dégageait quelque chose de froid et terrifiant. Malgré la différence de taille, elle ne lâcha pas son regard. Olympe n'avait pas pour habitude d'être très courageuse. Elle n'avait jamais tenu tête à quiconque. Mais ces derniers jours, elle ne se reconnaissait plus, entraînée par une force nouvelle dont elle ignorait la nature. Le chef s'amusa de sa volonté de garder la face. Il voulait lui faire peur, la bousculer, la bouleverser.

- Cependant nous allons vous jeter dans la fin du monde, souffla-t-il, attendant la réaction d'Olympe qui resta de marbre malgré la tempête qui se formait dans son cerveau. Nous allons tous sauter, à vrai dire, afin de regagner notre bâtiment.

- Je vous en prie, renchérit Olympe. Sautez.

Elle n'était pas stupide au point de sauter la première. Il était presque impossible qu'un bâtiment se trouve au sein du gouffre. Les parois étaient bien trop abruptes et la pierre trop dure. Elle s'écarta donc d'un pas, sans pour autant lâcher le regard du chef qui ne se défaisait pas de son sourire, laissant la place aux autres membres du clan pour sauter.

- Je pense que nous aimerions tous voir votre baptême de l'air, mademoiselle.

- Fais nous confiance Olympe, murmura Mary.

Olympe se figea. Elle tourna lentement la tête vers cette traître qui osait la tutoyer et l'appeler par son prénom maintenant, alors que durant vingt ans, elle avait conservé la distance que lui imposait le protocole malgré les nombreuses demandes d'Olympe. Cette traîtresse qui agissait comme si elle ne venait pas de livrer la princesse, qui avait placé en elle une confiance aveugle, à un clan anarchiste. Mais très bien. Ils voulaient du spectacle, ils allaient en avoir. Si Olympe devait mourir aujourd'hui, elle mourrait d'une façon à laquelle ils ne s'attendaient pas du tout. Elle ne comptait pas se laisser faire. Elle avait vécu toute sa vie dans l'ombre du roi, sans aucun pouvoir de décision malgré son statut d'héritière. Elle avait souffert de préjugés, été rabaissée et humiliée. Finalement Olympe avait passé sa vie à être misérable. Mais elle ne le serait plus. Silencieusement elle se promit de ne plus se laisser marcher sur les pieds. Que sa vie s'arrête à cet instant, ou par miracle, plus tard.

La jeune femme s'approcha du gouffre et demanda au chef de la rejoindre, ignorant le fait qu'il piétinait sa robe de mariage, devenue jaunâtre à cause du sable.

- C'est ici que je dois sauter ? demanda-t-elle. Exactement ici ?

- En effet, répondit-il. Exactement ici.

- Mary, ou Ruby, qu'importe ton nom. Puis-je te dire un mot avant de potentiellement mourir empalée sur une roche ?

Le ton d'Olympe paraissait dénué de toute peur. Pourtant, en son for intérieur, la jeune femme avait l'impression de mourir avant l'heure. Elle avait l'impression que son cœur s'écoulait dans sa poitrine. L'impression que tout explosait. Que plus rien n'existait.

La traîtresse s'approcha et dans un mouvement rapidement lent. Olympe sortit sa carte mère, car quel plaisir trouve-t-on dans un jeu si seulement deux joueurs sur trois ont les cartes en main. Olympe attrapa donc la lame qu'elle cachait dans sa jupe, réservée initialement au prince, afin de le dissuader de la forcer à quoi que ce soit durant la nuit de noce.

La lame secrète, dont elle était la seule personne à connaître l'existence. Cette lame si petite, mais si aiguisée. Cette lame qu'elle se félicita de ne pas avoir utilisée dans le salon. Elle la planta maladroitement dans la zone du cœur de son ancienne femme de chambre, non sans une pointe de regret, fermant les yeux, incapable de regarder le bain de sang. Elle retira doucement la lame sous les cris des autres membres du clan qui accoururent. Olympe rouvrit finalement ses paupières closes et observa longuement l'expression vide de la traîtresse, sans baisser le regard vers sa blessure. Elle regarda la vie s'accrocher à cette vieille femme qui représentait tout ce que la princesse avait de plus précieux encore quelques heures plus tôt. Mary tomba à genoux, palpant son cœur. Une larme coula sur la joue d'Olympe qui commençait à voir le monde tourner autour d'elle.

L'estomac au bord des lèvres, Olympe se tourna alors vers le vide. Elle observa longuement l'horizon, qui ne lui offrait plus rien. C'était alors comme si elle se trouvait face à la mort, qui l'aspirait inexorablement. Finalement c'était peut-être mieux ainsi. Plus rien n'existait autour d'elle, ni même les cris de stupeur, la panique des membres du clan, ou même l'ordre de leur chef, qui interdit à quiconque d'intervenir et d'attraper la princesse. Il voulait la laisser mourir seule. Une deuxième larme suivit la première quand le visage de Zéphyr apparut dans l'esprit de la princesse. Mais il était trop tard et inutile de lutter plus longtemps.

Malgré sa vision troublée, Olympe se retourna et observa le chaos qu'elle avait engendré. Du sang vermeil venait tacher le sable blanc. Le chef se trouvait à ses côtés, l'observant, prêt à intervenir si elle se décidait à tuer un autre membre de son clan.

La Disparition de la Princesse

- Il est temps de sauter, princesse, murmura-t-il d'une voix rauque.

Olympe avait perdu toute contenance. Elle était redevenue misérable, et cette seule pensée lui brulait la gorge, l'empêchant de répliquer quoi que ce soit. Elle s'avança au plus proche du gouffre, prenant garde de ne pas perdre l'équilibre, se retourna pour ne pas voir l'abysse en tombant, puis se laissa aller en arrière acceptant son destin. Elle se jeta dans les bras de la mort qui l'attendait depuis de nombreuses années.

Mais elle ne s'y jeta pas seule.

Elle empoigna la chemise du jeune chef aux cheveux blancs, l'entrainant dans sa chute mortelle. L'entrainant dans le vide. *Le vide de la fin du monde.*

CHAPITRE 8

Olympe eut le souffle coupé par l'impact de la chute. Ses poumons se vidèrent de tout air et le monde, aussi sombre soit-il, se mit à tourner autour d'elle qui rebondissait sur une sorte de toile d'araignée géante faite de lianes. Quand le train d'atterrissage fut stabilisé, et alors que la princesse n'avait pas encore totalement repris sa respiration, mais surtout réalisé qu'elle était vivante, une main l'agrippa et la tira de la toile, l'obligeant à se relever.

Quand Olympe fut sur ses deux jambes, face à cette rousse souriante et visiblement ravie de la voir, elle réalisa qu'elle était bien vivante et que l'après-mort ne devait sûrement pas ressembler à cela. La jeune femme la serra contre elle et s'exclama :

- Bienvenue à l'Hôtel des Fylis, Princesse ! Depuis que je suis entrée dans le clan il y a quelques années qu'on m'parle de toi. J'avais hâte de t'voir pour de vrai. C'était la mission du siècle, des années qu'on prépare.

- Gabrielle ! rugit le chef avant de retrouver une voix totalement maîtrisée et calme. Nous lui expliquerons plus tard. Contente-toi de l'accompagner dans sa chambre.

Gabrielle baissa la tête mais ne se défit pas de son sourire. Elle regarda le chef s'éloigner d'un pas rapide, visiblement contrarié de s'être laissé emporter par Olympe. Elle passa son bras sous celui de la princesse et elles traversèrent la pièce pour se retrouver dans un couloir. Il n'y avait que trois portes le long du mur : celle qu'elles venaient de franchir, une autre derrière laquelle résonnaient des bruits étranges qu'Olympe ne reconnaissait pas, et, à l'extrémité du couloir, une ouverture qui semblait donner sur une cage d'escalier. Olympe ne posa aucune question quant à la porte aux bruits, elle ne voulait pas communiquer avec l'ennemi, aussi gentil et avenant soit-il. En effet, Gabrielle se dirigea vers la troisième porte qui donnait bien sur une cage d'escalier. Considérant l'entrée de l'immeuble, ou de « l'hôtel », comme l'appelaient ces gens, comme le rez-de-chaussée, Olympe et Gabrielle se rendirent au troisième étage. L'ascension fut longue et la princesse essaya tant bien que mal de masquer son essoufflement. Son cerveau n'arrivait plus à réfléchir. Elle ne comprenait pas bien par quel miracle elle était encore en vie. Trop d'informations se bousculaient.

La jeune femme rousse traversa un long couloir sombre sans un mot. Chaque porte possédait une plaque en bois sur laquelle était gravé un nom : Victor, Daphnée, Marceau. Les quatre portes suivantes ne possédaient aucune inscription. La dernière, identique aux trois premières, comportait une plaque sur laquelle Olympe eut la surprise de lire son nom. Elle fronça légèrement les sourcils. Alors ces gens l'attendaient vraiment ? Dans une confusion extrême, la jeune femme avait l'impression de rêver. Rien n'avait de sens, tout était trouble et vacillant.

Gabrielle déverrouilla la porte et s'écarta pour laisser Olympe entrer dans la pièce, encore plus surprenante que son accès. Rectangulaire, la chambre comportait un lit simple aux draps clairs ainsi qu'une commode en chêne. En chêne ? Jamais Olympe n'avait vu un meuble qui n'était pas fait de bouleau, le bois blanc réglementaire d'Arcalya. En y réfléchissant bien, l'immeuble était assez foncé, lui aussi. Plongé dans une nuit éternelle à cause de sa position dans la fin du monde, il n'accueillait aucune lumière naturelle. Les lampes artificielles étaient jaunâtres et les tapisseries qui ornaient les murs n'étaient pas toutes blanches. Elles l'étaient cependant dans la chambre d'Olympe, dont les seules touches foncées étaient le bois du lit et de la commode. Une petite salle d'eau se trouvait également dans le coin de la pièce, offrant un lavabo, des toilettes et un miroir à la princesse. Elle se retourna alors vers Gabrielle et, malgré son interdiction personnelle de parler à l'ennemi, elle ne put s'empêcher de demander :

- Pourquoi m'offrir une chambre ? Je suis votre prisonnière.

La rousse rit de bon cœur et donna une grande tape dans le dos d'Olympe, la faisant sursauter. Elle s'exclama :

- Comme j'te l'ai dit plus tôt, on t'attendait, princesse. Cette chambre était là avant qu'j'arrive. Bien avant même. Elle a pt'être même ton âge. T'as quel âge d'ailleurs ? J'ai pas bien écouté les stratégies, ils l'ont pt'être dit.

Olympe ne répondit pas, surprise. Si cette chambre l'attendait depuis vingt ans, elle était bien propre, quelqu'un avait dû la nettoyer avant son arrivée. Alors ces gens l'attendaient vraiment. Mais pourquoi ?

- J'vois que t'es pensive. Je reviendrai t'chercher pour le dîner, ils t'en diront plus. Ah, d'ailleurs, n'aie pas peur d'nous princesse. On t'veut pas de mal, pas à toi. Mais ils te diront mieux.

Et Gabrielle quitta la chambre, fermant la porte à double tour.

CHAPITRE 9

Malgré l'heure tardive, Olympe luttait pour ne pas dormir. Elle était allongée sur le lit et ses paupières étaient lourdes. Bien trop lourdes. Elle ne devait pas fermer l'œil, ce serait devenir vulnérable, et elle ne pouvait pas se laisser faire. Or la princesse savait qu'elle devrait dormir à un moment ou un autre... Non, elle ne pouvait pas.

Olympe se réveilla en sursaut alors que la porte de sa chambre s'ouvrait. Elle avait dormi ! S'extirpant des draps dans lesquels elle s'était emmitouflée sans s'en rendre compte, la princesse se leva, l'esprit encore légèrement embrumé. Même sans sa structure bouffante, la robe de mariée restait encombrante et inconfortable. Le corset étouffait Olympe qui n'arrivait pas à délier le nœud qu'avait fait Mary. Heu, Ruby.

Gabrielle pénétra dans la chambre d'Olympe, un sourire illuminant son visage parsemé de taches de rousseur.

- Debout princesse, s'exclama-t-elle. Il est midi, c'est l'heure du repas en compagnie du clan.

Midi ? Olympe resta impassible. Elle avait beaucoup trop dormi et devait s'estimer heureuse d'être encore en vie, même si elle savait pertinemment que si ces gens voulaient sa mort, elle ne pourrait pas résister bien longtemps.

La princesse passa une main dans ses longs cheveux noirs pour les remettre en place et lissa sa robe de l'autre, un réflexe qui l'habitait toujours, malgré son éloignement du château. Elle devait se redonner une contenance.

- Il est préférable que je reste dans cette chambre, fit-elle d'un ton sec.

Elle devait garder en tête que ces gens l'avaient kidnappée. Certes, Gabrielle s'était montrée adorable et elle se trouvait dans une chambre et non une cellule, toutefois, elle n'était pas libre. Ils avaient assommé sa mère, et l'avait enlevée de force. Ils n'étaient pas ses alliés.

- Je me doutais que t'allais dire ça, s'exclama Gabrielle. Arrête de faire la rebelle et obéis-nous princesse, on t'veut pas de mal je te l'ai déjà dit.

Olympe ne bougea pas et se contenta de fixer Gabrielle, le visage impassible. La première chose qui lui avait été enseignée au château était la maîtrise de ses émotions. Lors d'une négociation ou d'une rencontre, il fallait constamment rester impassible et maîtriser ses expressions car tout pouvait être interprété. Le langage corporel était un traître plus redoutable que Mary. Olympe ne put néanmoins pas cacher sa surprise quand Gabrielle fit signe à deux hommes dans le couloir. Ils pénétrèrent dans la chambre dans un fracas de porte et attrapèrent Olympe qui n'avait aucune chance de se débattre face à ces brutes. Ils la soulevèrent, l'un prenant ses pieds et l'autre ses épaules et retournèrent dans le couloir sous les rires et les applaudissements de Gabrielle. Olympe gigotait dans tous les sens mais ne criait pas, c'était inutile et humiliant. Mais comment réagir à un tel comportement ?

Les deux hommes qui la portaient, étaient présents au bord du gouffre de la fin du monde lorsqu'Olympe avait dû sauter. Elle reconnut l'homme qui l'avait relevée, ainsi qu'un autre, bien plus discret. Ils se mirent à courir, dévalant les escaliers à toute allure, secouant Olympe dans tous les sens. Enroulée dans sa robe de mariée déchirée à certains endroits, la princesse était dans une position bien trop inconfortable. *Misérable.*

- Je peux marcher ! hurla-t-elle.

- Certes, fit le plus discret, mais c'est bien plus drôle ainsi.

Et les deux hommes accélérèrent leur course, riant encore plus fort. L'homme le plus discret avait la peau foncée et les cheveux châtains. Ses yeux étaient gris. L'autre homme était blond aux yeux bleus. Ils avaient tous deux une carrure impressionnante, entraînés au combat, Olympe le voyait par les muscles que faisait ressortir leur chemise moulante.

Arrivés dans un long couloir, Gabrielle poussa une imposante porte en chêne, laissant passer les deux hommes qui entrèrent en hurlant dans la salle.

- Mesdames, Messieurs les Fylis, voilà la princesse, tonitrua le moins discret des deux.

Des acclamations s'élevèrent de la foule attablée qui frappa des poings, faisant tinter les assiettes et les couverts. Les deux hommes montèrent sur un banc, puis sur la table, mettant les pieds dans les assiettes de leurs camarades sans aucune gêne, puis lâchèrent Olympe en plein milieu du plat de baies bleues, éclaboussant toutes les personnes aux alentours, mais surtout la robe blanche de la princesse. Tous hurlèrent de rire dans un boucan incroyable. Olympe ne savait pas dans quel clan elle était tombée, mais elle n'avait jamais vu ça de sa vie. Elle se redressa et essuya sa joue qui avait reçu des baies bleues, éberluée par tant de folie. Elle qui n'avait connu que la blancheur immaculée du château dans lequel rien n'était laissé au hasard, se retrouvait démunie. Elle sentit soudain des mains lui agripper les épaules et la poser à terre. Décidément ces gens la prenaient vraiment pour une assistée incapable de se déplacer seule. Elle se retourna pour regarder qui venait de la poser au sol : c'était un imposant gaillard aux cheveux châtain foncé, qui portait un tablier de cuisine taché. Ce devait être le cuisinier. Il n'avait pas du tout l'air ravi qu'elle ait gâché son plat.

- Asseyez-vous là-bas, grogna-t-il en désignant une chaise au bout de table. Et ne vous avisez plus jamais de gâcher ma cuisine.

Il jeta un coup d'œil vers le plat de baies bleues et soupira. Il l'attrapa alors pour le ramener en cuisine, mais au lieu de le vider dans la poubelle, il renversa le reste de la mixture sur la princesse, augmentant encore l'hilarité générale.

Même le chef, d'habitude impassible, affichait un léger sourire.

Ils étaient tous fous !

Olympe ne savait pas quoi faire. Là, couverte de baies bleues, elle n'osait plus bouger. Elle ne savait plus comment agir. C'en était trop pour elle, plus rien ne fonctionnait tant les émotions, les pensées et les réflexions tourbillonnaient dans son cerveau. Elle sentit alors une main attraper délicatement la sienne et la conduire vers la chaise que lui avait désignée le cuisinier. La princesse se laissa faire, ayant pleinement conscience qu'elle ne pouvait résister à rien dans cet antre de fous. La jeune femme attrapa une serviette en tissu et essuya le visage d'Olympe avant de la lui tendre pour qu'elle finisse seule.

- Je suis sincèrement désolée, mademoiselle, fit la jeune femme qui l'avait conduite à sa chaise, ce n'est certainement pas une façon de traiter une princesse. Écoutez simplement ce que Charles, l'homme assis à l'autre extrémité de la table, souhaite vous dire et vous pourrez regagner votre chambre. Malgré l'interdiction formelle que nous avons de communiquer avec vous, je viendrai cet après-midi pour vous montrer le chemin des salles de bain. Je ne peux pas vous laisser comme cela, ce n'est pas convenable.

La jeune femme aux yeux verts adressa un sourire si doux à Olympe que c'en devenait perturbant tant le contraste était fort avec le reste du clan. Elle parut hésiter quelques secondes, comme si elle ne savait pas comment se comporter avec Olympe, puis ajouta dans un murmure :

- Reprenez-vous, mademoiselle. Je sais à quel point vous devez vous sentir déboussolée. Mais reprenez-vous. Je vois en vous une grande force qui vous servira pour survivre aux Fylis. Faites-vous confiance.

Olympe essuya son visage comme elle le put, regardant la jeune femme s'éloigner et s'installer à côté de l'homme qui l'avait portée jusqu'ici. Perplexe, elle suivit le conseil de celle qui se présentait comme son alliée alors qu'elle ne devait pas l'être. Olympe ne devait plus être la princesse misérable et incapable qu'elle avait été jusqu'à présent, la jeune femme semblait le lui avoir rappelé. Elle prit une grande inspiration. Elle était prête. Elle devait faire ses preuves. Le chef en bout de table se leva alors, instaurant sans un mot un calme assourdissant dans la salle à manger.

- Chère princesse Olympe d'Arcalya, commença-t-il d'une voix remplie de malice, bienvenue chez les Fylis.

Les Fylis se levèrent alors, frappant sur les tables, dans une joie collective. Ils étaient apparemment très fiers d'appartenir à leur clan. En un regard du chef, le calme revint.

- Je suis Charles, le chef de ce clan. Si nous vous avons enlevée, c'est parce que vous êtes notre rançon. Votre père, le roi Percyvell d'Arcalya, est un roi atroce. Le peuple meurt à petit feu, consumé par la violence des clans de la capitale, qui tentent de survivre à leur manière face à la pauvreté qu'a générée votre famille. Nous voulons que cela change et l'homme qui vous était promis ne nous convenait pas. Vous êtes donc notre moyen de pression sur la famille royale. Voilà pourquoi nous ne pouvons pas vous tuer. Du moins pas encore.

Olympe fut soufflée par tant d'honnêteté. Charles venait de lui dévoiler toutes ses intentions à son égard sans le moindre ménagement. Elle intégra les informations qu'elle venait d'entendre, tentant de calmer la tempête qui ravageait son esprit. Il était temps de se concentrer, et ça, elle savait le faire. Le clan était clair sur ses motivations, qui étaient tout à fait justifiées par ailleurs. Cependant, cela prouvait à quel point le peuple n'était au courant de rien concernant la famille royale. Les Fylis n'avaient pas l'air d'avoir conscience que le roi détestait Olympe et que son enlèvement était le prétexte rêvé pour faire monter quelqu'un d'autre sur le trône, le plus grand regret du roi ayant toujours été la naissance de sa fille aînée. Elle leva alors les yeux vers les Fylis et sourit légèrement. Elle souffla :

- Mauvaise pioche, dommage.

Elle balaya la salle d'un regard plein de défi et fut surprise de croiser celui de Mary, qui avait apparemment survécu à l'attaque de la dague. Son buste était entièrement immobilisé par un bandage propre et elle donnait l'impression de souffrir énormément. *Bien fait pour elle*, pensa Olympe qui détourna le regard, se surprenant à ressentir du soulagement d'avoir été incapable de bien viser. Mary était la seule à savoir combien les Fylis se trompaient à son sujet, et la princesse avait du mal à comprendre pourquoi elle les avait laissé se tromper de cette manière sur un plan qui avait l'air de dater de la naissance d'Olympe. Celle-ci se leva alors, ignorant les Fylis qui l'imitèrent brusquement pour l'empêcher de s'enfuir. Elle quitta la salle, le regard toujours autant chargé de défi.

Olympe se rendit compte qu'elle avait également les cartes en main. Pour la première fois elle faisait le poids. Pour la première fois elle pouvait jouer selon les règles. Et elle n'était pas décidé à perdre. Pas cette-fois.

CHAPITRE 10

Sans surprise, Olympe avait été rattrapée peu après son départ de la salle à manger et reconduite dans sa chambre. Les Fylis n'avaient cependant rien dit, troublés par ses derniers mots.

Cela devait faire à présent vingt-quatre heures qu'Olympe était dans sa chambre. Gabrielle était venue lui apporter deux plateaux repas et la jeune femme qui lui avait promis de lui montrer les salles de bain n'était pas venue. La princesse se dirigea vers le lavabo de sa chambre. Après avoir dormi pratiquement treize heures, épuisée par l'enlèvement et tous les événements des semaines précédentes, elle ressemblait à un monstre qui aurait été écrasé par une charrette. Les baies bleues séchées n'arrangeaient rien à sa mine. Ses cheveux étaient en pagaille et elle était si sale que de longues traces de poussière recouvraient sa peau. Elle ouvrit le robinet et une eau froide s'en écoula. Elle se débarbouilla le visage comme elle le put, mais sans savon ni serviette, la tâche n'était pas facile.

Olympe s'observa dans le petit miroir attenant à l'évier : ses joues étaient creuses et son teint blafard. Elle n'avait vraiment pas bonne mine. Ses cheveux étaient emmêlés et collants. Et sa robe... Olympe avait mal au cœur pour les couturières du château. Déchirée à plusieurs endroits, elle portait à présent, en plus des taches de poussière, du coulis de baies bleues. Autant dire qu'elle était totalement fichue. Olympe balança sa tête en arrière et quitta la salle d'eau. Il était inutile de s'infliger ce supplice plus longtemps : elle avait besoin d'une douche, un point c'est tout.

Pourquoi ne pas y aller seule d'ailleurs ?

Olympe ne devait rien aux Fylis. Elle était captive, certes, mais cela ne l'obligeait pas à leur obéir à la lettre. Maintenant qu'elle savait qu'ils n'avaient aucun intérêt à la tuer tout de suite, rien ne la forçait à respecter les règles. Elle retira une épingle de sa coiffure et commença à crocheter la serrure. Elle avait appris à le faire avec les gardes du château. Olympe avait vécu enfermée entre les murs blancs du palais royal, il lui avait bien fallu trouver des occupations et déambuler dans le château de nuit était l'une d'elles. Discuter avec les bonnes et s'entraîner avec les gardes en faisait partie également, mais rien ne valait une escapade nocturne dans la bibliothèque des livres interdits. Quand elle parvint enfin à ouvrir la porte, elle jeta un coup d'œil dans le couloir vide : la voie était libre. Elle observa les murs bordeaux, bien trop foncés. Cette obscurité permanente était tellement inhabituelle, mais tellement apaisante également. Malgré sa certitude de n'abriter aucun démon, Olympe préférait largement l'obscurité.

Elle se déplaça de la façon la plus discrète possible, ce qui n'était pas une mince affaire vu la taille de sa robe. Alors qu'elle atteignait enfin le bout du couloir, des voix résonnèrent dans la cage d'escalier.

Le cœur d'Olympe s'emballa : ce couloir ne comportait aucune cachette, et il était trop tard pour qu'elle retourne dans sa chambre sans se faire voir. Or elle ne pouvait pas révéler aux Fylis qu'elle savait crocheter des serrures. La femme qui lui avait proposé de l'accompagner aux salles de bain apparut sur le seuil, accompagnée de l'homme à la peau foncée et d'une autre femme, plus en arrière. La première afficha une expression surprise face à Olympe qui n'avait rien à faire dans ce couloir sans surveillance. Ses yeux s'écarquillèrent quand elle l'aperçut et elle s'arrêta brusquement. L'homme, qui avait vu la même chose que sa camarade attrapa alors cette dernière par les hanches et pressa ses lèvres contre les siennes, entravant l'entrée du couloir, empêchant la troisième personne de remarquer Olympe qui se colla contre le mur.

- Beurk, s'exclama la femme plus en arrière. Si j'ai accepté de couvrir votre relation secrète, je n'ai pas signé pour vous voir vous rouler des pelles à chaque coin de rue. Vous auriez pu attendre d'être dans votre chambre, c'est pas pour rien qu'on a négocié pour que vous soyez à côté.

Puis elle s'éloigna, se cachant les yeux de sa main, et descendit aux étages inférieurs sans remarquer l'intruse dans le couloir. L'homme lâcha la femme dont les joues étaient devenues rouges et tous deux se tournèrent vers Olympe, bouche bée. L'avaient-ils défendue ? Elle en avait bien l'impression… Elle ne comprenait décidément rien aux comportements des membres de ce clan.

- Marceau, murmura la jeune femme aux yeux verts, portant une main à ses lèvres. Tu...

- Je suis désolé d'avoir fait diversion de cette façon, mais j'étais sincère, ce baiser en disait beaucoup pour moi.

- Ne t'excuse pas, c'était parfait je...

La jeune femme plongea son regard dans celui de son amant comme si elle s'apprêtait à l'embrasser de nouveau, puis parut se souvenir de la présence d'Olympe. Elle s'écarta vivement de Marceau, visiblement gênée. Leur relation ne devait pas durer depuis très longtemps à en juger par leurs longues hésitations et maladresses. De nouvelles voix résonnèrent dans la cage d'escalier. Olympe lança un regard paniqué vers les deux amants, tel un renard pris au piège. Et c'était vraiment ainsi qu'elle se sentait. Marceau indiqua la porte sur laquelle était gravé son nom. Olympe s'y rua sans réfléchir, sans penser aux conséquences, la jeune femme à sa suite. Marceau pénétra dans la chambre alors que les voix atteignaient le couloir.

- Pourquoi m'aidez-vous ? souffla Olympe car c'était plus fort qu'elle.

- Certaines fois il vaut mieux ne pas répondre au pourquoi, mademoiselle, répondit doucement la jeune femme. Je m'appelle Daphnée, et voici Marceau. J'imagine que vous avez compris que notre relation n'a pas encore été rendue publique. Tana le sait, mais c'est la seule et nous aimerions que ça reste ainsi.

Olympe garda le silence, ne voyant pas dans quel intérêt elle ébruiterait cette amourette.

- Vous devez simplement savoir, compléta Marceau, que nous sommes d'accord pour vous aider à survivre dans cet hôtel de fou. Nous avons conscience que les Fylis peuvent paraître effrayants, mais aucun de nous ne vous veut de mal. Je m'excuse d'ailleurs pour hier, quand je vous ai sortie de votre chambre avec Saphir. Il est vrai que, malgré le comique de la situation, c'était assez violent, d'autant plus que vous n'en avez pas l'habitude.

- Oubliez cela, répondit Olympe d'une voix rassurée. Je pense que l'épisode des baies bleues a été bien plus terrible.

Daphnée sembla avoir une illumination. Elle attrapa la main d'Olympe, vérifiant bien que ça ne la dérangeait pas, puis elle déposa un baiser timide sur la joue de Marceau.

- A plus tard, murmura-t-elle. Je vais conduire notre invitée aux salles de bain.

Marceau lui caressa le dos et regarda les deux jeunes femmes quitter sa chambre. Sa chambre qui, d'ailleurs, était identique à celle d'Olympe, ce qui surprenait beaucoup la princesse qui n'aurait jamais pensé, en tant que captive, être traitée de la même manière que les membres du clan. Mais Daphnée venait de la qualifier d'invitée… Décidément, tout était bien trop paradoxal.

Daphnée se rendit deux étages plus haut et déboucha dans un couloir entièrement réservé à l'hygiène. Derrière la première porte se trouvait la salle de bain des hommes, derrière la deuxième se trouvaient les toilettes et enfin, derrière la troisième, Olympe trouva la salle de bain des femmes. Elle était très spacieuse, entièrement carrelée de blanc du sol au plafond. La salle de bain était composée de plusieurs cabines à l'intérieur desquelles se trouvait une baignoire. Les cloisons étaient noires. Noires. Un noir sombre comme du charbon. Un noir bien trop illégal pour ne pas surprendre la princesse, qui n'en avait jamais vu ailleurs que sur ses cheveux. Les Fylis n'avaient vraiment pas l'air de craindre les démons. Après tout, ils vivaient dans la fin du monde… Au-delà des cabines, se trouvaient une rangée de lavabos ainsi que de grands miroirs qui renvoyèrent l'affreux reflet de la princesse.

- Je reviens bientôt, fit Daphnée. Restez bien dans votre cabine tant que je ne suis pas là. Si quelqu'un rentre, ne dites rien.

Comme si elle se rendait compte qu'elle venait de donner des ordres à la princesse héritière d'Arcalya, même s'il s'agissait plutôt de conseils si on y réfléchissait bien, elle ajouta :

- Mais c'est comme vous voulez, je ne vous oblige à rien. Essayez simplement de ne pas vous échapper s'il-vous-plaît, je n'ai pas envie d'avoir de problèmes avec Charles.

- Je ne m'échapperai pas, acquiesça Olympe.

Puis la princesse entra dans une cabine, laissant Daphnée repartir. Elle se débarrassa de sa robe le plus vite possible, redoutant le moment où elle devrait la remettre. Le corset opposa de la résistance et Olympe se cassa les ongles sur le nœud ultra serré qu'avait fait Mary le jour du mariage. Elle ne put retenir un soupir de soulagement quand elle le retira enfin. Ses épaules craquèrent et sa poitrine se dégagea. Elle eut le sentiment de respirer de nouveau. Abandonnant la robe sur un cintre, elle se glissa dans la baignoire et commença à faire couler l'eau chaude. Quand elle fut remplie, la princesse patienta quelques minutes, savourant le calme de la pièce ainsi que la détente que lui offrait ce moment. Elle plongea ensuite sa tête dans l'eau chaude, frottant son crâne collant. Quand elle en ressortit pour reprendre sa respiration, l'eau n'était plus si claire... Olympe attrapa un des produits sur le rebord de la baignoire et commença à frictionner sa peau, savonnant les moindres recoins de son corps poisseux de transpiration. Elle passa ensuite à ses cheveux, faisant mousser un autre carré de savon qui sentait les fleurs. Prendre un bain et se laver ainsi lui faisait un bien fou. Elle avait eu l'impression de revivre en s'extirpant de cette robe bien trop serrée et inconfortable. Olympe replongea sa tête sous l'eau, frottant son visage pour enlever les dernières traces de maquillage. Elle se sentait comme une nouvelle personne sans tous les artifices du château. Comme s'ils représentaient la princesse qu'elle avait été, mais que sans eux, elle n'était plus *qu'Olympe*.

Une vingtaine de minutes plus tard, une porte s'ouvrit et Olympe s'immobilisa. Elle espérait de tout son cœur qu'il s'agisse de Daphnée. Elle poussa un soupir de soulagement quand la voix de la jeune femme aux yeux verts s'éleva dans la salle de bain :

- Prenez votre temps, mademoiselle. Marceau monte la garde à l'extérieur, il dira à toutes celles qui souhaitent entrer que je suis malade et qu'il vaut mieux me laisser.

Daphnée glissa alors un panier beige sous la porte de la cabine d'Olympe et s'enferma dans celle d'à côté, commençant à faire couler l'eau. La princesse sortit de son bain et enleva le bouchon pour que la baignoire se vide. Dans le panier se trouvait deux serviettes, une grande et une petite, ainsi qu'un peigne, une brosse à dents et... une tenue complète. Olympe en eut presque les larmes aux yeux. Plus de corset. Plus de robe sale et encombrante.

La jeune femme se sécha et s'habilla avec plaisir. Daphnée lui avait apporté un pantalon en tissu beige ainsi qu'une chemise blanche. Elle avait ajouté des bottines, deux paires de sous-vêtements et une ceinture. Tout était un peu grand, mais ça importait peu à Olympe qui n'avait jamais porté ce genre de vêtement auparavant. Elle boutonna minutieusement la chemise qu'elle rentra dans le pantalon. Elle n'avait jamais porté autre chose qu'une robe... Fascinée, elle sortit de sa cabine et se dirigea vers le grand miroir. Propre et habillée de cette manière, Olympe ressemblait presque à une personne du peuple et elle adorait cette idée. Elle enfila les bottines beiges et s'approcha d'un lavabo. Elle commença à se brosser les dents et peigner ses longs cheveux qui tombaient jusqu'en bas de son dos. C'était comme si elle respirait enfin après plusieurs jours d'apnée.

- Même vêtue comme nous, fit Daphnée dans un sourire en sortant de sa cabine, vous ressemblez à une princesse.

Olympe se retourna vers la jeune femme qui était vêtue d'une robe à fleurs et murmura :

- Merci Daphnée. Merci énormément.

Mais Olympe retrouva vite son expression impassible, redescendant sur terre. Elle était captive ! Elle ne pouvait pas tomber sous le charme des Fylis à la moindre petite attention. Toutefois Olympe connaissait si peu la sympathie compte tenu de son enfance que dès qu'on s'occupait d'elle, elle ne pouvait résister... Comme Daphnée avait remarqué son changement brutal d'expression, elle dit d'une toute petite voix :

- Ne soyez pas trop dure avec vous-même, mademoiselle. Je comprends que vous soyez réticente, nous vous avons enlevée, mais je vous assure que nous ne vous voulons aucun mal. Nous sommes de votre côté.

- Appelez-moi Olympe, se contenta de répondre la princesse, ce qui était pour elle une grande avancée, pas forcément positive étant donné qu'elle baissait sa garde face à l'ennemi.

Soudain la porte de la salle de bain s'ouvrit sur Tana, la fille de la cage d'escalier et une autre, qu'Olympe n'avait pas encore beaucoup vu. Les deux jeunes femmes s'immobilisèrent.

- Recule Daphnée, on s'en occupe, s'exclama Tana.

Mais son amie s'était déjà précipitée vers Olympe qui l'esquiva de justesse. Les coups volèrent, mais ça, Olympe en avait trop l'habitude. Les vieux réflexes refirent surface et les ongles de la princesse se plantèrent dans l'épaule de la jeune femme qui l'attaquait, comme lors de cette soirée où le roi avait voulu frapper Zéphyr, où le roi avait dépassé les limites. Machinalement, Olympe la tira en arrière, habituée à la résistance de son père. Or la jeune femme était bien plus frêle et s'écroula par terre dans un craquement. Daphnée poussa un cri et Tana se rua sur Olympe, l'immobilisant en la plaquant contre le mur carrelé de la salle de bain.

- Ellie, est-ce que tout va bien ? demanda Daphnée en s'agenouillant à côté d'elle.

La jeune femme, Ellie donc, releva la tête, le nez en sang. Elle fusilla Olympe du regard et cracha :

- Alors comme ça notre prisonnière sait se battre. Fais gaffe, tu vas finir au cachot avec les monstres, à moins que t'en sois toi-même un. Hein, *cheveux noirs*.

- Ellie, je ne pense pas que ce soit la bonne solution, murmura Daphnée.

- Tais-toi toi, on a très bien compris ton petit jeu avec Marceau. En plus d'être amants vous aidez l'ennemi. Tu connais ce monde-là Daph, les bourgeois, les élites, les privilèges, tu sais ce que c'est, pourquoi vouloir l'aider ?

- Ça suffit, allons à l'infirmerie, tu n'as plus les idées claires.

- Et moi je ramène *cheveux noirs* dans sa chambre, fit Tana.

La jeune femme empoigna Olympe violemment, la forçant à sortir de la salle de bain. Sans un mot, elles descendirent les deux étages qui les séparaient du couloir dans lequel se trouvait la chambre d'Olympe et Tana l'y poussa si brutalement que la princesse s'écroula par terre, impuissante, en colère et troublée.

- Je te préviens, aboya la Fylis, ne t'avise plus jamais de blesser mes amis, où je ne me conformerai pas longtemps aux ordres de Charles qui nous oblige à te traiter correctement.

CHAPITRE 11

Olympe était en colère. Tana et Ellie avaient agi comme si elle était une intruse et que personne ne voulait d'elle ici, or elle n'avait jamais demandé qu'ils l'enlèvent ! Elle n'avait jamais souhaité qu'ils assomment sa mère et la kidnappent. Elle n'avait pas non plus voulu qu'ils l'enferment dans cette chambre pendant des heures ! Elle n'avait rien demandé et surtout ne voulait rien de tout cela ! Les deux femmes ne devraient pas agir comme si sa présence était de trop. De plus Tana lui avait tout pris : le peigne, la brosse à dent, toutes ses épingles... Elle n'avait aucune chance de ressortir.

Olympe en avait plus qu'assez de toujours subir les violences des autres.

Elle en avait plus qu'assez que tout soit toujours de sa faute.

Elle en avait plus qu'assez qu'on lui reproche tout et qu'elle ne fasse jamais rien de convenable.

Olympe ne supportait plus de cette vie qui ne voulait pas d'elle.

Elle en avait marre d'être misérable.

Elle. En. Avait. Marre.

Olympe recula, prise soudainement d'affreux maux de ventre. Elle sentit une douleur fulgurante remonter sa colonne vertébrale pour s'emparer de son cuir chevelu, puis descendre dans ses yeux, sa bouche, puis à nouveau son ventre. Prise de frissons, elle s'enroula dans sa couverture. Que se passait-il ?

Une peur qu'elle ne connaissait pas encore l'enveloppa. Ces symptômes ne ressemblaient en rien à une quelconque maladie... Ils étaient trop brutaux, trop fulgurants. Ils n'avaient rien à voir avec la peur accumulée, ou la fatigue, ou simplement les émotions mélangées. Non. Aucun rapport. Son cerveau ne voulait pas comprendre, pourtant c'était parfaitement clair.

Le démon.

Mais c'était impossible, il ne s'était jamais manifesté auparavant. Elle était pourtant si sûre que la couleur de ses cheveux n'avait rien à voir avec lui... Si sûre que malgré son sang noir qui aurait dû l'alerter depuis bien longtemps, il n'y avait aucun démon dans son ventre. Pourtant à la seconde où elle prit conscience de la nature de ses douleurs, ce fut comme si tout explosait autour d'elle et un épais brouillard glaçant assombrit la chambre. Un brouillard qui sortit d'elle-même. Un brouillard qu'elle avait créé. Olympe se leva brusquement du lit mais son corps ne répondait plus. Elle tomba à genoux, sentant du sang s'écouler de son nez. Non, c'était impossible. Sa colère n'avait pas pu réveiller le démon, elle avait déjà été bien plus énervée que cela. Elle avait déjà été bien plus éprouvée que cela. Olympe tomba à plat ventre puis roula sur le dos, la douleur était insoutenable, elle devait s'arrêter. Elle poussa un cri déchirant, incontrôlable. Plus abondant que jamais, le sang coula sur le parquet, sortant de son nez et sa bouche. Un sang noir, si foncé qu'il semblait irréel.

Elle ne comprenait pas pourquoi l'obscurité était présente dans sa chambre alors que tous les tests qu'elle avait passés au château et même les plus fiables, s'étaient révélés négatifs, lui indiquant qu'aucun démon ne se trouvait dans son ventre. Le sentiment qui prenait le dessus actuellement était la peur, Olympe devait sortir de cette chambre noire. Elle devait sortir vite.

Dans un effort qu'elle ne pensait pas possible, elle se redressa et parvint à se lever. Son corps entier était pris de spasmes douloureux. Elle avançait comme un monstre, ébranlée, son corps craquant. Sans contrôler sa force, elle rentra dans la porte qui se brisa sans opposer la moindre résistance, le démon faisant naître en elle de nouvelles aptitudes. Une fois dans le couloir, elle observa sa chambre, persuadée que les ténèbres allaient la poursuivre si elle s'enfuyait. Son cœur battait à tout rompre et son corps n'était qu'une boule de douleur tout juste supportable. Avec stupeur, Olympe constata que le brouillard sombre se rassemblait au milieu de la pièce, formant une grosse sphère, si foncée qu'aucun humain vivant n'avait jamais vu cette couleur. La sphère commença à trembler et, aussi soudainement qu'elle était sortie du corps d'Olympe, se rua sur elle pour y retourner, entrant pour tous les orifices de son visage, la plaquant contre le parquet du couloir dans un claquement sourd qu'Olympe espérait ne pas venir de ses os.

Quand les ténèbres furent totalement revenues à l'intérieur de la princesse, elle se redressa sur ses coudes, constatant les dégâts que cette crise avaient causés dans sa chambre. Sa chambre qu'elle ne voulait plus voir. Dans laquelle elle ne voulait jamais retourner. La jeune femme se leva d'un bond, retrouvant ses esprits alors que la douleur persistait : elle devait fuir. Si un démon était réellement en elle, elle ne voulait pas qu'il refasse surface à l'hôtel des Fylis. Elle voulait qu'il apparaisse au château, pour qu'il s'occupe du roi et du prince. Olympe se mit à courir à travers le couloir, se ruant dans la cage d'escalier, percutant les murs quand ses jambes refusaient de la porter. Là, entendant des voix qui arrivaient des étages inférieurs, la jeune femme commença à gravir les marches difficilement, grimpant un, puis deux, puis trois étages. Elle ne s'arrêta pas là, elle devait monter tout en haut, sortir sur le toit et escalader la paroi pour remonter. Elle ignorait avec quelle force elle parviendrait ne serait-ce qu'à atteindre le toit. Elle savait que c'était impossible et qu'elle allait mourir mais son cerveau ne fonctionnait plus correctement, alors elle continua, se dirigeant vers le point culminant de l'hôtel des Fylis.

Car quel était l'intérêt de vivre une telle vie ? Enfermée, torturée, détestée. Rien ne retenait Olympe. Tout la poussait vers ce vide de la fin du monde, dans lequel elle se jetterait volontiers.

Totalement perdue et désorientée, la princesse se rendit au dernier étage de l'hôtel. La cage d'escalier ne débouchait pas sur un couloir aux nombreuses portes comme à chaque étage, non. La cage d'escalier débouchait sur une unique porte qui indiquait « salle de machines ». Elle pénétra dans cette pièce et la première chose qui lui sauta aux yeux ne fut pas les centaines de machines qui reposaient dans cette pièce, non. Ce fut le trou dans le plafond, équipé de cordes qui servaient visiblement à remonter à la surface. Olympe hurla d'une voix autoritaire et maîtrisée, bien plus grave que son ton habituel :

- Faites-moi remonter tout de suite.

Un jeune garçon qui ne devait pas avoir plus de treize ans sortit sa tête d'une machine, de la suie sur les joues, affichant une expression apeurée. Cependant il ne bougea pas. Olympe attrapa un outil et répéta :

- Faites-moi remonter, *tout de suite.*

Elle avait insisté sur les derniers mots afin d'effrayer encore plus le petit pour qu'il accède à sa requête. Son instinct de survie la poussait à faire n'importe quoi, son cerveau étant comme saturé par la masse d'informations et de pensées qui se battaient dans sa tête. Il s'extirpa de sa machine et attrapa une corde qu'il tendit à Olympe d'une main tremblante. Il lui montra ensuite un nœud, puis lui indiqua son pied. Celle-ci comprit et enfila son pied dans la boucle que créait le nœud. Le petit garçon se précipita vers une table et appuya sur un bouton. La corde se tendit d'un seul coup, faisant remonter Olympe vers la surface. Vers le désert Aride. Vers la liberté.

CHAPITRE 12

Olympe s'effondra dans le sable du désert Aride tant le système de remontée était brutal. Du sable pénétra dans sa bouche et la fit tousser violemment, faisant jaillir un sang bien trop sombre de sa gorge douloureuse. Olympe roula sur le côté, écœurée. Elle mit quelques secondes à réaliser où elle se trouvait et ce qu'elle venait de faire. Elle s'était échappée ! Elle avait réussi, et ça avait été presque trop simple. Son évasion n'avait rien à voir avec tout ce qu'elle avait pu lire dans les livres d'action qu'elle volait à la bibliothèque du château. Aucun prince à la carrure athlétique n'était venu la secourir, et elle n'avait rien d'une héroïne canon, qui terrorise ses ennemis d'un simple regard. Non, elle était plutôt ridicule, avec du sable dans les cheveux et la bouche encore pâteuse.

Olympe se releva, ignorant les douleurs qui enveloppaient son corps et commença à courir, utilisant toutes ses forces pour avancer, car elle n'avait pas de temps à perdre. Les Fylis allaient bien se rendre compte de son absence, et elle doutait fortement que le jeune homme qui l'avait fait monter reste silencieux. Elle devait partir loin, loin de la fin du monde, loin de l'hôtel des Fylis, loin du démon qui était apparu en elle.

Au bout de quelques minutes de course, alors que sa respiration sifflait et ses muscles tiraient, Olympe entendit son nom. Son nom hurlé au loin avec tant de désespoir que c'en devenait presque déchirant. Son nom prononcé par une voix familière. Une voix qui avait bercé son enfance. Il était hors de question qu'elle ne se laisse rattraper. Cependant et malgré toute sa force mentale, la princesse ralentissait, souffrant de douleurs qui irradiaient dans tout son corps. Olympe se concentra sur ses pas, qu'elle devait aligner malgré sa vue trouble et ses jambes flageolantes. Elle tenta d'observer l'horizon, afin de courir toujours plus vite, mais c'était si dur. C'était si douloureux…

Elle courut jusqu'à ce qu'elle ne puisse plus respirer, jusqu'à ce que son corps soit si faible et si endolori qu'il lui était impossible d'avancer davantage. Olympe tomba à genoux, les poumons brûlés, le corps meurtri. Elle se mit alors à cracher du sang... noir lui aussi. Comme dans la chambre, mais en plus grosse quantité. Cela prouvait tout, le démon était bien réveillé, il était bien là. Il remuait tout son corps à la recherche d'une issue. Il pouvait tout détruire, y compris elle-même. La princesse tenta de se relever mais une main se posa sur son dos. Une main rassurante. Une main qu'elle connaissait trop bien. La main de Mary. La princesse cessa sa lutte. Elle ferma les yeux, laissant les larmes lui bruler les joues. Dans un mouvement las, Olympe se tourna vers son ancienne femme de chambre et éclata en sanglots, s'échouant sur le sable chaud du désert aride. Elle pleura fort, libérant toutes ses émotions, toute la pression des derniers jours. La femme de chambre la prit dans ses bras et coucha sa tête sur ses genoux, tentant d'apaiser les douleurs de celle qu'elle considérait un peu comme sa fille.

Mary, en plus d'avoir changé de nom, avait changé d'apparence. Elle avait troqué son éternel chignon serré pour un carré blond parsemé de mèches roses. Un grand bandage blanc dépassait de sa chemise, recouvrant la blessure que la princesse lui avait infligée, et qui la faisait visiblement souffrir. Elle était maquillée et ses vêtements n'avaient plus rien à voir avec l'uniforme du château. Elle s'occupait toutefois d'Olympe avec la même douceur, comme s'il ne s'était rien passé.

Mary avait le cœur serré. Même si elle s'attendait à ce qu'Olympe ne comprenne pas immédiatement sa décision, elle n'imaginait pas que cela la toucherait autant. Elle aimait la princesse si profondément, qu'il lui était insupportable de la voir ainsi.

- Pourquoi ? s'étrangla la princesse qui s'abandonnait à la vulnérabilité. Pourquoi m'as-tu trahie ? Tu étais la seule personne au monde à qui je faisais confiance. Je t'avais tout dit, tu avais tout vu.

- Cela a été très dur pour moi, Olympe. Au fil du temps j'ai pris conscience que cela pouvait te détruire. Cependant lorsque j'ai rencontré le prince, j'ai su que cet enlèvement était le meilleur cadeau que je pouvais te faire. Tu ne vivais plus, Olympe. Tu étais prisonnière de ton père et le prince Lucius venait se rajouter à l'équation des hommes horribles de ta vie. Tu ne rêvais que de t'enfuir, alors je t'ai permis de le faire.

- Mais tu es ma femme de chambre depuis ma naissance, Mary ; ou Ruby, je ne sais même plus comment t'appeler. Tu savais depuis tout ce temps que tu allais m'enlever le jour de mes vingt ans ?

- Oui, je savais. Et j'étais contre pendant des années. Quand je voyais la petite fille merveilleuse que tu étais, je ne pouvais me résoudre à t'utiliser comme une arme. Jusqu'à ce que ton père te frappe pour la première fois. Là j'ai compris que te sortir du château était la meilleure chose à faire. Je savais que les Fylis formaient un clan, certes, un peu déjanté, mais capable de t'accueillir comme ils ont accueilli tous les autres. Tu ne le sais pas encore mais de nombreux membres ont fui leur famille. Je ne voulais que faire ton bien et te rendre heureuse. Ouvre-toi aux Fylis et apprends à les connaître comme je les connais, tu verras que tu ne voudras plus jamais retourner au château. Je t'assure que personne ne te veut de mal. Et par-dessus tout, je n'ai jamais voulu te faire de mal. Mon seul but, depuis vingt ans, est de te protéger, Olympe. Jouer ce rôle de bonne et te mentir a été l'épreuve la plus dure de ma vie. Je suis désolée que tu te sentes trahie et encore plus seule que tu ne l'as jamais été, mais sache que je n'ai jamais voulu que ton bonheur. Je te considère un peu comme ma fille, tu sais.

Olympe soupira. Elle comprit l'ampleur de la trahison de Ruby, qui n'avait jamais été celle qu'elle prétendait être. Elle comprit qu'elle s'était accrochée à une fausse identité durant vingt ans, et s'était construite grâce à une menteuse. Cependant elle comprit aussi les motivations de son amie. Finalement, peut-être qu'elle avait raison. Olympe suffoquait au château. Parfois, il lui arrivait même de songer à la mort pour échapper à son destin désastreux. Ses rêves de fuite se réalisaient enfin, d'une façon assez surprenante toutefois.

Trop d'informations contradictoires se bousculaient dans son cerveau et la douleur associée au réveil du démon rappela vite la princesse à l'ordre. Elle s'abandonna dans les bras de son ancienne bonne, se tordant dans tous les sens tant la souffrance devenait insupportable.

Elle sanglota bruyamment, poussant des gémissements douloureux, s'agrippant aux pans de chemise de la vieille femme qui semblait enfin comprendre l'étendue du problème. Ruby remarqua le sang noir, non loin de la princesse, et son cœur manqua un battement. Cela ne faisait pas partie du plan. Olympe n'était pas censée avoir réellement un démon dans son ventre. Ruby se redressa brutalement : il était urgent d'agir. Elle força Olympe à retrouver une position assise et prit sa tête entre ses mains, maintenant avec ses coudes les épaules de la jeune femme qui tenait à peine tant sa force l'avait quittée.

- Olympe, tu dois m'écouter maintenant, fit-elle d'une voix rauque, les yeux remplis d'une terreur incontrôlable. L'heure est grave. Le démon que personne ne soupçonnait de t'habiter à l'air en colère, tu dois le maîtriser avant que tes propres ténèbres ne t'avalent. Respire fort et regarde-moi.

Olympe leva la tête vers Ruby, se forçant à inspirer de grandes bouffées d'air afin d'expirer longtemps. Les yeux remplis de larmes, elle s'accrocha désespérément à ce regard qui avait toujours été le seul qui la rassurait. Ce regard qui n'avait pas changé malgré tout. Peut-être qu'avec l'aide de sa bonne, elle allait survivre…

- Tu es Olympe d'Arcalya, princesse héritière du royaume le plus puissant du monde magique. C'est toi qui fais la loi, que ce soit sur terre ou dans ton corps. Tu es forte, tu peux y arriver. Contrôle-le, Olympe.

Les yeux de la princesse devinrent noirs et ses cheveux prirent une teinte si foncée que c'en devenait irréel. Ses veines sombres apparurent sur ses poignets, remontant lentement ses avants bras, puis ses épaules, devenant même perceptibles sous sa chemise blanche. Ses ongles s'allongèrent pour devenir des griffes. Le démon prenait possession d'elle, il tentait de la contrôler. Son corps fut pris de violents tremblements. Alors que du sang s'écoulait de sa bouche, une larme coula le long de la joue de Ruby. Elle était en train de la perdre. Elle allait la perdre ! Elle poussa un cri lorsque la princesse fut plaquée contre le sable blanc. Non, c'était impossible, tout ne pouvait pas se finir à cet instant.

- Contrôle-le, hurla Ruby qui se pencha au-dessus du corps secoué d'Olympe. Je crois en toi, tu peux le faire. Tu es la personne la plus forte du monde magique. Tu peux y arriver.

Ruby lui attrapa les joues. Elle se coucha sur son corps meurtri afin de contenir les tremblements, afin de s'assurer que son cœur d'humaine battait toujours. Elle pleura si fort, désespérée. La vieille femme posa sa joue contre le cœur d'Olympe qui perdait le rythme. Là, elle l'enlaça tendrement, murmurant :

- Je t'en supplie, bats-toi...

Dans un couinement, Olympe se tortilla dans tous les sens, une douleur indescriptible l'enveloppant. Elle était prisonnière de son corps, incapable d'agir, ni même de faire un signe qui permettrait à Ruby de comprendre qu'elle vivait toujours. Elle voulut hurler et s'arracher la peau qui brûlait trop, elle voulut pleurer, elle voulut mourir ; mais elle se força à se concentrer pour contrôler ce démon en colère. Au bout de quelques longues minutes d'intense souffrance, ses yeux retrouvèrent leur couleur grise translucide et la douleur s'évapora aussi rapidement qu'elle n'était arrivée, laissant sa peau rougie à quelques endroits. Les tremblements cessèrent.

La Disparition de la Princesse

Le démon était parti. Elle l'avait repoussé dans son ventre avant qu'il ne l'avale. Elle avait réussi. Elle posa une main faible sur le dos de son amie qui se releva immédiatement. Ruby essuya ses larmes, se tournant vers le vide de la fin du monde. Elle fixa l'horizon, tentant de calmer les battements de son cœur alors que la princesse reprenait conscience, toujours allongée sur le sable blanc du désert Aride.

Ruby s'agenouilla aux côtés d'Olympe et prit une de ses mains dans les siennes. Elle lui adressa un regard lourd de sens, déclarant :

- Si tu veux retourner au château et te marier immédiatement avec Lucius, je t'y emmène. Mais uniquement si c'est ce que tu souhaites réellement au plus profond de ton cœur.

Alors que son cerveau se remettait tranquillement des évènements, Olympe se rendit compte d'une chose : Ruby avait raison. Elle avait toujours rêvé d'une seule chose : s'échapper du château et découvrir de nouveaux horizons. C'est exactement ce qu'il se passait à présent. Elle ne ferait pas confiance aux Fylis, c'était certain. Pas tout de suite. Mais elle pouvait sûrement arrêter de se gâcher la vie en ressassant son malheur. Car son malheur ne se trouvait pas là. Son malheur était au château, aux côtés du prince Lucius et du roi Percyvell d'Arcalya.

Partie III
Les Fylis

CHAPITRE 13

Ruby et Olympe regagnèrent le bord de la fin du monde. La vieille dut aider la princesse dont les forces n'étaient pas au beau fixe. Cependant celle-ci remarqua à quel point le pansement de son amie était imbibé de sang. Ruby souffrait de sa blessure à l'abdomen. Malgré ça elle aidait Olympe sans broncher, ignorant cette douleur lancinante qui irradiait jusqu'à son épaule.

Les deux femmes atteignirent le gouffre. Si imposant, si terrifiant, et à la fois si attractif… Cette fois, la princesse allait devoir sauter de son plein gré, ce qui l'effrayait légèrement. Cependant, elle avait déjà bien trop montré ses émotions pour la journée et n'allait pas se laisser impressionner par le plus grand gouffre du monde.

- Nous pouvons sauter ensemble si tu as peur, murmura Ruby qui tenait son cœur d'une main tremblante.

Mais Olympe ne voulait pas. Elle-seule devait être consciente de la présence de cette peur. Sans un regard pour Ruby, elle avança d'un pas décidé et sauta loin du bord pour ne pas se cogner contre la paroi. Son estomac se serra durant la chute qui parut interminable. Elle ne cria pas : elle ne pouvait plus avoir peur, c'était terminé. Elle ne pouvait plus avoir d'émotions, pas tant qu'elle ne contrôlait pas celui qui habitait son ventre.

Olympe sortit de la toile avec quelques difficultés, se débattant avec les lianes, tandis que Ruby qui avait l'habitude s'en extirpa en quelques secondes. La princesse remarqua toutefois la dureté du visage de son ancienne femme de chambre, la douleur de son cœur crispant ses traits. Cette fois-ci, personne n'était là pour les accueillir. Peut-être même que personne n'avait remarqué l'absence de la prisonnière. Les deux femmes remontèrent au cinquième étage, dans le couloir des salles de bains et Ruby laissa du temps à Olympe pour qu'elle se recoiffe et lave tout indice du passage du démon. Elles ne pouvaient se permettre de laisser la moindre trace de sang noir sur les vêtements, où même sur la peau d'Olympe. Car malgré les doutes qu'avait pu ressentir la princesse avant sa crise quant à la présence d'un démon en elle, un sang noir ne mentait jamais.

Quand Olympe sortit de la baignoire, elle se dirigea vers les grands miroirs et fut surprise de voir que ses cheveux étaient toujours autant emmêlés et gonflés. Elle prit un peigne et tenta de les dompter mais rien n'y fit : ils restaient dans tous les sens. Ruby s'approcha alors et attrapa le peigne. La vieille femme avait ouvert sa chemise lorsque sa protégée se lavait afin d'examiner l'état du pansement qui recouvrait son cœur. Les boutons n'avaient pas été refermés, laissant l'étendue des dégâts à la vue d'Olympe. Le tissu blanc qui le composait était bruni par la poussière du désert et du sang s'en écoulait, signe de l'explosion des points de suture. Mais Ruby ne semblait pas s'en formaliser, se consacrant cœur et âme à Olympe.

Ruby commença à coiffer la longue chevelure de la princesse, émettant une certaine réserve au départ. Elle releva les cheveux d'Olympe en un chignon convenable, mais pas trop serré, et caressa son dos, comme elle avait l'habitude de le faire lorsqu'elle était petite. Olympe lui sourit. Malgré tout, elle était heureuse que Ruby soit là. Elle était son seul repère, et ce depuis vingt ans. Et ce malgré tout ce qu'elle avait pu faire, ou être dans son dos…

- Allons dîner, murmura l'ancienne bonne.

- Je ne mangerai pas avec les Fylis, Ruby, je l'ai déjà dit.

- Il va bien falloir pourtant, ils n'ont pas l'air décidés à t'apporter des plateaux repas. Maintenant que tu as traumatisé Alphonse, ils ont moins envie de te faire des faveurs.

Alors le petit garçon s'appelait Alphonse. Olympe leva les yeux au ciel, dépourvue de la moindre compassion pour cet enfant. Tu parles d'un cadeau, ils la laissaient croupir dans une chambre. Elle soupira et plongea son regard dans celui de Ruby.

- Allez, Olympe, fit celle-ci. Tu as déjà dû assister à bien pire, un repas en compagnie des Fylis ne te tuera pas. Tu n'as pas le choix de toute façon, Charles veut te parler.

Comprenant qu'il était inutile de discuter plus longtemps, Olympe lâcha d'un ton sarcastique :

- Alors si le grand Charles veut me parler, allons-y !

Les deux femmes descendirent au deuxième étage et s'arrêtèrent devant la porte de la salle à manger. Ruby caressa le dos de la princesse une nouvelle fois et lui adressa un sourire rassurant. Il n'y avait aucune raison que ça se passe mal. La blonde poussa la lourde porte, permettant à la princesse d'entendre l'effusion générale, ce qui accéléra les battements de son cœur. Ces gens étaient vraiment atypiques. Olympe n'avait aucune idée de la manière dont elle allait être accueillie. Les Fylis devaient la détester plus encore qu'auparavant et elle n'avait aucune envie de subir leur mécontentement.

Lorsque les deux femmes pénétrèrent dans la salle à manger, le silence s'installa à la grande surprise d'Olympe. Ruby fronça les sourcils et lui fit signe de s'asseoir à la même place que la dernière fois. Olympe obéit sans broncher. Elle n'avait pas envie de contrarier les Fylis plus qu'elle ne l'avait déjà fait. Des murmures s'élevèrent des bancs de la salle à manger, tous avaient eu écho des événements de la journée. Alphonse n'était pas là. Olympe s'assit tranquillement sur la chaise en bois, tout au bout de la table et attendit que quelque chose se passe. Or rien n'arriva. Tous la fixaient sans rien dire, une profonde haine dans le regard. Alphonse était tout jeune, il devait donc être le petit protégé du clan, et Olympe lui avait fait peur... Son cœur se serra alors que l'image de son frère Zéphyr se faufila dans son esprit. Cependant elle n'avait aucun scrupule, elle n'était pas ici pour être aimable, ils devaient garder en tête que si elle était là, c'était leur faute, elle n'avait rien demandé. La culpabilité n'avait pas sa place parmi ses émotions.

Au bout de plusieurs minutes, Victor se leva et s'en alla dans la cuisine. Alors Olympe lui inspirait une telle haine qu'il ne pouvait pas rester à la même table qu'elle ? Elle fixa les portes de la cuisine, exaspérée par ce comportement. Cet homme bourru avait déjà eu une occasion de lui montrer son ressenti à son égard, et ça n'avait pas été très glorieux. Olympe fut alors surprise en le voyant revenir avec une assiette et des couverts. Il les posa violemment devant elle et retourna s'asseoir. L'intention était là, c'était déjà ça. Olympe eut une pointe de remords quant à son erreur de jugement mais cela passa vite lorsque Charles prit la parole avec un ton plus que sarcastique :

- Quel honneur, princesse Olympe. Après avoir blessé notre espionne la plus agile, brisé la porte de la chambre gentiment mise à votre disposition, traumatisé le membre le plus jeune du clan et enfin, vous être enfuie, nous sommes très heureux de vous avoir à nos côtés pour partager ce repas.

Olympe fut estomaquée par tant de culot. Ce chef de clan n'espérait tout de même pas qu'elle obéisse sans broncher? Elle répondit sans réfléchir, ignorant toute retenue sur le même ton :

- Quel honneur, chef Charles. Après avoir assommé ma mère, brisé mon mariage, déchiré ma robe, m'avoir droguée pour que je dorme, violentée pour que je vous suive, poussée dans un gouffre infini et enfin, enfermée dans une chambre pendant des heures ; je suis très heureuse d'être à vos côtés pour partager ce repas.

Le chef des Fylis n'en démordit pas, fixant Olympe d'un regard mauvais et inquisiteur. Des murmures indignés s'élevèrent des bancs de la salle. Comment Olympe osait-elle s'adresser ainsi au chef ?

- Nous vous avons dit que nous ne vous voulons aucun mal, répondit Charles qui avait retrouvé sa voix posée et réfléchie.

- Je vous ai dit que je ne voulais aucun contact avec vous, attaqua Olympe d'une voix, au contraire, plus provocante.

Charles marqua une pause, laissant les paroles d'Olympe se perdre dans un silence de plomb. Les Fylis avaient retrouvé leur calme à la seconde où leur chef avait pris la parole. Ils ne manquaient aucun mot entre les deux interlocuteurs, non sans adresser des coups d'œil haineux à la princesse qui tentait de garder la face.

- Vous ne pouvez pas vous échapper, exposa Charles. Votre petit jeu est terminé. Certes, vous êtes en colère, je peux le comprendre, mais ça suffit. Nous avons bien plus grave à gérer que des caprices de princesse gâtée.

Olympe ne put retenir un rire franc, toutefois teinté d'une tristesse profonde qui lui serra le cœur. Elle fut soufflée par le culot du chef qui était visiblement très mal informé. Son rire résonna dans la salle silencieuse. Elle lança un regard à Ruby qui avait la tête baissée, fixant les carottes dans son assiette. Le chef paraissait agacé. Il renchérit d'une voix légèrement plus tendue :

- Nous avons été francs avec vous, nous vous avons révélé nos plans. Cela doit être dur de voir que nous en voulons à votre père, je me doute que vous ne voulez pas lui faire du mal. Cependant, princesse Olympe, vous devez comprendre notre point de vue. En tant que future reine, essayez de comprendre le peuple.

- Vous ne savez pas de quoi vous parlez, Charles. Vous ne connaissez rien de la réalité de la situation. Votre plan est vain tant votre ignorance est profonde.

Certains Fylis poussèrent des cris d'indignation que Charles fit taire d'un geste de la main. La princesse était insolente. Il répliqua sur un ton offensif :

- Que connaissez-vous du peuple, vous qui n'avez jamais fait l'effort de sortir du château ?

- Charles, soupira Ruby qui n'appréciait pas la tournure que prenait la conversation.

- Que connaissez-vous du monde qui vous entoure, princesse ? ignora-t-il. Avant de me faire des leçons de morale, veillez à maîtriser le sujet.

La princesse pencha sa tête en arrière, continuant de rire à gorge déployée, face au manque d'information du chef des Fylis. Il pensait avoir le dessus. Il se trompait. Certes, Olympe n'était jamais sortie du château, mais elle avait plus d'un tour dans son sac. Elle attrapa un verre et se servit du vin, rassemblant tout le courage qu'elle avait en elle pour demander :

- Et que connaissez-vous du roi, très cher ?

- Bien plus que ce que vous imaginez. Nous avons des espions...

- Ils doivent être très mauvais, coupa la princesse sous les hurlements du reste du clan. Vous en savez beaucoup mais vous passez à côté de l'essentiel, sinon je ne serais pas là, à partager ce repas avec vous. Vous n'avez d'ailleurs pas beaucoup de manières. Vous êtes les seuls à manger, mon assiette est vide.

    Levant les yeux au ciel, Victor fit glisser le plat principal au bout de la table. Olympe se servit lentement, comptant les carottes dans son assiette. Elle voulait mettre les nerfs des Fylis à rude épreuve, mais elle souhaitait également gagner du temps. Laisser son cerveau organiser le fil de ses pensées. Laisser son cœur contrôler ses battements trop rapides et son corps réguler ses tremblements. Les Fylis n'avaient pas été tendres avec elle depuis son arrivée. Ils avaient voulu jouer avec ses peurs et ses émotions. L'user jusqu'à la corde. Mais s'ils avaient voulu jouer, c'est qu'ils ignoraient qu'Olympe d'Arcalya ne perdait jamais. Son expérience dépassait tout ce qu'ils pouvaient imaginer. Ils allaient bientôt s'en rendre compte.

    - Arrête de nous prendre pour des débiles, hurla Tana en tapant du poing sur la table. Charles sait tout sur ta petite vie de fille à papa pourrie gâtée ! T'es une princesse et tu oses nous faire la morale alors qu'on a tous vécu la misère avant de rejoindre ce clan. Tu es aveuglée par tes privilèges !

    - Tana ! s'indigna Ruby, ce qui rallongea le sourire d'Olympe.

    - Ma petite vie de fille à papa pourrie gâtée, répéta-t-elle. Il est possible que j'aie été pourrie gâtée. Il est possible que j'aie profité des privilèges du château, de ses bons repas, de sa chaleur, de son confort. Cependant je ne suis absolument pas une « fille à papa ». Mais comme vous ne semblez pas vouloir comprendre, je propose que nous attendions que votre plan échoue.

La Disparition de la Princesse

Olympe leva son verre vers Tana, puis le dirigea vers Charles, à l'autre extrémité de la table. Elle lui lança un regard plus que carnassier qui la surprit elle-même. Une tout autre Olympe été née dans ce désert, en même temps que le démon.

Les Fylis étaient déconfits. Elle effaça alors son sourire et déclara :

- A votre manque évident de préparation et de connaissance.

Puis elle vida son verre, retrouvant son sourire. Ce vin était bon et elle aimait ce pouvoir. Pas la royauté, non. Ce pouvoir qu'elle avait d'avoir le dernier mot. Ses années de silences étaient révolues, Olympe avait abandonné la princesse terrifiée qu'elle avait tant été.

Alors qu'elle n'avait pas touché à son assiette, elle salua le clan et se leva, sans sourire cette fois-ci. Alors qu'elle s'apprêtait à pousser le battant de la lourde porte, un couteau vint s'y planter, lui entaillant l'oreille. Son cœur manqua un battement alors qu'elle portait sa main à sa blessure. Lorsqu'elle examina la nature de son sang, elle ne fut pas si surprise de la trouver noir. Elle ferma sa paume et essuya son oreille pour s'assurer que personne ne le remarquait, puis elle se tourna pour faire face à l'agresseur : Charles.

- Je n'ai pas fini de vous parler, princesse Olympe. Toutefois la suite se déroulera dans mon bureau.

Puis il se leva, attrapant un autre couteau.

CHAPITRE 14

Une fois seuls dans le couloir, Charles posa la lame du couteau dans le dos de la princesse. Il s'approcha de son oreille blessée et murmura :

- Inutile d'utiliser vos pouvoirs, très chère.

Olympe frissonna. Comment pouvait-il être au courant ? Il n'avait pas pu remarquer le sang, elle se trouvait bien trop loin de lui lorsqu'elle l'avait essuyé. La princesse ne dit rien, gardant une expression neutre, ne lui laissant pas la satisfaction de lire en elle. Les deux rivaux descendirent dans les sous-sols de l'hôtel, tout au bout des escaliers. Ils s'enfoncèrent dans l'hôtel des Fylis, et par conséquent, dans le vide de la fin du monde. Il n'y avait aucun étage inférieur à celui où se trouvait le bureau de Charles et au fur et à mesure qu'ils descendaient les murs devenaient plus sombres, presque noirs, et l'atmosphère plus froide... Les cachots n'étaient pas loin, cette atmosphère servait sûrement à effrayer les prisonniers.

Le chef des Fylis ouvrit la porte de son bureau à l'aide d'une petite clé mais n'alluma pas les lumières. Olympe le suivit à l'intérieur, se repérant uniquement grâce à la lueur de quelques bougies. Une fois que sa vue se fut habituée à l'obscurité, Olympe fut étonnée de ce qu'elle observait. Une immense fenêtre occupait tout un mur, donnant sur le vide de la fin du monde. La princesse remarqua que la vitre coulissait. Elle était d'ailleurs légèrement ouverte, laissant un courant d'air chatouiller la peau d'Olympe qui frissonna. De nombreuses rangées de livres habillaient le mur du fond, laissant une ouverture pour une petite porte qui devait donner sur les appartements du chef. Au centre de la pièce, trônait un immense bureau en bois foncé, encombré de centaines de papiers qu'Olympe ne prit pas la peine de déchiffrer. Charles n'était pas si organisé qu'il ne le laissait paraitre, finalement. Dans un coin, se trouvaient deux petits fauteuils vert émeraude jonchés de livres semi-ouverts, associés à des feuilles gribouillées d'inscriptions vagues et confuses. Les murs et le parquet étaient entièrement boisés dans une teinte foncée.

Charles prit place dans le grand fauteuil derrière son bureau et n'invita pas Olympe à s'asseoir. Il se contenta de l'observer, comme intrigué par sa personne. Il la dévisagea sans gêne, examinant tous les traits de son visage. Plus la princesse se concentrait sur ce bureau, plus elle était intriguée. Quelque chose clochait et elle ne savait pas quoi. Car tous les couloirs de l'hôtel étaient peints dans ces tons foncés, bordeaux, bleu marine ou même gris. Cette pièce dégageait toutefois quelque chose de spécial que la princesse n'arrivait pas à expliquer. Quelque chose qui l'attirait vers cette grande fenêtre. Vers le gouffre. Elle focalisa alors son attention sur Charles, le chef mystérieux des Fylis aux cheveux blonds extrêmement clairs.

Elle avait bien compris qu'elle le mettait en colère car il n'arrivait pas totalement à la maîtriser, pourtant son regard posé sur elle en ce moment dégageait autre chose.

Olympe attrapa l'un des fauteuils sans rien demander à Charles. Elle le débarrassa de ce qui l'encombrait et le plaça devant le bureau afin de s'y asseoir. A présent, ils étaient tous les deux à même hauteur, la discussion pouvait commencer.

- Que voulez-vous ? demanda-t-elle, certaine qu'il ne commencerait pas la conversation.

- Princesse Olympe vous m'intriguez. Mais sachez que personne d'autre que moi, ou Ruby, ne sera au courant de votre petit secret. Que dis-je, de votre grand secret.

- De quoi parlez-vous donc ? demanda Olympe alors qu'elle savait très bien où il voulait en venir.

C'est alors que Charles détourna le regard et attrapa la main de la princesse par-dessus le bureau. Elle n'avait pas eu le temps de réagir tant son geste avait été rapide et agile. Il regarda sa paume, puis elle, désignant les traces de sang noir sur sa peau. Olympe se tendit. Elle ne savait pas comment il avait su et cela l'effrayait beaucoup. Mary n'avait pas pu lui en parler… Elle ne l'aurait pas trahie une seconde fois. Mais s'il avait remarqué cela, que savait-il d'autre ? Olympe plongea son regard dans celui du chef des Fylis, sondant la moindre expression sur son visage.

- Vous êtes une Herumor, susurra-t-il. Vous avez un démon caché dans votre ventre. Un démon qui date de la nuit infinie et qui s'est accroché à vous lors de votre naissance. Un démon qui était même peut-être déjà présent dans le ventre de votre mère.

Olympe se figea, essayant tant bien que mal de masquer ses émotions. Jamais personne n'avait prononcé ses mots avec autant de franchise. Jamais personne ne lui avait parlé de sa nature aussi naturellement, comme s'il ne s'agissait pas d'un malheur épouvantable. Charles évoquait la notion d'Herumor qui la qualifiait, comme une banalité. Pour la première fois Olympe ne s'envisageait pas comme un monstre.

- En voilà un plan malin, murmura-t-elle. Pourquoi ne me dénoncez-vous pas ? Ainsi le roi tombera pour avoir caché une Herumor sous son toit pendant vingt ans, tandis que vous, vous vous débarrasserez de moi, étant donné que j'ai l'air de tant déranger vos habitudes.

- Vous ne nous dérangez pas, car dans ce cas, nous vous aurions déjà relâchée. Ou tuée, j'hésite encore sur l'issue de cette captivité.

Olympe ne devait pas se laisser démonter. Elle savait qu'il disait ça pour la tester et voir jusqu'où il pouvait la pousser.

- Faux, renchérit-elle alors. Si vous me relâchez maintenant votre plan ridicule divise ses chances, déjà quasiment inexistantes de fonctionner, par dix. Pour qui me prenez-vous Charles ? Ne pensez-vous pas qu'à la minute où vous m'avez annoncé vos intentions, mon cerveau n'a pas tout analysé ? Croyez-vous sincèrement que je n'ai pas écouté tous vos moindres mots ? Cela prouve encore une fois votre ignorance, je suis navrée. Vous êtes un bien mauvais chef pour ne pas comprendre cela et entrainer votre clan vers une chute inexorable. Peut-être que cela s'explique par votre jeune âge. L'expérience n'est pas là pour assurer vos arrières.

- Arrêtez de vous sentir supérieure à nous tous parce que vous êtes une princesse. Mon jeune âge ne signifie rien, je suis rentré dans ce clan alors que j'étais un enfant et j'ai rapidement pris sa gouvernance tant mon talent était évident. Je n'ai certes, pas assisté à la création de ce plan parfait, il y a vingt ans par mes prédécesseurs, mais j'ai reçu une formation assez complète pour le conduire à sa réussite. Vous essayez simplement de nous déstabiliser pour que nous vous relâchions alors que vous êtes parfaitement consciente que notre plan est infaillible.

Olympe retrouva son sourire carnassier, qui fut toutefois mêlé encore une fois, à une pointe de tristesse. S'il ne la croyait pas, elle allait devoir tout lui expliquer. Jamais la princesse n'avait voulu en arriver là, mais elle sentait qu'elle en avait besoin pour être prise au sérieux par les Fylis. Or elle n'avait jamais livré son passé d'une telle manière et ignorait totalement si elle en était capable. Surtout à lui, Charles. Ce chef si peu réceptif au moindre sentiment d'autrui. Si froid. Si distant. Elle prit une grande inspiration et plongea son regard dans celui de cet homme qui lui faisait face.

- Le roi Percyvell d'Arcalya ne me cherchera même pas, Charles, fit-elle d'une voix remplie d'émotions contradictoires. Vous vous trompez sur toute la ligne. Je n'ai pas volontairement évité de sortir du château durant toute ma vie. Ce n'était pas par choix, pour faire écho à ce que vous avez laissé entendre au repas. J'étais captive pendant vingt ans, exactement comme je le suis maintenant.

Olympe aurait pu s'arrêter là mais ce début de récit ouvrait de vieilles blessures qui la forcèrent à continuer, sous le regard intrigué et surpris de Charles. De plus, elle sentait qu'il avait besoin d'en entendre plus pour comprendre que son plan ne menait nulle part.

- Pendant vingt ans, j'ai dû œuvrer avec Mary, ou plutôt Ruby, pour survivre au château. Et je suis d'ailleurs étonnée qu'elle ne vous ait rien dit. Peut-être qu'en plus de m'avoir trahie moi, elle vous a un peu trahi vous, en vous laissant croire que ce plan que vous semblez préparer depuis aussi longtemps que j'existe, peut fonctionner. Une princesse aux cheveux noirs n'est pas une princesse comme les autres. Mon père ne voulait pas de démons au pouvoir, et ce malgré les centaines de tests qui affirmaient que je n'avais aucun démon dans le ventre. A l'âge de sept ans, mon père levait pour la première fois la main sur moi, frustré par je ne sais quoi. L'année de mes dix ans a été la pire. Le prince Zéphyr est né, en parfaite santé, les cheveux blancs, garçon : héritier parfait. Tueurs à gage et meurtriers se précipitaient à ma porte. Ils venaient presque tous les mois pour me trouver, j'avais pris l'habitude de me cacher avec Ruby. Puis, le roi a commencé à me frapper régulièrement, pour étouffer sa colère dévorante qu'il peinait à maitriser. Vous le qualifiez de monstre, je ne peux que vous donner raison ; vous critiquez sa façon de gouverner, je partage votre opinion. Je pourrais m'éterniser sur le sujet mais là n'est pas le but de notre conversation. Non, je ne dis pas cela pour que vous me relâchiez, je n'en tirerais aucun bénéfice. Je dis cela car tout ce que vous avez fait en m'enlevant, c'est rendre service au roi en me faisant disparaître. Vous lui avez simplement donné ce qu'il voulait le plus au monde. Ce pour quoi il a œuvré depuis ma naissance. Vous m'avez éliminée de l'équation royale, chose qu'il n'est pas parvenu à faire en vingt ans. Bravo, Charles. Je vous félicite. Mission réussie.

La Disparition de la Princesse

Olympe se leva, elle avait perdu toute trace de sourire. Elle applaudit lentement, reculant vers la porte. Avant qu'elle ne quitte le bureau, Charles leva les yeux vers elle. Elle hésita, attendant qu'il ne parle. Il finit par murmurer :

- Je ne dirai rien de votre condition d'Herumor, personne ne saura. Et ne me demandez pas pourquoi, certaines fois on fait des choses qui ne s'expliquent pas.

Olympe referma la porte du bureau de Charles.

CHAPITRE 15

Olympe était assise sur son lit. Sa porte avait été réparée et elle était quasiment sûre que quelqu'un montait la garde. Il n'y avait plus aucune trace de sang noir, et la jeune femme se demandait comment Charles avait pu nettoyer sans demander à quelqu'un d'autre de le faire. Peut-être s'en était-il chargé lui-même ?

La princesse réfléchissait depuis de nombreuses minutes, tentant de déterminer comment elle agirait dans les prochains jours. Car Olympe n'était pas dupe, elle allait devoir cohabiter avec les Fylis, et ce, durant plusieurs semaines au minimum. Comme le lui avait dit Ruby, et comme le lui avait dit Charles, les Fylis ne lui voulaient pas de mal. Elle avait bien compris ce point. Ils restaient persuadés que leur plan allait fonctionner, ce qui n'était pas le cas, mais cela impliquait qu'Olympe reste captive encore un petit moment. Une captivité toutefois plus agréable que celle qu'elle endurait au château. La princesse n'avait pas encore réellement réfléchi à la question avant : comment devait-elle se comporter avec les Fylis ? Devait-elle rester froide et distante, en rabâchant l'excuse de l'enlèvement ? Ou devait-elle au contraire, suivre les conseils de Ruby et s'intégrer, profitant de ce temps hors du château ? Olympe hésitait beaucoup.

    Après deux longues heures plongée dans ses pensées, alternant le sommeil et l'angoisse, la princesse avait fait son choix. Car non, elle ne pouvait plus attendre, elle devait savoir ce qu'elle allait faire. Elle s'était retournée des centaines de fois dans son petit lit, avait fait les cent pas, s'était torturé l'esprit, ne sachant pas quelle posture adopter, mais à présent, sa décision était prise. Elle se dirigea vers la salle d'eau de sa chambre et observa son reflet dans le miroir. Il avait bien changé, ce reflet. Olympe avait conservé sa mine fantomale. Ses joues restaient creuses et son teint blafard, mais ses cheveux brillaient d'un éclat nouveau. Un éclat inexistant jusqu'à ce jour, qui avait été créé par la crise démonique. A l'aide de l'élastique que Ruby avait utilisé pour lui faire un chignon la veille, Olympe les attacha en une queue de cheval basse, plaquant sa chevelure vers l'arrière avec de l'eau. Elle passa ensuite une main sur sa chemise, lissant le tissu de sa paume. Trop habituée à répéter ce geste sur ses robes au château, c'en était devenu un automatisme. Après cela, Olympe se dirigea vers la porte. Elle prit une grande inspiration et l'ouvrit, certaine qu'elle n'était pas verrouillée. Elle ne fut pas surprise de trouver un homme qui montait la garde. C'était le même qui l'avait emportée avec Marceau pour l'emmener dîner quelques jours plus tôt, mais elle ne connaissait pas son nom. L'homme se retourna avec surprise, prêt à l'immobiliser au moindre mouvement brusque. Olympe voyait qu'il se méfiait d'elle. Elle décelait dans son regard un mélange de crainte et de colère, mais également autre chose qu'elle n'arrivait pas vraiment à déterminer. Une touche d'admiration peut-être ?

- Bonjour monsieur, fit-elle dans un sourire qu'elle essaya de rendre sincère. Puis-je me permettre de vous appeler par votre prénom ?

- Saphir, bougonna-t-il, ne répondant pas réellement à la question. Vous voulez quoi ?

- J'aimerais me rendre dans la salle à manger afin de partager un repas avec le reste du clan (Saphir haussa les sourcils). Comme je me doutais que quelqu'un veillait devant ma porte, j'ai pensé préférable de prendre mon repas avec les Fylis. Cela vous donne une pause, Saphir. Ainsi vous pouvez vous sustenter avec vos amis.

- Depuis quand vous pensez à moi ? répondit-il en se renfrognant. Enfin à être gentille.

- Rassurez-vous, je ne fais rien dans votre intérêt.

Olympe avait craché cette dernière phrase avec dédain. Elle n'avait aucune envie de se faire marcher sur les pieds. Elle lui tourna le dos, commençant à s'éloigner de sa chambre. La jeune femme connaissait le chemin à présent, ce n'était pas la première fois qu'elle se rendait à la salle à manger. Saphir la suivit, déboussolé par ses paroles qui l'embrouillaient.

Olympe descendit d'un étage et se dirigea vers la grande porte de la salle à manger qu'elle ouvrit sans hésiter une seule seconde. Il n'y avait plus de place pour la peur. Ce sentiment était banni du cœur d'Olympe qui prenait son destin en main, suivant une envie dévorante de faire entendre sa voix qui s'était faite murmure au château. Les regards de tous les Fylis se tournèrent vers elle, tout aussi étonnés que Saphir. Celui-ci arriva, essoufflé et haussa les épaules, faisant comprendre à ses camarades qu'il n'en savait pas plus qu'eux. Olympe chercha réconfort dans le regard de Ruby qui hocha la tête, en signe d'approbation. Quand Olympe croisa celui de Daphnée et Marceau, ils lui sourirent. Au moins pour trois personnes, elle était la bienvenue.

La princesse se dirigea d'un pas qu'elle souhaitait confiant vers la place qui lui avait été attribuée le premier jour. Les regards des Fylis étaient hostiles. Ils cherchaient l'erreur dans ce changement de comportement soudain. Marceau fut le premier à briser le silence lorsqu'il s'exclama :

- Qu'est-ce que c'est que ces manières, Victor ? Apporte-lui des couverts !

Puis Daphnée fit passer une bouteille de vin rouge à Olympe qui attrapa un verre au hasard pour se servir. Ruby se leva pour aller chercher les couverts elle-même, voyant que Victor ne bougeait pas, plus renfrogné que jamais. Quelques minutes plus tard, Olympe se servait sous le regard sidéré des autres Fylis qui lançaient des regards curieux à Charles. Elle porta une fourchette de cerf à sa bouche, savourant la viande tendre.

- C'est délicieux, Victor, fit-elle en prenant une nouvelle bouchée.

Charles observait attentivement la princesse qui mangeait proprement à l'autre bout de la table, juste en face de lui, ignorant les propres membres de son clan qui fulminaient de tous les côtés. Olympe était un sacré personnage. Il avait remarqué la terreur dans ses yeux à son arrivée, une terreur qui n'était pas tout à fait partie, il le voyait à son expression corporelle. La façon dont ses doigts tremblaient alors qu'elle coupait sa viande, son regard fuyant, ou encore ses gestes rapides et presque maladroits. Ces détails étaient infimes, la princesse était spécialiste dans l'art de cacher ses émotions, cependant rien n'échappait au chef des Fylis. Il tentait cependant de déceler dans son comportement des indices sur ses intentions. Pourquoi se montrait-elle si avenante alors qu'elle avait jusqu'ici tout rejeté ? Charles aimait l'action. Olympe représentait pour lui un défi. Ses aveux dans son bureau avaient mis en lumière la complexité de la famille royale. Une complexité qu'il n'avait pas soupçonnée un instant. Cela faisait d'Olympe un mystère. Qu'avait-elle d'autre à révéler ?

Olympe pouvait sentir le regard du chef des Fylis sur elle. Elle devinait ses questions. Mais ne vous méprenez pas, malgré son comportement avenant, Olympe n'oubliait rien de sa condition de captive. Elle ne serait jamais amie avec les Fylis, elle souhaitait seulement profiter de ce temps hors du château... Elle leva alors les yeux vers lui, plongeant son regard dans le sien et leva son verre dans un sourire carnassier, encore.

Les jeux étaient lancés.

CHAPITRE 16

- Je n'emmène quasiment personne dans la salle de couture, annonça Daphnée. Mais je sens que je peux vous faire confiance. J'ai conscience de la prématurité de nos échanges, vous ne devez pas avoir en moi une véritable confiance, cependant il m'est important de vous témoigner ma sympathie. Pour que vous sachiez que je suis votre alliée parmi la folie des Fylis.

Les deux jeunes femmes, suivies de Marceau censé surveiller la princesse, étaient descendues au premier étage, juste en dessous de la salle à manger. Daphnée avait expliqué que cet étage lui était presque entièrement dédié, étant donné qu'il comportait l'infirmerie, où elle travaillait, ainsi que la salle de couture. Le couloir qu'elles venaient de traverser était en effet marqué par des couleurs plus vives que celles qui habillaient les murs de l'hôtel aux différents étages. Une fresque avait même été peinte, sûrement par Daphnée elle-même qui avait tout d'une artiste talentueuse.

- Quand je suis arrivée dans le clan, il y a quelques années, expliqua Daphnée, les Fylis ne prêtaient pas grande attention à la façon dont ils étaient habillés. Ils ne savaient pas coudre et la plupart de leurs vêtements ressemblaient à des guenilles. Il m'était tout bonnement impossible de les laisser dans cet état. Ma grand-mère adorait coudre et m'avait enseigné les bases de cette discipline. Je me suis donc portée volontaire et Charles m'a attribué cette pièce. Je l'ai aménagée au fil des années, pour qu'elle devienne mon refuge. C'est pour cette raison que je ne la montre à personne… C'est assez personnel, j'y tiens beaucoup. Dans cette pièce, je peux être parfaitement seule, et c'est un avantage considérable dans un tel clan.

Daphnée s'arrêta devant la porte et prit une grande inspiration, visiblement nerveuse de partager ainsi son intimité.

- Vous n'êtes pas obligée de me montrer cette pièce, fit Olympe d'une voix douce. Je n'aimerais pas que cela soit source d'angoisse.

- Ça me tient à cœur, répondit la blonde. Personne n'a jamais réellement vu cette pièce, sauf Marceau, et encore, il n'a vu que l'entrée. Simplement je sens que vous comprendrez, vous. Comme vous avez vécu dans un monde différent de tous les habitants de cet hôtel. Un monde que j'ai côtoyé de plus ou moins près.

Olympe hocha la tête, sentant que ce sujet était difficile à aborder pour la jeune femme qui baissait la tête. Elle ne connaissait pas son histoire, toutefois elle se doutait, qu'elle avait été éduquée parmi les nobles. Daphnée arborait une attitude exemplaire, presque protocolaire et sa diction était impeccable. Celle-ci ouvrit la porte. Comme indiqué par la jeune femme, une entrée avait été délimitée à l'aide de paravents qui dissimulaient le reste de la salle. Un immense panneau recouvrait le mur principal, sur lequel étaient renseignées toutes les mesures des membres du clan. En observant bien, Olympe pouvait même voir qu'une partie de ce tableau lui était réservée. Voyant la surprise de la princesse, Daphnée expliqua :

- J'ai récupéré votre robe de mariée que j'ai utilisée pour obtenir vos mesures.

Olympe hocha la tête et observa le reste de la petite entrée : un canapé et quelques rubans par-ci, par-là. Daphnée passa alors son bras sous le sien et demanda à Marceau de rester dans l'entrée. Il lui lança un regard inquiet qu'Olympe préféra ne pas tenter d'analyser.

Les deux jeunes femmes passèrent donc au-delà des paravents et Olympe resta bouche bée, émerveillée par tant de travail. La pièce était une œuvre d'art à elle-seule. Daphnée lui lâcha le bras et s'éloigna vers un coin plus reculé. Olympe observa les murs, couverts de croquis et de dessins, représentant des robes, des pantalons, des chemises, des jupes, des costumes et toutes sortes de vêtements. D'énormes rouleaux de tissus recouvraient le mur du fond et des mannequins de toutes morphologies étaient alignés contre le mur de droite. Au centre de la pièce trônait une grande table en bois sur laquelle étaient posés des dizaines de livres de couture, auxquels s'ajoutaient des centaines de feuilles et d'autres carnets qui devaient servir à Daphnée pour écrire ou faire des croquis. La pièce était très colorée et vivante, elle réchauffait le cœur... Elle témoignait du rêve de sa propriétaire de devenir couturière, un rêve qu'elle avait sûrement abandonné en quittant la haute-société pour le clan des Fylis. Un rêve qu'elle réalisait autrement. Au lieu des robes de princesse qu'elle aurait pu créer, elle s'occupait de concocter une ligne entière de vêtements à elle seule pour son clan. Cela représentait un travail monstrueux. Olympe en était admirative.

Daphnée revint quelques minutes plus tard, les bras chargés de vêtements qu'elle glissa dans un sac en papier. Elle le tendit à Olympe qui l'interrogea du regard.

- Vous n'allez tout de même pas rester habillée comme cela indéfiniment, fit-elle. Je vous ai cousu un nécessaire de survie chez les Fylis et j'y ai ajouté des petites choses qui rendront votre quotidien meilleur. La transition doit être compliquée... Je veux dire que vous viviez dans un château où tout était à portée de main. Ici vous n'avez rien. Nous vous avons tout pris. Par ailleurs n'hésitez pas à me donner vos vêtements lorsqu'ils auront besoin d'être lavés.

La princesse ne sut comment réagir. Daphnée était d'un naturel si bon que c'en devenait étrange pour Olympe. Elle se contenta de poser le sac à terre et prit Daphnée dans ses bras. Une simple étreinte qui lui réchauffa le cœur.

- Merci infiniment, Daphnée, murmura-t-elle. En arrivant ici, je me suis fait la promesse de ne jamais faire confiance à personne, mais je pense pouvoir faire une exception pour vous. Mon cerveau disputera mon cœur autant qu'il le souhaite.

Olympe était sincère. Réellement. Malgré tout ce qu'elle avait pu se dire sur le fait de ne pas sympathiser avec les Fylis, elle sentait que Daphnée ne pouvait être qu'une exception à sa règle. Peut-être qu'Olympe ressortirait de cette expérience étrange, gagnante. Gagnante d'une amie...

- Puis-je cependant vous demander pourquoi vous faites tout cela pour moi ? questionna Olympe qui ne comprenait pas.

- Comme je vous l'ai dit, j'ai vécu des choses qui me rapprochent de votre histoire. J'ai connu la haute société, la noblesse, et surtout sa perversion. J'ai également vécu la transition difficile des murs de verres de la haute, au clan des Fylis dans la fin du monde. Je sens que vous êtes la première personne depuis longtemps, capable de me comprendre pleinement. La vie fait que parfois, nous devons fuir. Je l'ai fait et je pense que si nous ne vous avions pas enlevée, vous auriez dû le faire aussi. Tutoyez-moi, mademoiselle, je vous en prie.

- Fais de même, et appelle moi Olympe.

- Je n'oserais pas... Vous êtes la future reine.

- Ose, je t'en prie, fit Olympe d'une voix douce en lui prenant les mains.

Daphnée adressa un sourire plein de respect à la princesse. Celle-ci sentait que la jeune femme était impressionnée par elle, et voulait la mettre à l'aise. Pour lui montrer qu'elles pouvaient devenir amies, Olympe murmura :

- J'ai cru comprendre que tu t'entendais bien avec Marceau...

Daphnée haussa les sourcils et explosa d'un rire franc et gêné. Elle plongea son visage dans ses mains, le teint écarlate et soupira.

- Il est possible que je m'entende bien avec Marceau, répondit-elle. C'est un bon exemple de ce que j'évite de dire au reste du clan. Les autres n'ont pas la même conception de l'amour que moi qui ai connu les règles de chasteté. J'ai eu l'habitude des amours lents, tandis qu'ils concluent des relations très rapidement. Si tu savais le nombre d'ébauches amoureuses qui ont lieu entre ces murs, tu serais étonnée. Avant de me rencontrer, Marceau était comme eux. Il a beaucoup plus de connaissances en matière de relation charnelle que moi qui suis souvent très maladroite. Mais je n'ai pas envie de vivre une relation rapide. C'est un aspect de mon ancienne vie que je ne peux réprimer. J'ai peur que cela le fasse fuir…

- Daphnée, répondit Olympe avec une douceur qu'elle n'avait encore jamais employée, je pense honnêtement qu'il est épris de toi. Tu aurais dû voir son regard après t'avoir embrassée l'autre jour. Je voyais bien qu'il n'avait qu'une envie : recommencer. Si Marceau tient à toi, il attendra le temps qu'il faut pour que tu sois prête. Et cela ne peut qu'être positif, si votre relation se concrétise, tu lui auras fait découvrir le véritable amour.

Une étincelle se mit à briller dans le regard de la blonde. Elle ne l'avait pas remarqué mais il se pouvait bien, qu'elle aussi, ait eu envie de recommencer ce baiser qui tournait en boucle dans sa tête depuis.

- Tu sais, Olympe, fit Daphnée, encore hésitante sur la façon d'appeler la princesse, c'était mon premier baiser. J'ai été élevée dans une famille qui respectait les règles royales : aucun contact avant le mariage. Enfin, tu dois connaître cela mieux que moi. Je n'ai jamais eu de relation amoureuse avec quiconque avant Marceau.

- Vous devriez en discuter, conseilla Olympe qui ne s'y connaissait pas plus en amour.

Daphnée serra la princesse dans ses bras avec un naturel surprenant. Elle la remercia timidement avant d'ajouter d'un ton incertain, mais sincère :

- Je suis heureuse que nous vous ayons enlevée.

Olympe se mit à rire, touchée par tant de tendresse. A cet instant, elle partageait le sentiment.

Les deux jeunes femmes rejoignirent Marceau dans l'entrée de la salle de couture. Olympe fit mine d'avoir oublié ses vêtements près de la table, afin de laisser du temps à Daphnée. Comme leur relation était secrète, il devait être compliqué de trouver de l'intimité, surtout avec les Fylis qui avaient un penchant pour tout ce qui était opposé à la discrétion.

Olympe attendit dans la pièce principale, observant sa robe de mariée déchirée et boueuse. Cela lui rappelait sa vie au château... La vie qu'elle avait tant voulu fuir. Cette robe en était vraiment l'allégorie. Un blanc immaculé qui était sali et imprégné de crasse. Cette nouvelle vie chez les Fylis n'était pas vraiment ce qu'Olympe avait imaginé lorsqu'elle pensait à s'échapper. Elle soupira et retourna dans l'entrée, vide de toute émotion, le cœur lourd. La vision de Marceau et Daphnée si proches l'un de l'autre lui réchauffa le cœur cependant : au moins eux seraient heureux. En voyant Olympe approcher, Daphnée se détacha de Marceau et vint passer son bras sous celui de la princesse.

- Vous êtes mignons, murmura Olympe à son oreille dans un sourire.

- Ne te moque pas trop, rétorqua Daphnée, j'en connais un qui n'a jamais été si différent depuis ton arrivée.

Olympe lança un regard rempli de curiosité à son amie. Réellement perplexe, elle ne parvenait pas à comprendre à qui Daphnée faisait référence. Alors qu'elle l'interrogeait du regard, la jeune femme expliqua :

- Si je peux me permettre, tu as sacrément perturbé Charles. Je ne l'avais jamais vu se comporter d'une telle manière, et je suis chez les Fylis depuis de longues années, crois-moi. Quoi que tu lui aies dit dans son bureau, ça ne l'a pas laissé indifférent.

Olympe ne répondit rien, sidérée. Cette histoire était ridicule, elle ne pouvait pas ne serait-ce qu'imaginer une relation avec le chef du clan qui l'avait enlevée. Elle chassa cette pensée et remonta les escaliers jusqu'à sa chambre, bras dessus-bras dessous avec une Daphnée d'humeur enjôleuse. Si Charles était perturbé, c'était uniquement à cause des révélations qu'elle lui avait faites sur la vie au château. Daphnée avait seulement abusé des romans à l'eau de rose et sa relation avec Marceau lui était montée à la tête. Du moins Olympe l'espérait…

CHAPITRE 17

Les jours passaient lentement dans le vide de la fin du monde et Olympe commençait à trouver le temps long. Chaque journée se ressemblait et la routine chez les Fylis ne changeait pas : Olympe restait dans sa chambre le matin, sortait pour prendre le repas avec les Fylis, retournait dans sa chambre l'après-midi et ressortait le soir pour dîner. Durant les longues heures où elle était enfermée dans sa chambre, aucune distraction ne lui était accordée, pas même un livre. Elle passait son temps à réfléchir, se torturant l'esprit, hantée par les souvenirs de Lucius de Barossellie et du roi Percyvell d'Arcalya. Rester enfermée devenait une épreuve insoutenable pour Olympe, qui avait décidé quelques semaines plus tôt, de profiter de ce temps hors du château, sans pour autant entretenir une quelconque relation amicale avec les Fylis. Il lui était finalement impossible de profiter de quoi que ce soit et la vie n'était pas si différente de celle qu'elle menait au château, à l'exception qu'au sein de l'hôtel des Fylis, elle n'était pas violentée. Daphnée restait l'exception. La jeune femme blonde venait régulièrement rendre visite à Olympe et constituait sa seule distraction. Elle la conduisait dans les salles de bain, l'emmenait dans la salle de couture où elles discutaient pendant des heures, Daphnée racontant l'avancée de sa relation avec Marceau. Visiblement, la blonde avait besoin d'une amie qui savait se tenir et surtout, qui savait écouter. Olympe sentait que sa présence était un appui que la jeune femme sollicitait aussi souvent que Charles le lui permettait. Le reste des Fylis ne lui adressait jamais la parole. D'après Daphnée, ils lui en voulaient encore d'avoir traumatisé Alphonse. Leur comportement demeurait donc distant, mais surtout hostile.

Olympe tournait en rond dans la petite chambre fade. Elle ne pouvait pas dormir, elle ne souhaitait pas casser son rythme de sommeil qui était déjà bien assez compliqué à maintenir dans cette nuit infinie que leur imposait la fin du monde. Elle ne pouvait pas se promener, la chambre était trop petite et elle ne pouvait pas en sortir. Elle ne pouvait pas lire, dessiner ou s'entraîner au violon ou au piano, les Fylis ne lui accordaient aucun passe-temps. Olympe était donc allongée sur son lit à longueur de journée, réfléchissant à un moyen de passer le temps, après presque deux semaines d'enfermement dans cette chambre qui commençait à l'énerver. Elle vivait dans l'attente des repas qui ponctuaient ses journées. Une attente insoutenable.

Une semaine plus tard, Olympe devenait folle. Cela faisait trois semaines qu'elle avait quitté sa prison au château pour sa nouvelle prison dans la fin du monde. Elle n'en pouvait plus ! Cette captivité devait cesser, sans quoi elle n'aurait pas le choix : elle s'échapperait.

Olympe se dirigea vers la porte de sa chambre qu'elle ouvrit violemment. Elle ne réfléchissait plus. En fait, elle avait beaucoup trop réfléchi durant ces trois semaines d'attente. Elle ne supportait plus le flot incessant de ses pensées. Elle ne supportait plus d'attendre. Elle ne supportait plus que sa vie soit en suspens. Gabrielle la surveillait. Son cœur se serra, elle aurait préféré s'énerver contre quelqu'un d'autre que Gabrielle qui restait l'un de ses plus chaleureux contacts.

- Ne vous en faites pas, annonça la princesse en colère, je ne compte pas m'échapper maintenant.

Puis, sans attendre la moindre réponse, elle bouscula la rousse d'un coup d'épaule et traversa le couloir, vite suivie par la Fylis éberluée.

- Faut te conduire quelque part, princesse ? demanda-t-elle.

- Je connais le chemin, merci.

Olympe était sèche, mais cela lui importait peu. Elle ne prêtait pas beaucoup d'attention à la façon dont elle se comportait avec les Fylis puisqu'ils la traitaient eux-aussi sans égards. La jeune femme se dirigea vers la cage d'escalier et descendit les cinq étages qui la séparaient du bureau du chef. Alors qu'elle atteignait la porte, Gabrielle lui attrapa le bras pour l'arrêter.

- Charles t'a pas demandé de venir à ce que je sache. Donc tu rentres pas, c'est la règle. Personne a le droit de rentrer dans l'bureau sans convoc.

- Dommage pour lui, je ne suis pas d'humeur à respecter les règles. Je les ai bien assez respectées d'ailleurs.

Dans un mouvement brusque, Olympe dégagea son bras et frappa à la porte. Elle entra sans attendre que le chef ne l'y autorise et la referma au nez de Gabrielle, surprise. Elle n'avait pas besoin que la rousse ne lui cause plus de problème. Dans l'immédiat, elle souhaitait juste changer les conditions de sa captivité, car il était hors de question qu'elle reste un jour de plus dans sa chambre exiguë.

Le chef leva la tête des papiers éparpillés sur son bureau, lançant un regard étonné vers la princesse. Sa chemise était froissée, déboutonnée sur le haut. Il portait un monocle de lecture qu'il reposa en remarquant l'intruse. Les deux se fixèrent quelques secondes, puis Olympe attrapa un fauteuil qu'elle plaça près du bureau de Charles, comme lors de sa première venue. Elle s'y assit, encore une fois sans attendre la moindre permission et attendit qu'il regroupe tous les papiers sur le côté du bureau. Au lieu de cela, Charles se replongea dans sa lecture interminable, prêtant à peine attention à la princesse.

- Que me vaut cet honneur ? articula-t-il sans la moindre émotion.

- Je pense que je vais devenir folle, Charles. Folle à force d'être constamment surveillée. Folle de rester enfermée sans la moindre distraction. Cela ne peut plus durer.

- Vous l'avez dit vous-même, vous êtes notre prisonnière. Estimez-vous heureuse d'être dans une chambre et non dans les cellules des cachots. Vous n'auriez pas survécu.

Olympe avait du mal à contenir sa colère. Elle accusa le coup dans un froncement de sourcils. Elle fulminait autant que Charles était calme. Il n'avait cessé de lire ses papiers depuis qu'elle était entrée et Olympe avait la sensation qu'il ne l'écoutait pas vraiment. Elle frappa du poing sur le bureau, tentant de gagner son attention, mais le chef des Fylis ne broncha pas. Sa frustration lui faisait perdre toutes ses techniques de négociations, la rendant presque ridicule tant son désespoir était perceptible.

- Vous m'avez dit que vous ne me vouliez aucun mal, et bien moi non plus, répliqua-t-elle.

- Certes, mais nous n'avons aucune confiance en vous. Nous craignons que vous recommenciez vos petites escapades dans le désert. Ce serait, ma foi, fortement déplaisant.

Charles n'en démordait pas, gardant un calme olympien et une indifférence insolente. Au fond de lui il était très amusé par le désespoir de la princesse, arrivée telle une furie dans son bureau. Il voulait voir jusqu'où elle était capable d'aller pour obtenir gain de cause. Celle-ci s'emporta :

- C'est ce qui risque d'arriver si vous ne me laissez pas un peu d'espace pour respirer. Vous savez ce que je suis, où plutôt ce que j'ai dans le ventre. Vous savez que je ne peux faire qu'une bouchée de vos chiens de garde devant ma porte. Si vous n'arrangez rien à mes conditions de vie, je m'échapperai, quel qu'en soit le prix.

ARCALYA

Cette fois, Charles leva les yeux de ses papiers pour les plonger dans ceux d'Olympe. Son regard était acéré, il sentait le défi dans les paroles de la princesse. Toutefois il savait aussi que le pouvoir qu'elle avait en elle la dépassait. Ruby le lui avait assuré. Elle ne contrôlait rien du tout. Il devait pourtant avouer qu'Olympe était convaincante.

- Princesse Olympe, déclara-t-il, vous n'êtes plus la future reine à l'hôtel des Fylis. Vous êtes notre prisonnière. Ce n'est pas vous qui fixez les règles, c'est moi.

- Malheureusement pour vous, je n'aime pas jouer selon les règles des autres. Je n'aime *plus* jouer du tout. J'en déduis que vous rejetez ma requête. Que vous n'allez absolument rien changer à ma situation actuelle.

- Effectivement, répondit Charles dans un sourire mauvais.

- Il est donc inutile que je reste ici plus longtemps.

Olympe se leva alors et quitta le bureau sans le moindre regard pour le chef des Fylis.

Charles avait sûrement compris sa dernière phrase comme l'indication qu'elle quittait son bureau, mais il se trompait. Olympe allait s'échapper pour ne plus jamais revenir. Comme elle l'avait dit, il était inutile qu'elle reste plus longtemps à l'hôtel si c'était pour être enfermée comme au château.

CHAPITRE 18

Olympe attendit la nuit. Elle attendit que l'horloge de sa chambre affiche minuit, afin de respecter l'apogée de la lune, et l'heure à laquelle les Fylis l'avait enlevée. Elle se vêtit des vêtements les plus sombres parmi ceux que lui avait cousus Daphnée : un pantalon brun foncé et un débardeur noir. La princesse enfila une paire de bottes et se dirigea dans la salle d'eau où elle attacha ses longs cheveux noirs en une queue de cheval basse. Elle remarqua la vivacité de la noirceur de ses cheveux... Lorsqu'elle vivait au château, sa chevelure était d'un noir foncé, mais terne. A présent, elle était si vive, si brillante et si sombre qu'Olympe en eut le souffle coupé. Jamais elle n'avait vu un noir pareil. Le démon s'était vraiment réveillé…

Olympe ne se laissa pas impressionner. Elle glissa un des couteaux qu'elle avait dérobés au repas du soir dans sa poche et attrapa le chandelier qui lui servait de lampe de chevet. Son plan était clair : elle ne devait pas réfléchir pour ne pas laisser le temps à son cœur de se prendre de remords pour les dommages collatéraux qui pourraient se trouver sur son chemin. Les Fylis n'avaient pas été très hospitaliers avec elle, elle ne devait pas les prendre en pitié. Telle était la dure loi des clans d'Arcalya. La première étape n'était pas la plus simple : Olympe devait se débarrasser du garde devant sa porte. La jeune femme espérait de tout cœur qu'il ne s'agirait pas là de Marceau. Elle ignorait si elle serait capable de l'assommer pour s'enfuir.

Olympe prit une grande inspiration. Il était temps pour elle de prendre sa vie en main, quels que soient les sacrifices que cela lui demandait. La jeune femme souffla sur les bougies du chandelier qu'elle avait attrapé quelques secondes plus tôt : il s'agissait de son arme. Olympe ferma les yeux afin de se concentrer sur sa respiration, tentant de chasser toute trace d'appréhension. Le calme était de mise, elle le savait. Ses émotions devaient absolument se taire.

Quand elle fut prête, la princesse ouvrit la porte violemment et abattit le luminaire sur la tête du gardien sans aucune hésitation. Son sang-froid devait se faire inébranlable à cet instant et ses mains ne tremblèrent même pas quand le coup résonna sur le crâne dur du geôlier. L'homme tomba dans un craquement, s'évanouissant sur le coup. Du sang dégoulina sur le parquet, mais Olympe s'interdit de regarder. Elle enjamba le corps inerte le cœur battant. Elle l'avait dit : Olympe d'Arcalya ne perdait jamais et jouait selon ses propres règles. Elle jeta néanmoins un regard vers sa victime car c'était plus fort qu'elle, elle devait savoir qui elle avait blessée. Il s'agissait de Natas, le frère de Saphir, l'homme sur qui elle avait lancé son premier couteau au château, le soir de son enlèvement. Décidément, le sort avait décidé qu'elle s'acharnerait sur lui. Olympe le traîna à l'intérieur de sa chambre afin de gagner du temps si les Fylis passaient par là. Voyant qu'il reprenait connaissance, elle murmura à son oreille :

- Ne prenez pas cela personnellement.

Puis elle lui assena un nouveau coup de chandelier, faisant couler le sang de sa tempe. Elle quitta ensuite la chambre, refermant la porte sur presque un mois de captivité. Olympe traversa le couloir d'un pas vif mais discret. Elle avait le cœur battant mais un sang-froid toujours aussi inébranlable. Pour une fois dans sa vie, elle était courageuse. Un sentiment de puissance l'enveloppa.

Soudain, une main se plaça sur la bouche de la princesse qui fut tirée en arrière. Ses quelques secondes d'inattention lui coutaient cher. Elle se vit seulement emmener dans une chambre, puis son ravisseur la lâcha. Elle se retourna alors, la main sur son couteau, prête à frapper. Quelle ne fut pas sa stupeur lorsqu'elle se retrouva face à Daphnée et Marceau. Ils avaient tous deux une mine inquiète, incertains de la manière d'agir.

- Lâche ce couteau, fit Marceau, les mains en avant.

Olympe n'obéit pas, le cœur serré toutefois, espérant ne pas avoir à s'en servir. Daphnée s'avança alors, un sac à dos dans les mains. Elle le jeta aux pieds d'Olympe, lui lançant également un regard accusateur, remplie d'une mélancolie que la princesse n'avait encore jamais vue dans ses yeux. Olympe baissa sa garde lorsque son amie lui tendit une dague beaucoup plus longue et résistante que son pauvre petit couteau de cuisine. Olympe la dévisagea, ne comprenant pas. La jeune femme expliqua :

- Tu vas devoir traverser le Désert Aride, Olympe. Beaucoup n'en ressortent pas vivants. Voilà un nécessaire de survie. Tu y trouveras majoritairement des provisions.

- Comment saviez-vous ? demanda la princesse, angoissée à l'idée que d'autres ne soient au courant.

- Charles nous a demandé de surveiller le couloir pour la semaine, expliqua Marceau. Il avait visiblement encore vu juste.

- Nous te laissons jusqu'à l'aube, ajouta Daphnée. Ensuite, nous préviendrons Charles que tu manques à l'appel. Notre trahison est déjà bien assez grande comme cela, nous ne pouvons pas plus pour toi. Excuse-moi de ne pas avoir su rendre ton quotidien plus agréable.

Olympe prit Daphnée dans ses bras, lui murmurant des remerciements. La blonde n'avait pas à s'excuser, bien au contraire. Daphnée allait terriblement lui manquer. Elle serra ensuite poliment la main de Marceau, lançant des regards remplis de sous-entendus concernant son amante. Ces deux-là avaient intérêt à finir leur vie ensemble.

Ensuite, les yeux pleins de nostalgie face au bon temps qu'elle avait passé avec les deux Fylis, elle quitta la chambre sans se retourner. Olympe devait retrouver son cœur de pierre et effacer toute trace d'émotion pour parvenir à ses fins. Il n'y avait pas d'autre moyen d'y parvenir. Aussi difficile que ça l'était pour elle, elle n'avait pas d'autres choix. Pour une fois elle prenait ses propres décisions, elle se devait d'aller au bout des choses.

Olympe remonta les escaliers discrètement, et à son grand soulagement, ne croisa personne. L'heure tardive était un avantage non négligeable. Elle s'étonna cependant que personne ne monte la garde devant la porte de la salle des machines. Lorsqu'elle arriva devant la porte de l'étage le plus haut de l'hôtel, elle la trouva déverrouillée. Elle prit une grande inspiration, il était temps de quitter le vide de la fin du monde pour de bon. De le quitter ou de s'y jeter, telle était la question. Tel était son dilemme…

Elle ouvrit doucement la porte et se glissa jusqu'au hamac dans lequel Alphonse était paisiblement endormi. Il ouvrit brutalement les yeux en l'entendant arriver, la terreur se lisait dans son regard. Le petit garçon se tortilla dans son hamac, tentant de s'échapper, mais Olympe lui barra la route. Elle se pencha au-dessus de lui, un doigt sur la bouche.

- Soyez gentil, murmura-t-elle, ne dites rien. Ainsi, vous serez débarrassé de moi une bonne fois pour toute. Je ne compte pas revenir, rassurez-vous. Vous savez Alphonse, je n'ai jamais voulu vous faire peur. Parfois, nous n'avons pas le choix. L'urgence et la nécessité de certaines situations m'ont poussé à agir, mais ne le prenez pas personnellement.

Le petit garçon hocha la tête et se recroquevilla dans son hamac, n'osant pas faire le moindre mouvement. Il était paralysé par la peur. Comme la fois précédente, Olympe enfila sa botte dans la boucle de la corde et d'une main dont elle tentait de contrôler les tremblements, appuya sur le bouton rouge, le même qu'avait pressé Alphonse lors de sa première fuite. La corde se tendit directement, attirant Olympe vers l'ouverture du plafond. Attirant Olympe vers la liberté, vers le sable, vers le ciel.

Olympe émergea alors dans le noir opaque de la fin du monde, l'air frais de la nuit lui fouettant le visage. A ce moment, seule face au monde et à l'énormité du vide sombre, Olympe se sentit vivre. Plus que jamais, elle se sentait elle-même. Elle voulut hurler, pleurer, courir, danser. Une joie nouvelle, mêlée à une bonne dose de terreur infâme l'enveloppa. Peut-être était-ce cela, l'adrénaline ? Peu-importait, Olympe avait pour la première fois le contrôle sur sa vie. Enfin.

Alors qu'elle s'écroulait sur le sable du Désert Aride, Olympe prit une grande inspiration. C'était le moment. Le moment où elle s'échappait d'une prison, mais sûrement pas pour en rejoindre une autre. Car Olympe ne retournerait jamais au château d'Arcalya.

La princesse se mit à courir. Cette fois, plus personne ne la rattraperait.

CHAPITRE 19

Cela faisait plusieurs heures que le soleil s'était levé. Les Fylis devaient être à sa recherche à présent, à moins qu'ils soient restés indifférents à sa fuite cette fois-ci. Olympe avait couru jusqu'à ce qu'elle ne distingue plus le vide, c'est-à dire un très long moment. Les muscles tendus et à bout de force, la princesse s'était ensuite décidée à marcher. Ses poumons la brulaient si fort qu'il lui était difficile de respirer à sa guise. Elle avait avalé quelques gorgées de l'eau que lui avait donnée Daphnée, mais ils demeuraient douloureux. Son souffle était court, elle allait se calmer.

Cela faisait maintenant de longues heures qu'elle marchait mais elle ne pouvait pas se résoudre à faire de pause. Elle devait avancer et trouver la fin du sable pour espérer démarrer une nouvelle vie. Trouver la fin du sable. Ce n'était pas une mince affaire. Olympe savait pertinemment qu'elle devait traverser plusieurs centaines de kilomètres avant d'oser espérer trouver la moindre civilisation, le moindre village ou même campement. Si elle devait se raser la tête pour cacher sa condition d'Herumor, elle le ferait. Elle n'avait aucun problème avec cette idée. Elle ne voulait plus rien avoir à faire avec la royauté. Elle ne voulait plus jamais être captive. Elle voulait démarrer une vie banale, qui réparerait les blessures qu'avait causées son ancienne vie.

Le soleil matinal était déjà violent dans le Désert Aride. Il tapait sur le crâne de la princesse qui avait à présent beaucoup de mal à avancer. Ses jambes ne la portaient presque plus et sa gorge était bien trop sèche. Elle en arrivait presque à regretter son choix.

Non, elle ne regrettait pas. Pas du tout. Elle était enfin libre. Plus de roi, plus de prince, plus de Charles, plus de Fylis. Seulement elle-même, Olympe d'Arcalya. Si elle devait recommencer sa vie et prendre une nouvelle identité, elle s'appellerait Elina, comme le personnage principal du dernier livre qu'elle avait lu au château. Il s'agissait d'une romance, l'héroïne finissait heureuse, reprenant une vie normale, exactement ce que souhaitait Olympe, ou plutôt Elina, maintenant.

Les genoux de la princesse se dérobèrent sous son poids. Le soleil était trop fort, rendant la marche trop compliquée tant la chaleur était violente. Elle épuisa ses dernières gouttes d'eau, alors que cela ne faisait même pas une journée qu'elle marchait. Olympe commençait à se demander comment elle allait faire pour survivre. Pour sortir de ce désert infini. Elle tenta de se relever, en vain, ses forces l'avaient lâchée. Son cœur se serra, elle ne pouvait pas finir comme ça. Sa nouvelle vie n'avait même pas commencé. Elle ne s'était même pas faite appeler Elina. Elle n'avait même pas rasé ses cheveux… Olympe examina le contenu du sac que lui avait préparé Daphnée. Il contenait une petite couverture. Olympe la plaça sur sa tête et s'abandonna à un sommeil troublé par des cauchemars qui mettaient en scène toutes ses plus grandes peurs : le roi Percyvell, le prince Lucius, les assassins de son père, son mariage, son accession au trône, le démon dans son ventre, l'idée que les Fylis pouvaient la retrouver, l'inconnu, et même Charles. Charles qui lui hurlait de revenir chez les Fylis. Charles qui l'attirait à lui, en lui assurant qu'il pouvait la protéger, lui offrir un confort qu'elle n'avait jamais connu. Charles. Charles qui était le seul à ne pas être un monstre dans cet enchevêtrement d'hommes abominables.

Quand Olympe se réveilla en sursaut, le soleil était au zénith, plus vif et éblouissant que jamais. Elle était trempée de sueur et des larmes avaient mouillé ses joues, tant ses cauchemars avaient été virulents. Elle rangea la couverture dans le sac et se releva difficilement. Le soleil avait tant tapé que sa peau blafarde était devenue rouge. La princesse pouvait sentir l'insolation arriver, ce n'était pas bon signe. Elle reprit la marche, motivée à arriver au bout de ce désert. Un pied devant l'autre, Olympe se concentra pour ne pas flancher.

« Tenez père, pensa-t-elle, en voilà une belle revanche. Je suis libre, sous l'emprise de personne à part moi-même. Je fais mes propres choix et je suis heureuse. »

Mais l'était-elle réellement ? Elle ne le savait pas. En fait, Olympe ne savait pas ce que cela faisait d'être heureuse.

Elle n'avait pas connu le vrai bonheur, que ce soit durant son enfance ou sa vie de jeune adulte. Certes, elle en avait eu quelques aperçus, lorsqu'elle riait avec Mary ou qu'elle discutait d'amour avec Daphnée, mais le bonheur pur qui réchauffait le cœur et faisait monter les larmes, restait abstrait dans son esprit. Elle avait connu la peur et l'angoisse, c'était certain. La terreur même. Son esprit était meurtri par les tentatives de meurtres qui avaient rythmé son enfance. Mais le bonheur demeurait inconnu à ses yeux. Olympe espérait surtout qu'en commençant une nouvelle vie, elle accéderait à ce bonheur si convoité. Elle espérait tant être heureuse... Peut-être ne le méritait-elle pas. Peut-être que sa condition d'Herumor la condamnait à une mort certaine et que chaque minute qu'elle passait à survivre l'enfonçait dans un malheur plus profond pour la punir. Pourquoi aurait-elle le droit de survivre quand les autres de sa condition périssaient dans d'atroces souffrances ?

Olympe observa les alentours, il n'y avait que du sable, du sable et du sable à perte de vue. Elle avait peut-être dévié. Elle s'était peut-être perdue. Elle ne verrait peut-être jamais l'herbe qu'elle recherchait désespérément. Dans le pire des cas, elle se dirigeait vers la fin du monde. Dans le meilleur, elle allait atteindre la ville, la capitale d'Arcalya. Entre ces deux possibilités, il y avait les deux forêts denses, est et ouest, chacune dirigée par une reine, toutes deux jumelles : Loulou pour l'est, Dia pour l'ouest, mais Dia avait disparu quelques années auparavant avec le fils de Loulou et personne ne les avait jamais retrouvés. Olympe savait que le roi Percyvell avait du mal à garder des relations convenables avec les deux jumelles, qui constituaient la principale source de préoccupations du royaume, le roi ne se souciant pas de ses sujets, comme

La Disparition de la Princesse

l'avaient justement fait remarquer les Fylis. Olympe préférait donc éviter de se retrouver là-bas.

La princesse marchait à un rythme lent, perdue dans des pensées qui n'étaient pas forcément agréables. Des pensées qui tournaient en boucle et se trouvaient brouillées par la fatigue et la puissance du soleil. Olympe n'avait définitivement plus les idées claires. Elle se sentait capable de tomber à tout instant. Ainsi ne remarqua-t-elle pas lorsqu'une troupe de pirates des sables l'approcha. Elle n'en eut conscience que lorsque des mains crasseuses lui attrapèrent le visage, elle n'eut même pas le temps de crier...

CHAPITRE 20

Lorsqu'Olympe ouvrit les yeux, elle était au sol, du sable partout sur le visage. Des hommes l'entouraient, tous recouverts de cicatrices et de blessures. Ils étaient vêtus de guenilles et des foulards recouvraient leur visage afin de les protéger du soleil. C'étaient les fameux pirates que Daphnée avait évoqués.

Cela suffit à l'esprit de la princesse pour se remettre en place. A la seconde où elle comprit à qui elle avait affaire, ses idées redevinrent claires et parfaitement ordonnées. Olympe analysa la situation : ils étaient un peu plus d'une dizaine, tous armés jusqu'aux dents. Des muscles saillants dépassaient de leurs guenilles. Autant dire que la princesse n'avait aucune chance de s'en sortir vivante. Son corps se crispa alors plus qu'il ne l'avait jamais fait. Elle était pétrifiée. Pétrifiée d'une peur qui lui rongeait les boyaux, les tordant dans tous les sens. La mort était si proche qu'elle pouvait presque la toucher.

Olympe tenta de se relever mais un des hommes lui donna un coup de pied qui la renvoya immédiatement la tête dans le sable. Elle cracha par terre pour faire sortir la poussière de sa bouche.

- Tu es mieux au sol petit démon, s'exclama l'un, entrainant l'hilarité des autres.

Ils la fixaient tous avec des yeux ronds, avides, qui louchaient un peu trop sur son débardeur. Elle savait comment cette histoire allait finir : elle les tuait tous ou ils la tuaient elle. Or Olympe n'avait pas assez confiance en ses capacités pour affirmer que la première option était réalisable. Elle avait toujours la dague de Marceau et Daphnée dans la poche. Peut-être qu'avec un peu de rapidité, elle parviendrait à en tuer quelques-uns pour s'enfuir. Elle ne savait pas quoi faire. Elle ne parvenait pas à réfléchir convenablement.

- Attendez ! hurla un homme à la longue barbe rousse. C'est la princesse ! C'est la princesse ! L'héritière d'Arcalya !

- Mais oui, s'exclama un autre. Je l'ai vu dans le journal il y a des semaines. La princesse aux cheveux noirs ! C'est elle, j'en suis sûr.

Cette fois-ci Olympe se leva sans que personne ne la fasse tomber. Cette découverte n'avait servi qu'à attiser la haine des pirates, et par conséquent, avait considérablement réduit ses chances de survie. La jeune femme leva les yeux au ciel, adressant une pensée silencieuse à son petit frère Zéphyr. Quand ce fut fait, elle clama d'une voix qu'elle espérait claire et dénuée de tremblement :

- En effet, je suis la princesse d'Arcalya. Par conséquent, vous me devez le respect. Vous devez m'obéir et me laisser partir.

- On doit surtout apporter ta tête au village pour avoir la gloire éternelle, hurla un homme aux cheveux châtains bouclés. Pour faire payer ton imbécile de père qui nous laisse croupir comme des rats déjà morts.

- Vous ne comprenez pas bien la situation, répondit Olympe calmement. Je suis la future reine. En tant que telle, il est en mon pouvoir de faire changer les choses. Je retournais justement au château pour prendre mes fonctions. Laissez-moi passer et vous ne croupirez plus jamais. Du moins pas sous mon règne.

Ses paroles étaient bien trop confuses et succinctes pour être crédibles, cependant elle n'avait pas d'autres choix. Les hommes parurent réfléchir quelques secondes. La proposition était alléchante, c'est vrai. Mais quelle était la meilleure option ? Tuer et obtenir la gloire éternelle parmi les pirates ou continuer une vie pénible en espérant que la princesse tienne parole ? Le choix fut vite fait. Des rires s'élevèrent de la foule des pirates, balayant tous les espoirs de la princesse qui commençait à réfléchir à un plan B.

Olympe avait le ventre douloureux et le cœur qui battait à une vitesse anormalement rapide. Ses mains tremblaient, ainsi que ses jambes. Si son baratin ne fonctionnait pas, elle allait devoir tuer. Or elle n'avait jamais tué, *ou presque*. Malgré le démon qui sommeillait dans son ventre, la princesse n'était pas une meurtrière. Elle n'était pas *un monstre*. Elle aurait pu pourtant. Elle aurait pu à de nombreuses reprises. En réalité elle avait, mais c'était bien trop difficile à avouer. Cependant elle ne voulait pas devenir un monstre comme le roi. Elle ne voulait pas enlever des vies, pas encore une fois.... Qui était-elle pour décider si une personne devait vivre où mourir ? La seule fois où elle avait dû tuer, c'était pour se sauver elle. Cela constituait encore à ce jour son traumatisme le plus difficile à guérir. Toutefois, elle se surprit à espérer que le démon sorte pour qu'il les tue tous. Car ce n'était pas vraiment sa faute puisqu' elle ne le contrôlait pas... N'est-ce pas ? Cependant elle sentait qu'il dormait profondément et qu'il ne se manifesterait pas. Pas alors qu'elle avait besoin de lui… Elle ne pouvait compter que sur elle-même.

Olympe évalua une nouvelle fois la situation : il y avait là une dizaine d'hommes ; si elle restait solide sur ses appuis comme le lui avaient appris les gardes, elle pouvait en tuer deux en plantant sa dague dans la gorge de l'un puis en la lançant sur un autre. Cette diversion lui permettrait de partir en courant, mais la désarmerait totalement. Elle ne pourrait plus faire face au reste des pirates qui la rattraperaient sans hésiter. Ce n'était pas comme si Olympe avait d'autres choix cependant. Elle devait le tenter.

- Votre proposition ne nous convient pas, hurla un des hommes en tirant la langue. Il est bien plus drôle de vous trancher la gorge et de faire couler votre sang sur ce sable blanc, princesse. On pourrait même couper vos doigts un à un pour les envoyer à votre petit papa, pour lui montrer ce qu'est devenue sa fille chérie.

Le plan commençait donc maintenant. A cet instant Olympe brisait le pacte qu'elle avait scellé avec l'enfant qu'elle avait autrefois été. Elle allait tuer. L'odeur du sang frais lui emplissait déjà les narines. Olympe se concentra sur les battements de son cœur, qu'elle parvint à maitriser sans vraiment comprendre comment c'était possible. Elle retrouva son calme, prête à en découdre, car il était hors de question qu'elle meure sans s'être battue jusqu'à la dernière seconde. Dans un sang-froid légendaire, puisant dans ses forces les plus profondes, Olympe arrêta de trembler et fit disparaître la moindre trace d'émotion de son visage. Elle regarda tous les pirates un à un dans les yeux avant de murmurer :

- C'est dommage.

- De quoi, fit l'un d'eux en perdant son expression malicieuse devant l'air assassin de la princesse.

- Je n'ai pas envie de jouer.

Dans un mouvement rapide, Olympe arracha son élastique, répandant des cheveux noirs autour d'elle. Si elle pouvait les effrayer, c'était parfait. Certains reculèrent, d'autres portèrent leurs mains à leurs armes. Mais la princesse était rapide. Toujours munie de son sourire le plus mauvais, elle bloqua sa respiration pour se faire la plus précise possible. Elle dégaina la dague d'un geste si rapide que ses rivaux ne le remarquèrent pas immédiatement, puis elle la planta dans la gorge du pirate derrière elle, se retournant dans un mouvement vif que les autres n'avaient pas prévu. Elle retira la dague, ignorant le sang qui giclait abondamment de la plaie de l'homme qui s'écroulait au sol. A présent Olympe ne réfléchissait plus, elle suivait simplement son instinct, dicté par une concentration imperturbable. L'effet de surprise était son seul allié, elle devait le mettre à profit. Dans un coup de pied, elle en poussa un autre puis lança la dague le plus fort et le plus précisément possible. Elle atterrit au centre de sa cible : en plein dans l'œil du pirate le plus fort. Le sang gicla sur le visage de la princesse qui l'essuya d'un geste, laissant une grande trace rouge sur sa joue.

- Mais quand je joue, ajouta-t-elle, je ne perds jamais.

La deuxième partie du plan arriva. Cette partie qu'Olympe ne maitrisait pas du tout. Elle prit ses jambes à son cou, s'enfuit, sautant par-dessus sa première victime. Elle ne devait pas se retourner. Elle ne pouvait pas se retourner. Elle entendait déjà les pirates à ses trousses, hurlant à la mort, prêts à en finir avec Olympe, héritière d'Arcalya. Prêts à en finir avec celle qui venait de tuer leur camarade. Sa tête était un trophée, sa vie un parasite qu'il fallait à tout prix exterminer. Olympe courut plus vite qu'elle ne l'avait jamais fait. Plus vite qu'elle ne s'en croyait capable. Elle courut, tentant de rattraper le fil de sa vie qui lui échappait inexorablement au fur et à mesure que les pirates la rattrapaient. Elle, qui n'avait jamais vraiment vécu, s'apprêtait à rendre son dernier souffle, car elle savait qu'elle ne gagnerait pas cette fois-ci. Le dernier jeu qui composait sa vie était arrivé, et à celui-ci, elle allait inévitablement perdre.

Peut-être que c'était mieux ainsi.

Peut-être qu'il valait mieux qu'elle meure finalement.

Cependant elle se battrait jusqu'au bout. Elle n'allait pas abandonner. Tant qu'elle respirait, elle gardait les cartes en main. Et pour le moment, Olympe respirait encore.

Un couteau vola, écorchant l'oreille d'Olympe. En plus d'être forts, ces pirates étaient précis. Une larme coula sur sa joue, une seule, tant la terreur était vive et l'effort intense. Le deuxième couteau ne manqua pas sa cible et vint se flanquer dans l'épaule de la princesse qui tomba violemment contre le sable, celui-ci venant s'incruster dans sa blessure. Elle hurla de rage et de douleur. Non, elle ne voulait pas mourir, pas encore, pas alors qu'elle avait passé sa vie enfermée. Il lui restait tout à voir, tout à découvrir.

Elle se releva, les dents serrées, les ongles rentrés dans ses paumes. Elle n'en avait pas fini. Pas encore. Elle recommença à courir mais un pirate vint s'écraser contre elle, la plaquant au sol, enfonçant un peu plus le couteau dans son épaule. Il sortit une hache qu'il leva au-dessus de la tête d'Olympe. Celle-ci se débattait, hurlait, pleurait, s'autorisant toutes les réactions qu'elle s'interdisait d'avoir depuis des années. Son hurlement se fit strident et déchirant tant Olympe ne comprenait pas pourquoi la vie s'acharnait ainsi sur elle. Elle griffa le visage du pirate alors qu'il l'immobilisait sur le dos, incrustant totalement la lame dans son épaule qui ressortit de l'autre côté, transperçant totalement sa chaire. Elle tira sur sa barbe, mordit ses mains. Remplie d'un désespoir plus fort qu'il ne l'avait jamais été, Olympe hurlait de toutes ses forces. *Elle ne pouvait pas mourir maintenant…*

- T'as tué mon frère ! cria le pirate. Je te promets que je vais te faire tellement souffrir que tu ne mourras pas à cause de ta blessure mais à cause de la douleur.

Il plaça ensuite la hache sur la gorge d'Olympe dont la vue était troublée par les larmes. Elle se tortillait dans tous les sens, écrasée par le poids du pirate dont la rage dépassait l'entendement. La hache pénétra lentement dans la gorge de la princesse, entaillant sa peau, millimètre après millimètre, laissant son sang noir s'écouler sur le sable et éclabousser le visage du pirate. La jeune femme toussa, cracha du sang à la figure du pirate. Mais la hache pénétra trop profondément dans sa chaire pour que ça reste supportable. Ses cris devinrent des gargouillis de sang tandis que la lueur d'espoir qui s'accrochait à son regard se perdit. Plus rien n'existait, plus rien ne comptait. Seulement elle et la hache, enfoncée, mortellement.

  Désespérée, elle ferma les yeux, attendant son sort. Attendant que la mort l'emporte tant la douleur était forte. C'était le moment. Le moment qu'elle avait tant imaginé qu'elle s'était mise à l'espérer parfois. Le moment de sa mort. Parce qu'il n'y avait aucun moyen qu'elle s'en sorte. Pas cette fois.

  Un cri résonna alors et le pirate s'effondra sur Olympe, lâchant la hache. Était-ce terminé ? Était-elle morte ?

CHAPITRE 21

Une immense douleur enveloppait Olympe toute entière. Elle qui pensait qu'en mourant, tout s'arrêterait... C'était bien pire que tout ce qu'elle avait pu endurer jusqu'ici. Aucune des nombreuses cicatrices qui recouvraient déjà son corps ne lui avait infligé une douleur similaire à celle qu'elle éprouvait en ce moment même et, si elle n'était pas morte, elle se demandait comment elle avait encore conscience du monde qui l'entourait. Elle sentit soudain des mains lui attraper les chevilles et la tirer brutalement vers l'avant. Elle eut l'impression que sa tête se décrochait de son cou, que plus rien n'existait à part cette douleur lancinante, insupportable, intenable, abominable, insoutenable, épouvantable. Cette douleur qui lui donnait envie d'arracher sa peau et tous ses nerfs pour ne plus rien ressentir. Qui lui donnait envie d'arrêter de respirer pour mourir.

Olympe ouvrit les yeux. Elle devait comprendre pourquoi elle avait si mal. Elle devait comprendre pourquoi rien n'était fini. Que faisait-elle encore accrochée à cette vie ? Mais ses yeux avaient arrêté de fonctionner. Olympe ne voyait rien à l'exception de points éblouissants. Elle n'entendait rien non plus tant ses oreilles bourdonnaient, donnant envie à son cerveau d'exploser tant c'était à peine supportable. Une voix pourtant se détacha de ce brouillard. Une voix qui donna la force nécessaire à Olympe pour s'ancrer dans le réel. Pour chasser la confusion.

- Elle est vivante ! Elle a ouvert les yeux, elle est vivante !

C'était la voix de Daphnée. Olympe distingua alors d'autres voix de Fylis, puis des bruits d'armes s'entrechoquant. Elle remarqua alors le pirate qui la trainait, laissant un longue coulée de sang noir s'échapper de ses plaies. Son cœur s'emballa, une vague d'espoir la submergeant. Sa tête bourdonnait toutefois bien trop fort, l'empêchant de se rendre compte de tout distinctement. Elle n'avait aucune idée de ce que les Fylis faisaient à cet endroit si éloigné de la fin du monde. Elle ne comprenait pas pourquoi elle entendait un combat faire rage. Elle sentit le pirate lui lâcher les pieds et grogner. L'homme gargouilla douloureusement. Olympe concentra son regard flou sur lui et vit qu'un homme aux cheveux extrêmement blonds s'était jeté sur sa carrure imposante : Charles.

- Couvrez Daphnée et Alphonse pour qu'ils emmènent Olympe aux dragons, hurla Charles tout en enfonçant son épée dans le ventre du pirate sans le moindre scrupule.

L'esprit confus, Olympe ne put faire autrement que d'attendre que l'on vienne la chercher. Rien ne faisait sens. Elle patienta alors sur le sable fin du désert Aride, se forçant à garder connaissance malgré une envie enivrante de se laisser sombrer pour ne plus rien ressentir. Malgré sa confusion extrême, Olympe avait au moins conscience d'une chose : les Fylis étaient là pour l'aider. Peu importaient leurs motivations. Elle ne pouvait donc pas se laisser mourir. Au bout de plusieurs minutes qui parurent interminables tant les combats devenaient violents autour de la princesse, deux mains se posèrent sur son visage. Des mains qui s'agrippèrent à elle dans une douceur infime.

- Olympe ouvre les yeux, fit la voix de Daphnée qui lui paraissait si lointaine. C'est moi, Daphnée. Tu dois rester éveillée. Je t'en supplie, Olympe.

Elle donna quelques ordres à Alphonse qui était là aussi. Elle ne comprenait décidément plus rien. Alphonse n'était pas censé quitter la salle des machines…

- Tu ne la regardes pas, ordonna Daphnée à Alphonse qui se banda les yeux à l'aide d'un foulard pour ne plus voir la princesse.

Olympe sentit qu'elle ne touchait plus le sol. Daphnée et Alphonse l'avaient fait rouler dans un tissu pour la rapatrier au dragon comme l'avait demandé Charles. Ils la portaient, courant eux aussi pour s'éloigner de la zone de combat. A plusieurs reprises, Daphnée hurla le nom de ses camarades pour qu'ils les protègent, ou qu'ils fassent attention. Olympe était secouée dans ce drap qu'elle voyait devenir noir au fur et à mesure que son sang coulait. Plus les secondes défilaient, plus elle sombrait, moins elle était consciente du monde alentour.

Les deux infirmiers lâchèrent Olympe qui s'écrasa sur le sable.

- Natas, hurla Daphnée.

Le jeune homme siffla trois fois, et la princesse qui ne comprenait pas bien ce qui se passait sentit une barrière noire les séparer du combat. Elle cligna des yeux douloureusement, cherchant le visage réconfortant de son amie. Celle-ci communiquait en signe avec Alphonse qui, quand ils eurent terminé, s'éloigna vers les dragons. Il n'était pas normal de trouver des dragons dans le monde magique étant donné que le roi les avait décimés plusieurs années auparavant, mais Olympe avait trop mal pour remarquer ce genre de détail.

Daphnée lui attrapa le visage délicatement et prit un linge humide dans sa trousse de secours. Olympe était très, très mal en point. Sa plaie recouvrait toute sa gorge et était si profonde que la princesse n'était pas encore tirée d'affaire. Le fait qu'elle respire encore relevait du miracle et témoignait de la grande résistance de la jeune femme. Daphnée nettoya la blessure, retirant le sable qui s'était incrusté à l'intérieur et la recouvrit d'un bandage. La blonde ne savait plus où donner de la tête tant son amie était amochée. Elle priait chaque seconde qu'elle ne s'éteigne pas dans ses bras, car dans l'état où elle se trouvait, la mort pouvait l'emporter à chaque instant. Il était inutile de commencer à la soigner ici, elle n'avait pas assez de matériel. Daphnée s'occupa ensuite de son épaule, laissant le couteau enfoncé dans la blessure pour ne pas l'aggraver. Les mains tremblantes, elle se pencha sur les vêtements noircis de sang d'Olympe.

L'infirmière frissonna face à la couleur sombre qu'avait pris le tissu. Être une Herumor était une possibilité, Olympe avait les cheveux noirs, cependant une génétique sombre ne présumait pas nécessairement d'un démon. Daphnée avait espéré que son amie ne soit pas Herumor, mais la vérité s'imposait à elle à présent. Car des cheveux ou des yeux noirs trompaient, mais pas la couleur du sang. Elle ne savait pas quoi faire, il y en avait tellement, partout.

- Olympe veux-tu que les autres sachent que tu es Herumor ? murmura Daphnée qui savait que sa question n'avait aucun sens aux yeux d'Olympe qui était mourante.

La princesse ne pouvait rien dire, sa gorge étant trop endommagée pour parler, sa tête étant trop douloureuse pour réfléchir. Elle était incapable de bouger tant elle avait l'impression que son cou se disloquait. Personne ne devait savoir qu'elle était Herumor, ça, elle n'avait pas besoin d'être lucide pour en avoir conscience. Même si son cerveau s'éteignait petit à petit, elle pouvait comprendre ce que lui demandait son amie. Daphnée hocha la tête, devinant par elle-même les pensées de son amie, et attrapa un couteau. Elle commença par laver les dernières traces de sang sur le doux visage d'Olympe. Elle recouvrit ses blessures de nouvelles couches de pansements propres qui se tintèrent immédiatement de la mauvaise couleur. Elle prit ensuite une grande inspiration, le cœur battant la chamade, puis entailla sa propre main. Daphnée n'avait pas le choix. Elle étala son sang sur les vêtements de son amie, dissimulant les traces noires qui les tachaient déjà. Elle rajouta encore du bandage au pansement pour le rendre imperméable et imbiba ensuite une bandelette de son propre sang. Elle l'attacha au reste de pansement, prenant bien garde à ce que les deux sangs ne se mélangent pas. Elle essuya ensuite sa main entaillée sur le visage d'Olympe, s'excusant un millier de fois. Elle lui murmura ensuite de se battre, se couchant à ses côtés pour vérifier que son cœur battait toujours. Si elle voulait la maintenir en vie, les Fylis allaient devoir rentrer rapidement. Olympe ne passerait pas la nuit.

Daphnée détestait la violence des combats, elle détestait soigner également mais elle avait dû apprendre pour aider les Fylis. Elle déposa un baiser sur le front d'Olympe, là où il n'y avait pas de sang, puis hurla quelque chose aux Fylis, quelque chose que la princesse ne comprenait pas tant la douleur brouillait ses sens. Quelques minutes plus tard, des mains l'agrippèrent et la hissèrent sur un dragon à la selle large.

C'est à ce moment qu'Olympe ferma les yeux pour de bon, incapable de se battre plus longtemps...

CHAPITRE 22

Olympe se réveilla en sursaut, emmitouflée dans sa couverture... au château. Les larmes humidifièrent immédiatement ses yeux et elle ne put retenir un cri. Non. Non. Pas le château ! Ses blessures avaient totalement disparu et elle ne ressentait plus la douleur. Peut-être était-elle réellement morte et se trouvait-elle en enfer, à cause des deux vies qu'elle avait ôtées. Le cœur battant, Olympe se redressa et observa sa chambre à la lumière bien trop vive. Pas de doutes, elle était bien au château. Le vrai, le seul et l'unique. Sa prison originelle. Une vague de panique l'envahit. Où étaient les Fylis ? Qu'avait-il pu bien se passer ?

Soudain, Lucius pénétra dans la pièce. Il l'attrapa par l'épaule, la forçant à se lever et la conduisit dans le couloir sans un mot. Son visage était marqué par la rage.

- Tu aurais dû mourir dans ce désert petite teigne. Mais je suis ravie que tu te réveilles à temps pour ma surprise.

Olympe ne comprenait rien du tout, tout était flou. Depuis quand le prince avait-il accès à sa chambre et depuis quand la tutoyait-il ? Olympe n'avait aucune idée de ce qui avait pu se passer après qu'elle eut perdu connaissance dans le désert Aride, mais cela ne présageait rien de bon. Si elle était de retour au château, les Fylis s'étaient laissé prendre en embuscade. Malgré sa confusion extrême, Olympe suivit le prince, descendant les longs escaliers qui menaient aux sous-sols.

Lorsque le prince s'arrêta devant la porte des cachots, Olympe se figea, sentant l'atrocité de ce qui s'apprêtait à arriver. Non, c'était impossible. Elle connaissait son futur mari pour sa cruauté mais il n'était pas capable d'un tel crime. Lucius la conduisit vers la cellule la plus éloignée de la porte et Olympe fut prise d'effroi en voyant qui était emprisonné là. La jeune femme perdit l'équilibre, et se retrouva sur les genoux. Son corps fut pris de tremblements incontrôlables. La totalité des Fylis se leva en apercevant Olympe.

- Tout est de ta faute, espèce de démon, hurlaient-ils. On te déteste !

Olympe sentit une larme couler sur sa joue. Une autre. Elles étaient bien trop fréquentes à son goût. Soudain, la princesse, toujours en chemise de nuit, fut bousculée par un homme encagoulé. Elle tomba les fesses dans une flaque de sang qui éclaboussa sa peau bien trop pâle.

- Voici ta surprise, murmura Lucius à l'oreille de sa fiancée en lui embrassant la joue, la forçant à se relever pour admirer le spectacle.

Olympe s'approcha des barreaux et poussa un hurlement lorsque l'homme décapita Daphnée sans la moindre hésitation. Le sang gicla sur son visage blafard. Les yeux remplis de terreur, Olympe hurla de toutes ses forces, implorant le bourreau de laisser les Fylis. Elle tira sur les barreaux, tenta d'attraper le meurtrier, se débattit avec la serrure mais rien n'y fit. Le bourreau n'arrêta pas, attrapant à tour de rôle chaque membre du clan. Ellie. Tana. Alphonse. Gabrielle. Marceau. Saphir. Natas. Victor. Le cœur d'Olympe s'arrêta en même temps que celui de Ruby. Il termina par Charles qui cracha aux pieds d'Olympe avant de mourir. A chaque tête qui tombait, Olympe avait l'impression que son cœur se brisait. A chaque tête qui tombait ses poumons se comprimaient un peu plus, rendant sa respiration difficile. A chaque tête qui tombait, Olympe sentait son ventre se recroqueviller sur lui-même. A chaque tête qui tombait, Olympe s'enfonçait dans l'horreur, éteignant la flamme de vie qui l'habitait. La flamme que les Fylis avaient doucement allumée, au fil des repas, des conversations timides et des regards discrets. Car même si elle ne les connaissait que très peu, même s'ils s'étaient majoritairement montrés hostiles, Olympe ne s'était jamais sentie plus vivante que dans cette chambre étroite dans laquelle elle était restée enfermée. Dans laquelle elle s'était imaginée vivre des aventures folles à leurs côtés. Même si elle n'avait jamais appris à les connaitre, Olympe s'était accrochée à l'idée qu'en avaient Ruby et Daphnée. Une idée très certainement idyllique, mais qui dépeignait les Fylis comme des âmes en peine, qui avaient simplement besoin d'un peu d'amour pour fonctionner. Des âmes prêtes à donner leur vie pour sauver les leurs. Des âmes qui finalement s'étaient sacrifiées pour elle en venant la secourir dans le désert au prix de leur vie. Ils étaient venus mais n'étaient jamais rentrés. Tout était de sa faute.

Olympe s'accrochait désespérément aux barreaux, le visage taché du sang de ses ravisseurs. Ses ravisseurs. Les Fylis. Elle n'aurait pas dû être attristée de leur perte, pourtant, c'était plus fort qu'elle. Elle hurla, frappant le bourreau quand il sortit plein de sang de la cellule, laissant derrière lui une boucherie de Fylis.

Olympe se réveilla en hurlant, de grosses larmes sur le visage. Elle avait les yeux exorbités, le cœur battant et tremblait de tout son corps. Jamais elle n'avait rêvé de cette façon auparavant. Jamais un cauchemar n'avait été si virulent, et surtout si réaliste. Daphnée accourut et la princesse ne put s'empêcher de la prendre dans ses bras. Elle s'accrocha à son cou comme si sa vie en dépendait, comme pour vérifier qu'elle était bien là.

- Tu n'es pas morte ? demanda-t-elle dans une telle panique que Daphnée dut prendre sa tête dans ses mains pour parvenir à garder son regard fixe. Il t'avait tuée, je l'ai vu. Oh Daphnée…

- Calme-toi Olympe, murmura celle-ci, ce n'était qu'un cauchemar. Je suis cependant ravie que tu aies retrouvé ta voix. Les brefs réveils que tu nous as offerts cette semaine ne nous donnaient pas la chance de t'entendre parler.

Olympe regarda autour d'elle, prenant partiellement conscience qu'elle était sortie du cauchemar. Elle était dans ce qui devait être l'infirmerie de l'hôtel. Sa poitrine fut secouée par un gros sanglot qu'elle ne put retenir. Ce n'était qu'un cauchemar. La princesse passa ses mains sur ses joues afin de sécher ses larmes et regarda Daphnée qui examinait ses bandages. A cet instant elle prit conscience de la douleur qui enveloppait sa gorge et son épaule. Une douleur affreuse. Des souvenirs se frayèrent alors un chemin dans son esprit. La fuite, le désert, les pirates, la hache, le sang. Elle s'enfonça dans le matelas de son lit et prit quelques minutes pour se remettre de ses émotions. Olympe avait du mal à croire à ses propres souvenirs tant cela lui semblait irréel. Elle se remémora la douleur qui l'avait enveloppée sur le sable, lui faisant relativiser celle qu'elle subissait à cet instant. Quand Olympe eut les idées à peu près claires, elle demanda d'une petite voix :

- Que s'est-il passé ensuite ? Après ma perte de connaissance.

- Eh bien, fit Daphnée qui s'assit sur le lit d'Olympe, nous sommes rentrés à l'hôtel le plus vite possible et Ruby, Charles et moi t'avons immédiatement emmenée ici.

- Charles ? coupa Olympe, étonnée que cet homme l'ait aidée à s'en sortir.

- Charles, confirma Daphnée. Charles qui avait l'air aussi inquiet que Ruby et moi d'ailleurs. Nous avons passé la nuit tous les trois à tenter de te maintenir en vie, jusqu'à ce que je décide de te faire ingérer des plantes qui ont plongé ton corps dans un état de mort. Tu n'avais plus assez d'énergie pour te battre, je n'avais pas le choix, et ce malgré le risque que tu ne te réveilles jamais de ta léthargie. Grâce à ces plantes nous avons pu extirper le couteau de ton épaule et la recoudre, puis soigner ta gorge. Nous avons utilisé de la magie naturelle, grâce à des contacts de Charles, permettant à ta gorge de se refermer et à ta peau de se régénérer seule. Cela fait une semaine que tu es à l'infirmerie et nous avons seulement arrêté le traitement magique hier. Il se peut que tu ressentes des douleurs au niveau de la gorge encore quelques temps, mais normalement elle est comme neuve.

- Daphnée, murmura Olympe, une immense crainte serrant son cœur, qu'as-tu vu ?

La jeune femme déglutit et fixa un long moment la princesse. Les deux connaissaient la réponse et les deux la craignaient. Daphnée savait, il n'y avait aucun doute.

- J'ai vu, répondit-elle. Mais je suis la seule. Personne à part Charles, Ruby et moi-même n'est au courant que tu es...

La fin de la phrase se perdit dans la bouche de la blonde. Elle ne craignait pas son amie, non, elle craignait la simple évocation des démons.

- Une Herumor, termina Olympe à sa place. Tout le monde doit s'en douter, ils ont dû voir mon sang et la simple couleur de mes cheveux me trahit.

- Concernant la couleur de tes cheveux, personne ne s'en doute. Moi-même avant de voir ton sang, pensais que tu étais simplement malchanceuse. Posséder un caractère sombre ne signifie pas systématiquement qu'un démon dort dans ton ventre. C'est mauvais signe et mal vu, certes, mais ça ne veut pas tout dire. Pour ton sang, tu devais être trop mal en point pour t'en rendre compte et je m'excuse pour ce que j'ai fait mais je...

- Je m'en rappelle, fit Olympe. Merci. Merci énormément pour tout ce que tu as fait pour moi, Daphnée. Puis-je te poser une dernière question ?

- Bien sûr.

- Pourquoi m'avoir aidée ? Pourquoi tout le clan s'est-il battu pour moi alors que je n'ai fait rien d'autre que vous causer du tort depuis mon arrivée ? Même Alphonse et Natas sont venus à mon secours alors que je leur ai fait du mal.

- Lors de la réunion du clan qui devait décider de ton sort, Charles voulait te laisser mourir dans le désert. C'est Ruby qui l'a convaincue. Elle a eu une entrevue avec lui, je ne sais pas ce qu'elle lui a dit mais quand ils sont revenus dix minutes plus tard, Charles nous proposait un plan pour te chercher.

- Et tous les Fylis ont accepté de se battre pour ma vie, uniquement car Charles le leur a demandé ? Personne ne s'est opposé à cette décision ?

- Charles a su trouver les bons arguments pour les convaincre. Il nous a expliqué les raisons de ton départ. Le fait que tu étais tout aussi emprisonnée au château qu'ici et que tu suffoquais. Ruby s'est lancée dans une longue description de ta vie au château, attisant la compassion de plus d'un Fylis. Je te l'avais dit, Olympe. Nous sommes peut-être un peu fous, mais nous ne manquons pas de cœur. La plupart des Fylis a simplement besoin d'être aimé, Charles y compris. Mais par-dessus tout, ils ont de l'amour à revendre. Nous avons presque tous été chassés de nos familles, notre but est donc simplement d'en former une nouvelle. Ils ont compris que tu n'étais pas si différente d'eux, et c'est tout ce dont ils avaient besoin pour te considérer comme l'une des leurs.

Olympe regarda Daphnée, le cœur serré. Elle était si touchée. Son cauchemar tournait en boucle dans sa tête. Il avait été si révélateur des sentiments d'Olympe à l'égard de ce clan si paradoxalement attachant. Tous avaient volé à son secours alors qu'elle avait tout fait pour les fuir et les déranger. Peut-être qu'ils n'étaient pas tant des ennemis que cela finalement. En ce jour elle était prête à s'ouvrir aux Fylis qui semblaient décidés à faire de même. Peut-être que cette nouvelle vie dont elle rêvait tant allait commencer ici, dans le vide de la fin du monde…

La porte s'ouvrit brutalement.

- Elle est réveillée ? s'exclama Charles.

Puis il la vit. Son expression se radoucit puis redevint neutre et il se dirigea vers la fenêtre qui donnait sur le gouffre. L'unique fenêtre de l'hôtel, avec celle de son bureau. Daphnée adressa un clin d'œil à Olympe qui décida de l'ignorer, et quitta la pièce, refermant la porte derrière elle.

- Vous nous avez fait une belle frayeur, mademoiselle.

Il ne se retourna pas, laissant le soin à Olympe de l'observer. Elle détailla sa chemise parfaitement repassée, ses muscles saillants en dessous, ses mains fermement agrippées au rebord de la fenêtre, ses cheveux blancs malgré son jeune âge, et ses quelques épis, seules imperfections de son apparence soignée. Charles s'adressait à elle avec un ton rempli de respect. Quelque chose avait changé et Olympe savait que cela faisait suite à ce que lui avait dit Ruby.

- Cela doit cesser, reprit-il après une courte pause.

- Quoi donc ?

- Vos fuites à répétition. Nous devons conclure un accord qui vous passera l'envie de partir. Je suis finalement prêt à faire quelques concessions si vous m'assurez de rester tranquille. Je vous accorde que cela est assez précipité, vous venez à peine de reprendre totalement connaissance, cependant je ne peux plus vivre dans la crainte de trouver votre chambre vide une nouvelle fois.

- Vous vous obstinez vraiment à respecter votre plan initial à la lettre. Si je disparaissais d'ici pour commencer une nouvelle vie, sous un autre nom et une nouvelle apparence, que cela changerait-il réellement pour vous ?

- Tout, répliqua-t-il trop vite pour que ses émotions n'aient pas pris le dessus. Cela n'a rien à voir avec le plan initial. Cela fait bien longtemps que j'ai compris vos arguments, aussi couteux soit-il pour moi de vous l'avouer.

- A quoi tout cela fait-il référence alors ? Pourquoi vous obstinez-vous à me garder sous votre toit.

Charles se retourna pour la regarder. Il ne pouvait se résoudre à lui avouer qu'il la voulait saine et sauve. Qu'il avait vu en elle quelque chose que personne n'avait vu et qu'il ne pouvait décidément pas la laisser partir, pas alors qu'elle-même n'avait pas conscience de cette chose qu'il se forçait à garder pour lui tant qu'il n'en était pas sûr. Il ne pouvait pas non plus lui avouer que les paroles de Ruby l'avaient profondément touché, de la même manière que son récit des assassins, et que depuis, il ne pouvait s'empêcher de vouloir la voir *vivre* une vie plus agréable. Non, il ne pouvait assurément pas lui avouer tout cela. Il demeura ainsi silencieux, laissant à Olympe libre de son interprétation.

- Quelles sont vos conditions ? demanda Olympe, comprenant qu'il ne répondrait pas.

- Vous ne vous échapperez plus, commença-t-il avec assurance car il y avait longtemps réfléchi. Vous assisterez à tous les repas comme une membre du clan. Et vous n'exigerez plus aucun traitement de faveur. Vous n'êtes plus une princesse ou une future reine. Vous êtes simplement Olympe. Cela parait simple, toutefois, ma dernière condition est la plus importante : vous ne devenez jamais *reine*.

- Ce n'était pas vraiment dans mes plans de toute façon, s'amusa-t-elle.

- Quelles sont vos conditions ?

Olympe réfléchit un instant. Elle ne devait absolument rien oublier.

- Je ne veux plus personne devant ma porte, jamais. Si vous voulez que je participe à tous les repas au même titre que vos Fylis et que je n'aie aucun traitement de faveur, traitez-moi comme telle. Je veux pouvoir sortir de ma chambre et me joindre au groupe quand bon me semble. Pour finir, fit-elle un sourire aux lèvres, je veux pouvoir vous suivre dans vos missions. J'imagine que vous en avez sinon votre clan n'a aucun intérêt. Je veux découvrir le monde magique, respirer le grand air, sortir de l'hôtel. Je veux vivre.

Charles plongea son regard sombre dans la grisaille de ses yeux à elle. Il hésita quelques secondes. Il ne devrait pas accepter la dernière condition. C'était bien trop dangereux. Pourtant inexplicablement, il s'entendit lui répondre :

- Entendu.

CHAPITRE 23

Une semaine plus tard, lorsque Daphnée décida qu'elle était en état de sortir de l'infirmerie, Olympe regagna sa chambre. Malgré sa gorge encore légèrement douloureuse, ses blessures avaient bien guéri, aidées par les nombreuses plantes magiques qu'elle avait ingérées. Elle conservait toutefois deux grosses cicatrices aux endroits qu'avaient transpercés la hache et le couteau. Deux de plus.

D'humeur joyeuse, Daphnée qui avait insisté pour accompagner Olympe à sa chambre, chantonnait dans les escaliers. La jeune femme était légère. Sa relation avec Marceau était au beau fixe, sa meilleure amie allait rester avec elle un peu plus longtemps, et par-dessus tout, elle n'était plus mourante. Daphnée ne pouvait que se réjouir de ces changements positifs. Lorsque les jeunes femmes arrivèrent dans le couloir des chambres, la blonde ne put s'empêcher d'accélérer le pas, impatiente pour une raison qui échappait à

Olympe, traînant des pieds à l'idée de retourner dans cette pièce qui contenait beaucoup de mauvais souvenirs.

Olympe ouvrit la porte et s'arrêta sur le palier, surprise. Elle en resta bouche bée. En apparence rien n'avait changé, mais dans le fond tout était différent. Les draps étaient propres, fleuris, et une odeur fraiche flottait dans l'air. Des dizaines de livres recouvraient la commode contre le mur, ainsi que des feuilles et des crayons de toutes sortes. La princesse se tourna vers son amie, ne comprenant pas. Daphnée affichait un large sourire, surexcitée.

- Nous sommes-nous trompées de chambre ? demanda Olympe incrédule.

- Charles respecte toujours ses accords, répondit Daphnée, rayonnante de bonheur. Nous avons œuvré toute la semaine dans ton dos pour rendre cette pièce plus chaleureuse. Pour que tu t'y sentes à l'aise, et même un peu chez toi. Chaque Fylis y a ajouté sa touche. Même Tana et Natas.

- Cela ne faisait pas partie de notre accord, je ne comprends pas…

- Ne devais-tu pas être traitée telle une Fylis ?

Olympe comprit, toutefois étonnée que Charles ait autant le sens du détail. Elle ne savait absolument pas comment réagir. Personne n'avait jamais fait cela pour elle. Au château elle était traitée comme une pestiférée, elle devait attendre des semaines pour obtenir ce qu'elle souhaitait. Personne ne lui avait rien offert, même pas pour son anniversaire. Olympe ressentait à cet instant un sentiment nouveau qu'elle ne sut interpréter.

La jeune femme s'approcha de la commode, observant les livres de romances. Ruby avait dû mettre son grain de sel dans la préparation de sa chambre. Olympe sourit, impressionnée. Elle ouvrit les tiroirs de la commode et son cœur se remplit de joie : ils étaient remplis de vêtements. De toutes les couleurs, de tous les genres : sports, habillés, décontractés, moulants, larges. Il y avait de tout. Olympe se tourna vers Daphnée qui sautillait sur place.

- Ça te plait ? demanda-t-elle timidement, craignant que ces vêtements ne soient pas au goût d'Olympe.

- Bien sûr, Daphnée c'est merveilleux. Merci beaucoup, je n'en attendais pas tant…

Daphnée serra Olympe dans ses bras et la salua, s'éloignant vers la porte : elle avait du travail dans la salle de couture. Elle quitta la pièce, laissant la princesse admirer sa chambre qui semblait nouvelle et surtout vivante. La façon dont Charles et même le reste des Fylis avaient radicalement changé d'avis à son propos était très étrange. Presque brutale. Olympe ne savait pas ce que Ruby avait dit pour retourner la situation de cette manière, ni jusqu'où elle était allée dans ses révélations, mais c'était très efficace. Olympe allait devoir s'habituer à cette nouvelle vie chez les Fylis qui semblaient prêts à faire des efforts considérables.

Olympe observa tous les moindres détails de cette chambre devenue si personnelle. Il y avait des cadres ici et là, un nouveau tapis, des oreillers avaient été rajoutés sur son lit, une coupelle de bonbons était posée sur sa table de chevet, juste à coté d'une toute nouvelle bougie. Olympe se demandait qui était à l'origine de quelle attention. Son cœur fut revigoré par tant de bonté. Charles en avait fait bien plus que sa demande, c'était étrange. La jeune femme remarqua un bouquet de fleurs, posé sur une chaise près de son lit. Une carte y était accrochée. Intriguée, Olympe la prit dans ses mains. Elle était constituée d'une simple feuille de papier blanche, mais Olympe eut la surprise de constater que son auteur avait écrit son nom à l'encre noir. Elle ignorait comment il avait pu s'en procurer. L'encre par-dessus tous les objets démoniaques, était particulièrement crainte. Olympe déplia le papier et commença à lire ce message si succinct.

Chère princesse Olympe,

Ou devrais-je simplement dire chère demoiselle Olympe . Je vous souhaite la bienvenue chez les Fylis. Le temps des gardiens devant votre porte est à présent révolu. Gardez bien en tête notre arrangement, et surtout, profitez de cette nouvelle vie.

Charles, chef du clan des Fylis

Afin de simplement vérifier, Olympe poussa la porte de la chambre. Personne ne l'attendait dans le couloir. Charles avait tenu sa promesse et bien plus. Elle reposa le mot sur sa table de chevet et s'assit sur son lit tout propre afin d'intégrer toutes les informations qu'elle venait de recevoir. Ses yeux restèrent fixés sur ce bouquet de fleurs. Il s'agissait de roses d'un rouge si intense qu'il en devenait presque trop foncé pour être légal dans le monde magique. Olympe se demandait bien comment Charles trouvaient toutes ces ressources. Un solide marché noir devait être établi à Arcalya.

Un bouquet de roses rouges. Quelle délicate attention. Le cœur d'Olympe s'emballa. Une attention que personne n'avait jamais eu pour elle. Il s'agissait là du premier bouquet qu'elle recevait de sa vie entière.

Après avoir contemplé cette nouvelle chambre sous tous ses angles, Olympe se décida enfin à sortir. Ses rares escapades dans la salle de bain ou la salle de couture ne lui avaient pas permis de voir l'hôtel des Fylis dans son intégralité. De nombreux étages restaient inconnus pour la princesse qui mourrait d'envie d'en apprendre plus sur cet endroit incongru. Olympe longea le couloir et se retrouva dans la cage d'escalier. Elle savait que si elle montait de deux étages, elle se retrouvait dans les salles de bain. Si elle montait de six étages, c'était la salle des machines où résidait Alphonse. Si elle descendait d'un étage, elle allait dans la salle à manger et enfin si elle descendait encore d'un étage, elle retournait à l'infirmerie et à la salle de couture de Daphnée. Encore plus bas se trouvait la toile pour entrer dans l'hôtel. Et enfin, quatre étages en dessous de sa chambre se trouvait le bureau de Charles. Olympe se décida donc à monter pour visiter les étages supérieurs. L'étage juste au-dessus était identique à celui où se trouvait sa chambre: une dizaine de portes sur lesquelles étaient gravés les prénoms de Fylis. Elle continua donc de monter, passant l'étage des salles de bain. Au-dessus, la visite devenait intéressante. Il y avait trois portes dans ce couloir gris et bleu : une bibliothèque, un salon et une salle de musique. Olympe pouvait entendre le rire des Fylis dans le salon et n'osa pas s'y aventurer, songeant qu'il était probablement encore trop tôt pour cela. Elle ignora la bibliothèque pour le moment, ayant assez de livres dans sa chambre, et se dirigea vers la dernière porte : la salle de musique. La salle qui l'intriguait le plus. Elle poussa doucement la porte, le cœur battant, impatiente de rentrer dans cette pièce qui allait peut-être composer son échappatoire dans cet hôtel de fous. L'intérieur était blanc et lumineux, mais il ne rappelait en rien le château. Un canapé rond bleu marine occupait le centre de la pièce tandis que des instruments de toutes sortes étaient placés contre les murs. Il y avait un piano, des guitares, une batterie, des flûtes, des tambours, une harpe et surtout, deux violons. Olympe se dirigea immédiatement vers ses instruments favoris. D'abord elle n'osa que les regarder, puis, elle en attrapa un, qu'elle cala entre son menton et son épaule, tentant de ne pas trop toucher sa gorge encore légèrement douloureuse. Elle commença à frotter l'archet doucement sur les cordes puis, quand elle fut plus en confiance, elle se laissa porter par la musique, jouant vigoureusement un morceau que le roi lui avait toujours interdit de jouer. Olympe oublia ses douleurs, elle oublia le roi, le prince, les Fylis, l'hôtel, la pression, la peur, la méfiance, la solitude, la trahison. Elle oublia ses émotions, elle oublia tout, ne pensant qu'à la musique qui résonnait dans la salle avec une telle puissance qu'Olympe sentait tout son corps trembler au rythme des accords. Elle ferma les yeux, se laissant porter par la mélodie, se remémorant le duo qu'elle formait avec sa mère qui jouait du piano. La musique. La musique qui avait toujours constitué sa seule bouffée d'oxygène dans ce monde difficile. La musique l'avait sauvée durant les périodes les plus sombres de sa vie et continuait de le faire aujourd'hui. La musique et rien que la musique...

Alors elle enchaîna les morceaux, retenant son souffle, revivant les moments les plus forts de son existence, son corps dans la salle de musique, son esprit à des années-lumière de ce lieu étrange.

La Disparition de la Princesse

Lorsqu'elle reposa le violon, Olympe perçut des mouvements dans sa vision périphérique. Elle releva la tête, apercevant Alphonse. Le petit garçon avait les yeux écarquillés et la bouche entrouverte. La princesse l'observa quelques secondes, ne sachant pas quoi dire, puis murmura son nom d'une voix pleine de douceur. Il s'enfuit, laissant la porte grande ouverte derrière lui. Comme dans un réflexe de grande sœur, Olympe partit à sa poursuite, appelant son nom plus fort. Elle le rattrapa à la cage d'escalier et le prit par le bras pour qu'il s'arrête, ce qui n'était pas forcément sa meilleure idée. Le jeune garçon leva des yeux effrayés vers elle.

- Alphonse, s'exclama-t-elle. Je ne sais pas si tu comprends ce que je dis étant donné que j'ai vu les Fylis te parler en langue des signes et je me permets de te tutoyer. Cependant, je m'excuse. Sincèrement. Je suis consciente de t'avoir effrayé, ce qui n'était évidemment pas mon but. Être enfermée a été une épreuve si intense et atroce que je devais m'enfuir. J'espère que tu réussiras à me pardonner.

Elle lâcha le bras du jeune garçon qui continuait de la fixer. Il hocha la tête et plongea sa tête blonde contre son ventre, l'enlaçant de ses bras. Cette tendresse lui rappelait beaucoup Zéphyr et lui serra le cœur. Son frère lui manquait tellement. Elle aurait adoré l'emmener chez les Fylis afin qu'il découvre la vraie vie. Elle était cependant très surprise de l'attitude d'Alphonse qui n'avait jusqu'à présent montré que de la crainte face à elle, et à juste titre.

- Merci pour la musique, articula difficilement Alphonse d'une voix rauque tant cela faisait longtemps qu'elle ne s'était pas faite entendre. Merci reine Olympe.

Puis il la lâcha et gravit les escaliers en courant, manquant de percuter Victor qui descendait. Incrédule, Olympe fixa le Fylis. Alphonse venait-il réellement de parler ? L'avait-il vraiment appelée « reine Olympe » ? Victor s'approcha de la princesse et s'amusa de la situation, n'ayant visiblement pas entendu les mots du petit garçon :

- Eh bien princesse, t'as réussi l'exploit d'apprivoiser Alphonse. C'est pas tout le monde ici qui peut dire pareil. Moi-même j'ai parfois du mal. Mais c'est un bon gosse, il est juste un peu dérangé par son passé. Personne ne sait vraiment d'où ils viennent avec Daph', simplement qu'ils devaient faire partie de l'aristocratie de la forêt dense. De la haute quoi. Y'a juste à voir leur éducation. Elle parle comme une prout prout la Daph parfois. C'est drôle à entendre. Mais c'est des Fylis donc on les protège, c'est la règle, même si on sait rien sur qui est leur famille. Lui et Daph' se sont échappés il y a quelques années de la forêt dense, on les a retrouvés dans le désert alors qu'on rentrait de mission. Comme certains d'entre nous étaient blessés et qu'ils étaient assoiffés, on a fait un marché. Leur vie en échange de notre sauvetage. Daph' savait déjà coudre à ce moment-là et Saphir était sacrément amoché à la jambe droite. Elle l'a soigné, on leur a offert un toit et une protection. Puis comme on les aimait bien, et qu'eux aussi, on s'est adopté. Le gamin a jamais parlé. On connait pas le son de sa voix nous non plus donc t'en fais pas s'il te dit rien. C'est pas un bavard, ça doit être lié à ses traumas de gamin, vu qu'on sait pas d'où ils viennent.

Olympe écoutait attentivement le récit de Victor, de plus en plus étonnée des mots du petit. Elle ne comprenait pas vraiment pourquoi, mais ses notes de violons avaient eu un

La Disparition de la Princesse

impact sur lui qui l'avait poussé à parler. Olympe ne pouvait l'expliquer.

- Où vivaient-ils, avant ? demanda-t-elle, tentant de comprendre.

- Je pense que c'est mieux que Daph' te raconte d'elle-même. C'est pas à moi de dire ces choses-là. Je pense avoir déjà assez parlé et j'en sais pas beaucoup plus. Ils restent évasifs sur ce sujet. J'suis même pas sûr que Charles lui-même connaisse vraiment leurs origines. Depuis qu'ils z'ont quitté la haute, ils veulent plus en entendre parler. Les nobles et les bourges à la poubelle qu'elle a dit.

- Je comprends.

- Ne crois pas que c'est contre toi. Juste c'est son passé. D'ailleurs, ne te fais pas trop de soucis pour le comportement des autres. Par là, je veux surtout dire Natas, Tana et Ellie. Enfin surtout Natas après ce que t'as fait. Mais c'est pas parce que c'est le meurtrier du groupe qu'il te fera du mal, pas d'inquiétude. Ils ont juste besoin d'un temps d'adaptation à ta présence en tant que fausse Fylis, comme tu veux qu'on te traite comme l'une des nôtres. Même moi j'avais du mal au début. Mais quand Ruby nous a raconté que t'avais vécu toute ta vie enfermée et que le roi n'était pas très tendre, j'ai mieux compris ton comportement et l'attachement qu'elle avait pour toi... Enfin bon, maintenant je t'en veux plus. Je suis même content qu'on t'ait sorti de ta cage.

Olympe sourit. « Fausse Fylis ». Cela lui faisait tout drôle d'être appelée autrement que par un titre royal. Elle suivit Victor qui la conduisit vers la salle à manger tout en continuant de lui parler du clan, exposant à quel point il était fier d'en faire partie.

CHAPITRE 24

Olympe s'avança dans la salle à manger. Cette fois-ci personne ne tourna la tête en la voyant arriver. Elle reçut quelques regards perplexes de Tana et Natas, mais les deux Fylis restèrent discrets et parvinrent à contenir leurs différends. C'était vraiment comme si elle faisait partie du clan. Elle s'installa entre Daphnée et Ruby qui lui avaient réservé une place et observa les autres. Tana et Ellie étaient en pleine discussion, riant fort, la bouche grande ouverte en tapant du poing sur la table. Daphnée et Marceau se jetaient des coups d'œil en coin et Olympe pouvait apercevoir leurs jambes se toucher sous la table. Natas et Gabrielle faisaient le concours de celui qui engloutissait le plus vite une cuisse de poulet et Saphir s'entraînait à jeter des fourchettes au plafond, visant une cible précise dessinée à la peinture rouge. Victor faisait glisser les plats d'un bout à l'autre de la table s'assurant que tout le monde mange convenablement tandis que Ruby commentait les tirs de Saphir d'un ton moqueur. Seul Charles était calme, en bout de table, comme toujours, contrastant avec la folie de son clan. Il observait la salle à manger d'un œil protecteur. Remarquant qu'Olympe le scrutait, il lui sourit en levant son verre.

- A notre accord, fit-il d'une voix forte pour qu'elle l'entende malgré le bruit.

Alors elle leva son verre à son tour, un sourire en coin. Décidément, l'ambiance avait bien changé. Elle pouvait même s'avancer en affirmant qu'elle était revenue à la normale. Comme avant qu'Olympe ne perturbe toutes leurs habitudes.

Alphonse pénétra dans la salle à manger, attirant le regard étonné de quelques Fylis. Le jeune garçon mangeait rarement en compagnie du clan, bien trop timide et marginal pour ce genre de formalité. Dans cette salle il y avait trop de bruit, trop d'effervescence pour son esprit d'enfant traumatisé. Il s'installa cependant à côté de Daphnée, se tenant droit et crispé. Il n'était a priori pas du tout à l'aise. Daphnée plaça une main dans son dos et lui murmura quelque chose qu'Olympe ne pouvait pas entendre. Si elle avait compris convenablement ce que Victor lui avait raconté plus tôt, Alphonse et Daphnée étaient arrivés ensemble au sein des Fylis. Ils devaient donc avoir un passé commun qui semblait assez sombre selon les dires du cuisinier. Olympe comprenait mieux pourquoi son amie avait été si soulagée de la rencontrer. Elles n'étaient pas si différentes.

Le repas se déroula dans une ambiance surréaliste pour Olympe qui n'avait jamais connu une telle gaîté. Les Fylis étaient définitivement les gens les plus bruyants et drôles qu'elle ait jamais rencontrés. Le vin avait coulé à flots, les rires s'étaient faits de plus en plus tonitruants, et les blagues avaient pris une tournure bien trop cocasse et déplacée pour les oreilles innocentes d'Alphonse qui avait fini par quitter la table. Olympe n'avait osé aucun commentaire mais s'était régalée de potins et avait rempli sa jauge de rire de la journée.

Alors qu'elle sortait de la salle à manger, Olympe fut rattrapée par Ruby qui plaça son bras sous le sien pour la conduire à sa chambre.

- Je pensais ne plus avoir besoin d'escorte, fit Olympe dans un sourire.

- Cela ne signifie pas que tu n'as pas besoin d'une amie, renchérit la blonde, élargissant le sourire de la princesse. Et en tant qu'amie, je me devais de te prévenir.

Dans un mouvement rapide, Ruby sortit un couteau de son pantalon qu'elle tendit à Olympe. Celle-ci hésita quelques secondes avant de le prendre. Pourquoi aurait-elle besoin d'un couteau ? Elle interrogea son amie du regard. Ruby lui murmura à l'oreille :

- Tiens-toi prête demain matin dans ta chambre. A l'aube, même si cette notion n'a aucun sens dans la fin du monde.

Puis elle lui lâcha le bras et s'éloigna d'un pas rapide, lui lançant un clin d'œil entendu.

Olympe regagna sa chambre, intriguée. Cela concernait l'accord de Charles, elle en était certaine, ne restait plus qu'à déterminer quelle partie. Elle dissimula le couteau sous son oreiller, non sans un sourire : cela sentait l'action, et Olympe adorait faire ses preuves.

Le lendemain matin, Olympe se réveilla tôt afin d'être certaine de ne rien manquer. Elle ouvrit les tiroirs de sa commode et en tira un pantalon noir fluide. Un pantalon noir. Noir. Elle n'en croyait pas ses yeux. Elle le revêtit avec fierté et l'agrémenta d'une chemise blanche afin de conserver son style habituel. Elle dissimula le couteau dans son pantalon et enfila une paire de bottines. Ensuite elle s'assit sur son lit, à l'affût du moindre bruit, attendant l'arrivée de quelque chose qu'elle ignorait. Une impatience dévorante grandissait dans son esprit. Que mijotaient les Fylis ?

Au bout d'une quinzaine de minutes, des pas résonnèrent dans le couloir. Il était si tôt qu'elle doutait que le soleil ne soit levé à la surface de la terre. Il ne pouvait donc pas s'agir d'un Fylis qui voulait l'inviter à petit-déjeuner. Elle se plaça à la droite de sa porte, contre le mur et attendit, couteau en main, sourire carnassier sur le visage. Olympe raffolait de ce genre de surprises. Surtout lorsqu'elle savait que sa vie n'était pas en jeu.

La porte de sa chambre s'ouvrit brutalement et un Fylis s'engouffra dans l'obscurité de sa chambre dans un cri. Il avança rapidement vers le lit, pensant la trouver endormie, retournant ses couvertures. Elle attendit qu'il l'ait dépassée pour l'attraper par derrière et, dans un mouvement précis, plaça le couteau que lui avait remis Ruby sous la gorge. Marceau, surpris, poussa un petit cri, tentant de se débattre mais il était trop tard, Olympe le tenait trop fermement, la surprise jouant en sa faveur. La princesse entendit le rire des autres dans le couloir. Elle lâcha sa victime, une expression amusée sur le visage. Marceau hurla :

- Qui est le traître qui l'a prévenue ? Daphnée ? Ruby ? Ou même Charles ? Dénoncez-vous !

Charles haussa les sourcils, outré d'avoir été associé à cette complicité. Olympe rit de bon cœur, observant les Fylis se moquer du jeune homme humilié. Elle sortit alors de sa chambre pour se mêler au clan et demanda :

- Que me vaut l'honneur de cette visite matinale ?

Victor et Saphir l'attrapèrent par la taille sans laisser le temps à quiconque de répondre à sa question et la soulevèrent au-dessus de leur tête. Tous les Fylis se mirent alors à courir vers la cage d'escalier en hurlant :

- Entraînement du novice ! Entraînement du novice !

Olympe se laissa porter jusqu'au septième étage, avant dernier de l'hôtel. Il comportait deux portes : salle d'entraînement aux armes et salle d'entraînement au combat. Les Fylis pénétrèrent dans la première où se trouvait déjà Charles qui avait pris de l'avance. Victor et Saphir posèrent Olympe au sol et la poussèrent au centre de la pièce. Elle était circulaire et des dizaines d'armes habillaient les murs. Le sol était renforcé et des taches de sang recouvraient certaines planches de parquet. Olympe observa Charles qui s'exclama :

- Vous vouliez être Fylis et participer aux missions : bienvenue à la salle d'entraînement aux armes. L'entraînement du novice est une tradition pour nous. Chaque nouveau membre y passe s'il veut sortir de l'hôtel pour les missions. Même si vous n'êtes pas une vraie Fylis, vous ne pouvez pas y échapper. Il est hors de question que nous nous encombriions d'un boulet qui nous ralentirait.

Sans un mot de plus, il lança une épée à Olympe et siffla un grand coup, faisant s'écarter tous les Fylis sauf une : Ellie. Elle aussi avait une épée. Tout allait très vite et Olympe devait suivre le rythme. Elle ne pouvait pas se laisser impressionner. Pour la première fois, elle devait vraiment montrer de quoi elle était vraiment capable, révéler toutes les cartes qu'elle avait en mains. Il n'était plus question de cacher ses talents pour paraitre vulnérable. Son cerveau se mit en mode combat.

- Règle numéro une : les Fylis ont le droit d'intervenir si le combat va trop loin, le but ici n'est pas de tuer ni de blesser grièvement. Compris Ellie ? (cette dernière hocha la tête sans lâcher Olympe du regard). Il n'y a aucune autre règle, vous êtes libres de faire tout ce dont vous avez envie.

Olympe réfléchit. Elle allait devoir combattre, chose qu'elle n'avait jamais vraiment faite. Elle ne devait pas perdre son sang-froid et surtout, elle devait attaquer vite sans laisser le temps à son adversaire de faire ce qu'elle-même était en train de faire : évaluer ses points forts et faibles. Ellie était une espionne, elle était donc rapide et agile. Cependant elle ne devait pas être adepte du corps à corps. Olympe ne connaissait rien de l'entraînement que recevaient les Fylis mais elle devait jouer sur la surprise. Personne ne savait qu'elle était vraiment capable de se battre. Personne ne savait qu'elle avait appris à maîtriser les armes dès l'âge de dix ans avec les amis de Mary pour survivre aux assassins du roi. Personne sauf Ruby. Elle lui jeta un regard, celle-ci lui adressa un clin d'œil avant de porter sa main à sa gorge. Olympe savait ce qu'elle avait à faire à présent. Elle attendit le départ. Quand Charles les autorisa à combattre, elle ne laissa pas Ellie se rendre compte que le combat avait commencé. Elle jeta son épée de toutes ses forces dans le poignet de la jeune femme qui lâcha la sienne dans un mouvement de recul. Les Fylis prirent alors conscience que ce combat allait être beaucoup plus intéressant que ce qu'ils imaginaient. Sans attendre, Olympe sauta sur son adversaire, frappant sa gorge de toutes ses forces. Mais Ellie était rapide et expérimentée. Elle dévia son mouvement, faisant chuter violemment Olympe sur le sol. Celle-ci tenta de se remémorer les enseignements des gardes. Que lui disaient-ils de faire dans ce genre de situation ? Elle balaya le sol de ses jambes, faisant chuter Ellie à son tour. Roulant sur le côté, Olympe attrapa une dague sur le mur le plus proche, prenant conscience des acclamations des Fylis qui hurlaient son nom, surpris par son agilité. Olympe se redressa sur ses genoux et prit une seconde pour viser Ellie qui avait récupéré son épée. Elle lança la dague qui effleura l'épaule de son adversaire, l'attirant contre le mur le plus proche dans lequel l'arme se planta, arrachant sa chemise. Le sang rouge d'Ellie en empourpra le tissu, étirant le sourire d'Olympe qui se releva pour lui faire face. Elle avait parfaitement maîtrisé son tir. Ellie hurla de rage, retirant du mur le couteau qu'elle lança violemment en direction de la tête d'Olympe. C'est à ce moment que Charles s'interposa, attrapant le manche au vol dans un mouvement habile, empêchant l'arme de se planter entre les deux yeux de la princesse.

- Le combat est terminé, je te remercie Ellie pour cette belle démonstration de perte de contrôle de tes émotions.

La jeune femme décrocha un regard noir à Olympe et rejoignit ses camarades. Tana accueillit son amie en pestant contre son adversaire. La princesse adressa un remerciement silencieux à Charles, le cerveau embrouillé par la vitesse des évènements. Charles possédait des réflexes surprenants.

Soudain, Olympe perçut le bruit d'un autre couteau qui volait. Elle eut à peine le temps de se retourner qu'elle le vit arriver dans sa direction. Dans un réflexe inespéré, Olympe attrapa le couteau, comme Charles l'avait fait, mais n'eut pas l'adresse de le faire par le manche. Elle s'entailla la main avec la lame. Du sang s'en écoula inévitablement. Dans un regard paniqué vers Daphnée, elle tourna le dos aux Fylis, dissimulant sa main comme elle le pouvait, tentant d'ignorer la douleur mais surtout le sang noir qui avait giclé sur sa chemise blanche.

Ruby et Daphnée se précipitèrent vers Olympe tandis que Charles demanda au reste du clan de les attendre dans le couloir, blâmant Ellie pour cette attaque. Ruby essuya le couteau dans son pantalon avant d'en attraper un autre sur le mur. Elle entailla sa propre main sans hésiter une seule seconde, sous le regard effaré d'Olympe. Elle répandit ensuite son sang sur la chemise de la jeune femme, camouflant les petites taches noires qu'avait laissées la coupure sur le tissu. Charles attrapa à son tour la dague qu'il enfonça dans sa chemise pour la déchirer. Il tendit le morceau à Daphnée qui enveloppa la main d'Olympe dans le tissu blanc. Ruby essuya une nouvelle fois sa blessure sur le pansement de la princesse et retourna sans un mot vers ses camarades. Charles lança un regard entendu à la princesse avant de s'éloigner. Malgré sa chemise éventrée qui laissait apparaitre des abdominaux saillants, il s'exclama, détournant l'attention des autres :

- Je pense qu'Olympe nous a prouvé qu'elle était capable de partir en mission ! Pour fêter cela, je propose que nous nous rendions tous dans la salle à manger.

La Disparition de la Princesse

Les Fylis acclamèrent leur chef, comprenant qu'il était inutile d'essayer de savoir pourquoi Olympe recevait autant d'attention pour une simple coupure. Ils descendirent les escaliers en courant, suivis par la princesse et Daphnée qui tentait de cacher la couleur du sang de son amie. Celle-ci aperçut Charles dans le couloir qui retenait Ellie.

- Tu ne mérites pas la fête, l'entendit-il gronder.

- Donc tu préfères cette étrangère qui est censée être notre prisonnière ? Elle aussi aurait pu me tuer. Tout ça uniquement car tu as des sentiments pour elle. Personne n'est dupe, Charles.

- La discussion est terminée, tu es congédiée.

Elle aperçut le visage de Charles se crisper quand Ellie lui tourna le dos. Il recomposa son masque de neutralité et rejoignit les autres qui descendaient vers la salle à manger. Olympe fut surprise par son cœur qui s'était emballé.

CHAPITRE 25

Olympe avait définitivement gagné les faveurs des Fylis. Le combat avait fini de les convaincre qu'elle pouvait être bien plus qu'une princesse pourrie gâtée. Même Natas et Tana, pourtant réticents au départ, avaient troqué leur hostilité pour une touche de timidité gênée. Il fallait dire qu'elle avait frappé fort. Ellie était la meilleure espionne du clan, elle aurait dû maitriser Olympe rapidement, mais rien ne s'était passé comme prévu. Olympe avait offert un vrai spectacle aux Fylis qui n'imaginaient pas qu'une princesse puisse savoir se battre. Victor sortit des cuisines, un gros gâteau bleu dans les mains. Il le posa au centre de la table et commença à le couper pour le partager entre tous les Fylis.

- Ce gâteau est pour toi, Olympe, s'exclama-t-il. Car tu ne fais que nous surprendre depuis que t'es là. Vraiment nous surprendre. Qui aurait cru que tu savais lancer les couteaux comme ça. Même moi j'ai pas ta précision, et pourtant je coupe le rosbif tous les jours.

Le coin des lèvres d'Olympe s'étira dans un grand sourire qu'elle ne put réprimer. Qu'elle n'avait pas besoin de réprimer. Elle était le centre de l'attention, et pour une fois ce n'était pas déplaisant. Pour une fois ça n'avait rien à voir avec la couleur de ses cheveux. Pour une fois elle était autre chose qu'une héritière maudite dont personne ne voulait. La jeune femme fut servie la première. Le gâteau avait l'air succulent, rempli de crème et de pâte à sucre. Chaque Fylis se bousculait pour s'asseoir au plus près d'Olympe, tous voulaient comprendre d'où venait ce talent pour le combat. Tana fut la première à se lancer, n'y tenant plus :

- Alors Olympe, fit-elle d'une voix excitée. En tant que combattante en chef, je suis obligée de te demander où tu as appris à te battre de la sorte ! C'est surprenant pour une princesse. Enfin, lorsqu'on te voit, on n'imagine pas vraiment ce dont tu es capable.

- On aurait pourtant dû s'en douter, s'exclama Saphir. Elle a quand même crocheté sa serrure et assommé Natas. Et il y avait juste à voir l'état dans lequel elle a mis les pirates à elle seule.

- En effet c'est une question légitime, répondit calmement Olympe, jetant un coup d'œil vers Ruby qui lui faisait signe qu'elle n'était pas obligée de répondre.

Il était vrai que l'histoire était délicate. Si Olympe expliquait les raisons de ses apprentissages, elle devrait forcément révéler que le roi avait tenté de la tuer durant toute son enfance. Elle n'était pas certaine de vouloir s'étaler sur la question.

- J'ai appris très jeune à me battre, déclara-t-elle cependant. Aussi étonnant que cela puisse paraître, vivre dans un château n'est pas toujours aussi sécurisant que ce à quoi vous vous attendiez. Ruby connaissait des gardes qui m'ont donné des cours de corps à corps alors que je n'étais qu'une enfant. On m'a enseigné le maniement des armes un peu plus tard. Mais je dois avouer qu'à quinze ans, j'étais déjà une experte en lancer de couteau.

- Et ça t'a déjà servi à part aujourd'hui ? s'exclama Saphir, intrigué.

Olympe leva les yeux vers lui. Cette question faisait sens. La jeune femme lança un coup d'œil vers Charles. Le chef, malgré son air détaché, était pendu à ses lèvres. La réponse l'intéressait tout autant que son clan. La princesse était-elle une meurtrière ? S'était-elle déjà battue pour de vrai ? Il avait bien vu le corps de sa victime pirate, cependant c'était son passé qui l'intéressait.

- Ça, je ne peux pas vous le dire, souffla Olympe d'une voix remplie d'une douce tristesse, sans lâcher le regard de Charles.

Daphnée lui attrapa la main, remarquant la mélancolie dans sa voix. Ce geste fit revenir Olympe à la réalité. Elle détourna ses yeux de ceux du chef et se concentra sur son audience.

- Oh allez quoi, hurla Natas, tu ne vas pas nous la faire comme ça. Raconte un peu, qu'on apprenne du croustillant sur la vie de princesse.

- Natas, fit Ruby, je ne suis pas sûre qu'Olympe...

- Ça va, Ruby, coupa Olympe gentiment. Je me suis en effet déjà retrouvée dans des situations qui m'ont forcée à mettre en application mes apprentissages.

- Bah raconte, encouragea Marceau.

Olympe soupira, baissant la tête vers son assiette de gâteau. Ils n'avaient vraiment aucun tact. La jeune femme savait qu'elle ne devait pas s'ouvrir aux Fylis, mais ils l'avaient acceptée comme si elle faisait partie des leurs, ils n'étaient plus des ennemis. Peut-être que raconter un peu de son histoire lui permettrait d'en guérir… Elle regarda Ruby qui lui faisait signe d'aller à son rythme. Charles ne la regardait plus. Il avait baissé les yeux vers la table quand elle avait reporté son attention sur les Fylis. Le chef savait pourquoi Olympe avait dû apprendre à se défendre. Il l'avait appris il y avait de ça plusieurs semaines, mais il en restait toujours aussi perturbé. Celle qu'ils avaient tous jugé comme la plus prude et la moins traumatisée, était peut-être celle qui avait dû endurer le plus d'horreurs finalement. Il voyait en elle un courage sans faille. Un courage qu'il admirait car jamais au grand jamais il n'aurait été capable de raconter ses traumatismes aux Fylis, et ce, malgré la confiance aveugle qu'il plaçait en eux.

- Un homme s'était introduit dans ma chambre, se contenta-elle de dire. J'étais seule, Ruby n'était pas là. Je ne l'avais pas entendu venir, la possibilité de m'enfuir était donc perdue. *Habituellement*, quand ce genre d'intrusion se produisait, Ruby et moi avions toujours un coup d'avance, me laissant le temps de me cacher. Cette fois-là j'avais perdu mon avance, et mon alliée. Heureusement pour moi, je cachais des couteaux sous mon lit.

Olympe s'arrêta et reprit sa respiration. Malgré l'absence de contexte, ce récit était vrai et constituait un véritable traumatisme pour elle. Un traumatisme qu'elle n'avait jamais raconté, ni même discuté avec Ruby après coup.

La Disparition de la Princesse

Elle l'avait simplement enterré dans une partie sombrement lointaine de son esprit, espérant ne jamais avoir à le solliciter. Elle leva les yeux pour observer les expressions des Fylis, pendus à ses lèvres, attendant goulument la suite de l'histoire. Pour une fois qu'ils étaient calmes. Olympe reprit lentement :

- Alors j'ai visé, puis tiré. Comme vous avez pu le constater lors de mon combat avec Ellie, je manque rarement ma cible. L'homme ne s'attendait pas à ce que je sois si habile. En deux lancers il tombait par terre. Mort. Un couteau enfoncé dans l'épaule, afin qu'il réalise à qui il avait à faire. L'autre dans la gorge, pour lui assurer la plus grande des souffrances. J'avais quinze ans.

Les Fylis restèrent bouche-bée. Olympe avait déjà tué. Certains d'entre eux n'avaient jamais côtoyé la mort et elle, future reine avait déjà ôté la vie. Et c'était la première fois qu'elle formulait réellement ce souvenir. Ce souvenir qui la rabaissait au niveau de son père. Ce souvenir qui l'emplissait d'une douloureuse honte. Jamais elle ne se l'était avoué, se sentant trop coupable. Elle avait toujours affirmé qu'elle n'était pas une meurtrière comme son père. Elle leur adressa un sourire rempli de tristesse et se leva, faisant signe à Ruby de l'accompagner. Elle ne voulait pas affronter leurs regards, qu'ils soient admiratifs ou horrifiés.

Elle n'eut pas le temps d'arriver aux portes qu'Ellie pénétra dans la salle à manger, le visage crispé par l'inquiétude. Elle s'exclama :

- Désolée de plomber votre ambiance de fête, mais on a un gros problème.

CHAPITRE 26

Ellie s'installa en bout de table et sortit un morceau de papier en mauvais état. Elle consulta Charles du regard qui lui fit signe de le lire. Elle prit une grande inspiration et lut d'une voix claire :

- Cher clan des Fylis, si vous vous pensiez tirés d'affaire, vous aviez tort. Nous vous avons démasqués. Vous possédez deux choses qui nous appartiennent et qui nous sont chères. Rendez-les-nous au coucher du soleil ou déclarez la guerre à notre royaume. Et c'est signé « Loulu, reine du peuple de la forêt dense ».

Ellie marqua une pause de façon à laisser ses camarades digérer l'information. Un silence stupéfait s'abattit sur l'assemblé des Fylis, tiraillée entre le récit d'Olympe et le message d'Ellie. La princesse mit de côté ses traumatismes pour se concentrer sur le message lu par l'espionne.

La reine Loulu.

Deux choses.

Une guerre.

La forêt dense.

Évidemment.

La confusion des Fylis était palpable. C'était pourtant évident dans l'esprit d'Olympe. Elle se tourna vers Daphnée qui était devenue livide et lui attrapa la main, tentant de la rassurer. Daphnée baissa la tête, personne ne devait remarquer à quel point elle était affectée par cette nouvelle. Elle ignorait comment Olympe avait compris, mais elle devait rester la seule au courant. Sa vie en dépendait.

Charles pourtant n'était pas dupe. Il avait choisi il y avait des années de cela de faire confiance à Daphnée, cette jeune femme ayant l'air si pure. Il lui avait ouvert les portes de son clan et s'était occupée d'elle comme il l'avait fait avec le reste des Fylis. Elle avait prêté serment et promis fidélité, cependant en ce jour, elle les trahissait plus qu'ils ne l'avaient jamais été, mettant en péril leur équilibre. Car lui aussi avait compris. Il s'en voulait terriblement de ne pas avoir fait le rapprochement plus tôt d'ailleurs.

Le chef des Fylis se leva brusquement, sans prêter attention aux regards qui convergeaient vers lui. Il attrapa Daphnée par le bras et fit signe à Olympe de les suivre. Tous les trois descendirent tout en bas de l'hôtel pour se retrouver dans le bureau de Charles qui fulminait, exaspéré par son aveuglement. Quand il eut fermé la porte, il souffla à Daphnée:

- Je suis persuadé que toi et Alphonse avez quelque chose à voir avec ce message. Je me trompe ?

La Disparition de la Princesse

Alors qu'il forçait Daphnée à s'asseoir, une unique larme dévala la joue de la jeune femme, en guise de réponse. Une larme remplie de culpabilité, mais surtout de peur. Charles contourna son bureau pour se rendre près de son fauteuil. Il se frotta le visage avant d'imploser :

- J'ai accepté tes secrets. Je t'ai donné ma confiance. A présent je pense qu'il est temps pour toi de me raconter d'où tu viens, Daphnée. Ou plutôt qui tu es. Je pensais que nous étions clairs et que ton arrivée ne poserait aucun problème au clan, tu me l'avais assuré. Tu m'avais dit avoir une place importante dans l'aristocratie de la forêt dense sans faire partie de la famille royale.

L'expression de la jeune femme se ferma et une crainte immense se lisait sur ses traits. Le cœur d'Olympe se serra. Elle était démasquée. Elle ne pouvait plus fuir qui elle était.

- Je n'avais pas le choix, fit Daphnée d'une voix tremblante. Je suis vraiment désolée, je pensais qu'ils ne me retrouveraient pas, pas dans la fin du monde…

- Quand tu dis « ils », s'emporta Charles, ne me dis pas que tu penses aux membres de la famille royale de la forêt dense ? Qui sont « ils » ? Et qui es-tu ?

Olympe avait l'impression que ses boyaux se tordaient dans tous les sens tant elle compatissait pour son amie. Son amie qui était loin d'être la simple couturière qu'elle prétendait être. Son amie qui avait menti à tout le monde durant des années afin de se protéger. Elle observa Daphnée et vit dans ses yeux une lueur qui rendait évident qui elle était. Olympe porta une main à sa bouche, comprenant pourquoi Daphnée avait été si enthousiasmée par leur amitié. Deux reines. Deux héritières. Charles était hors de lui. Il avait très bien compris. Il frappa son bureau de son poing, fulminant de rage. Tout son clan était en danger !

- Pourquoi es-tu partie ? demanda Olympe qui compatissait.

- Loulu était trop avide de pouvoir. Elle battait son fils héritier et je sentais qu'elle voulait étendre son territoire en prenant le mien.

- Le tien ? fit Charles dans l'incompréhension la plus totale. Daphnée dis-moi que tout ça n'est qu'une mascarade et que tu n'es pas vraiment celle que je pense.

- Si Charles, affirma Daphnée. Je suis Dia, reine de la forêt dense de l'ouest. La reine disparue. La jumelle oubliée.

Le chef des Fylis s'écroula dans son fauteuil. Jamais Olympe ne l'avait vu aussi désemparé. Il avait totalement laissé tomber la barrière qui retenait toutes ses émotions et se montrait vulnérable, comme si le monde venait de s'écrouler sur sa tête. Quand il s'agissait de son clan, Charles pouvait se montrer très protecteur. La princesse se laissa tomber dans un fauteuil à son tour, cette histoire était inimaginable. Cela signifiait qu'Alphonse était prince héritier, exactement comme elle. Cela signifiait que le clan entier courait un grand danger pour les avoir abrités. Cela signifiait qu'une guerre pouvait être déclarée entre Arcalya et le peuple de la Forêt dense car les Fylis, originaires du royaume, détenaient les héritiers d'un autre royaume. Olympe n'avait aucune idée de la manière dont ils pourraient réparer cette situation. Loulu n'avait clairement pas l'air en bons termes avec sa sœur, ni même ouverte à la négociation. Les Fylis se trouvaient dans une impasse et Charles en était conscient. Il plongea sa tête dans ses mains et soupira. Daphnée avait les larmes aux yeux. Jamais son but n'avait été de causer du tort aux Fylis. Elle était réellement attachée aux membres du clan. Simplement, lorsqu'elle était arrivée quelques années plus tôt, elle n'avait pas eu la force de leur révéler sa véritable identité. Elle s'était contentée de dire qu'elle faisait partie de la noblesse et personne n'avait vraiment creusé plus loin. Les Fylis lui avaient offert leur confiance, ils l'avaient accueillie à bras ouverts, et à cet instant tout s'écroulait sous ses yeux. Son mensonge était révélé. Elle ne pourrait plus jamais vivre dans la fin du monde et elle allait devoir retourner dans la forêt dense. Son cœur se déchira. Elle ne pouvait pas. Elle ne pouvait pas y retourner.

- Montons dans la salle des stratégies, souffla Charles. Nous devons nous préparer à nous battre.

Olympe fronça les sourcils et lui barra la route. Elle le mit en garde :

- Avez-vous pensé à la guerre que cette situation peut engendrer ? Je sais que vous souhaitez par-dessus tout causer du tort au royaume d'Arcalya et à mon père, mais par ce biais ce sont des centaines de vies d'innocents que vous mettez en péril. Loulou sera impitoyable.

- Je fais de mon mieux, mademoiselle. Retournez dans votre chambre, vous ne venez pas en mission.

Olympe recula d'un pas. Elle fixa Charles qui ne semblait pas comprendre. Elle ne pouvait pas les laisser partir en guerre. Pas alors qu'ils étaient un si petit clan. Pas alors que Loulou était si puissante.

- Vous n'avez pas le choix, répondit-elle. C'était dans notre accord.

ARCALYA

Olympe attrapa alors le bras de Daphnée et elles quittèrent le bureau du chef pour se rendre tout en haut, dans les salles de stratégies. Les deux femmes gravirent les neuf étages qui les séparaient de la salle des stratégies dans le silence le plus complet. Aucune des deux n'osait parler. Alors qu'elles arrivaient devant la porte de la salle, Olympe s'arrêta. Elle voyait bien dans quel état de terreur extrême se trouvait Daphnée.

- Daphnée ne pleure plus. Cette révélation ne change rien à la perception que j'ai de toi. Je comprends le fait de vouloir fuir une famille oppressante et je serai toujours admirative de ton courage. Toi, Dia ou Daphnée selon la façon dont tu préfères qu'on te nomme, tu as eu le courage de faire ce que je n'ai pas arrêté de souhaiter pendant dix ans. Sois fière d'avoir sauvé ton neveu, mais sois également fière de t'être sauvée toi. Cela témoigne d'une si grande force d'esprit…

Daphnée lui adressa un sourire ému, mais également rempli de peur. Il était évident qu'elle craignait d'y retourner. Dia, reine il fallait l'avouer, ne voulait pas retrouver son royaume. Olympe connaissait la royauté du monde magique et la perversité de cet univers. Jamais au grand jamais, elle ne souhaiterait à quelqu'un d'en faire partie. Voilà pourquoi elle se fit une promesse : Daphnée et Alphonse ne retourneraient jamais à la cour de la forêt dense.

CHAPITRE 27

Tous les Fylis et Olympe étaient assis autour d'une table ronde dans la salle des stratégies. Des cartes de la forêt dense recouvraient la table et Marceau, en tant que responsable des stratégies, était le seul debout. Le jeune homme tentait de cacher comme il le pouvait son inquiétude pour celle qu'il aimait. Charles se tenait droit et écoutait attentivement le plan du stratège. Tous les Fylis étaient préoccupés par la situation qui était plus grave que tout ce dont ils avaient pu avoir à faire face jusqu'alors. Étant donné qu'aucun lieu de rendez-vous n'avait été communiqué, Marceau estimait qu'ils pouvaient se rendre n'importe où dans la forêt dense de l'est, la reine les trouverait. Ils avaient donc choisi un lieu stratégique leur offrant une possibilité de fuite. Le responsable des stratégies était fondamentalement opposé à emmener Daphnée dans cette mission : elle ne savait que très peu se battre et il était trop dangereux qu'elle se trouve à l'endroit exact où ses ravisseurs voulaient qu'elle soit. Mais Marceau ne connaissait pas les détails de cette affaire. En effet Charles avait refusé toute question de la part des Fylis, expliquant simplement que Daphnée et Alphonse étaient concernés par le message. Olympe voyait bien que beaucoup avaient fait le rapprochement. Elle fut donc surprise de ne détecter aucune hostilité dans les rangs de Fylis attentifs. Ils agissaient de la même manière qu'ils l'avaient fait pour elle. Ils ne se posaient pas de questions inutiles et ne jugeaient pas Daphnée sur ses actes, sachant pertinemment que la jeune femme devait avoir de bonnes raisons. Cette solidarité même dans l'adversité faisait chaud au cœur.

- Daphnée viendra, trancha Charles, et Alphonse aussi. Les Fylis ont pour devoir de protéger leurs membres, ils en font partie. C'est pourquoi j'ai décidé que nous ne livrerions pas nos deux membres à la royauté de la forêt si ce n'est pas leur choix. Une courte discussion avec Daphnée m'a permis de mesurer à quel point la vie qui les attend là-bas est désagréable. Il est donc hors de question que nous les abandonnions. Les Fylis sont soudés et le resteront jusqu'à ce que la mort ne les sépare. Laisser Daphnée et Alphonse ici sans protection alors que nous n'avons pas connaissance de l'étendue des renseignements que possède l'équipe d'espionnage de la reine Loulu, n'est pas une bonne solution. Une armée entière peut nous attendre dans le désert sans que nous puissions la détecter. Lorsque nous serons là-bas, vous serez en binôme. Marceau avec Daphnée, Tana avec Alphonse et Saphir avec Olympe. Ne le prenez pas personnellement mademoiselle mais vous êtes une cible au même titre que nos deux concernés. Je négocierai alors que vous serez dissimulés dans les arbres pour assurer mes arrières. Voilà le plan. Pour le reste, je fais confiance à Marceau.

Charles se leva, faisant signe au reste du clan que la réunion était terminée.

Il ne restait plus que quatre heures avant le coucher du soleil.

Tous les Fylis filèrent se changer. Ils devaient se mettre en tenue de combat. Olympe se dirigea vers sa chambre le cœur battant sous l'adrénaline. Elle allait sortir de l'hôtel qui constituait, il fallait le dire, sa deuxième prison. Bien qu'elle aurait préféré que cela se fasse dans de meilleures conditions, elle ne put réprimer un sourire. La jeune femme enfila un pantalon droit de couleur noire ainsi qu'une chemise cintrée dans les mêmes tons. Elle alla dans la salle de bain et remonta ses cheveux en un chignon serré. Ainsi Olympe était vêtue de manière élégante tout en restant à l'aise. Pile ce dont elle avait besoin. Elle mit ses bottines noires et descendit à l'étage de la toile comme convenu. Les autres arrivèrent quasiment en même temps qu'elle. Les Fylis étaient également vêtus dans des tons foncés. Certains avaient revêtu des capes de camouflage, des lunettes de protection ou même des casques. Tous portaient le même symbole rouge sur le front. Un symbole fort et puissant qui représentait le clan et ses valeurs. Quand tout le monde fut prêt, Natas ouvrit la deuxième porte, celle qui ne menait pas à la toile. Intriguée, Olympe jeta un rapide coup d'œil à l'intérieur avant de rentrer et eut la surprise d'y découvrir des dragons.

- Impressionnant hein ? s'exclama Natas. Je sais que c'est illégal mais c'est ça qui est drôle. Dis pas au roi.

Le jeune homme se dirigea alors vers une table sur laquelle il avait disposé des dizaines d'armes. Tous les Fylis s'équipèrent. Ils ne se restreignirent pas sur l'équipement, prenant plusieurs dagues chacun ainsi que des épées ou des massues qu'ils fixèrent dans leur dos. Ils formèrent des binômes afin de se mettre en selle. Olympe avait le cœur battant, ne sachant quoi faire au milieu de ces Fylis si formés. Peut-être n'aurait-elle pas dû demander d'assister aux missions. Des armes ? cela lui rappelait trop son meurtre. Des dragons ? cela lui rappelait trop son père.

La jeune femme tétanisée aperçut Charles dans sa vision périphérique. Elle se reprit, ne souhaitant pas laisser apparaitre ses faiblesses devant le chef. Celui-ci s'approcha d'elle et fit signe à Saphir de se mettre en binôme avec quelqu'un d'autre. Il attrapa deux dagues qu'il camoufla dans une cape blanche qu'il plaça sur les épaules d'Olympe d'un geste hésitant. La jeune femme fut surprise de tant d'attention mais n'en montra rien. Elle attrapa elle-même une dague qu'elle plaça dans son pantalon.

- Il est vrai que votre touche personnelle est la surprise, remarqua-t-il. Nous ne savons jamais à quel point vous êtes armée.

Olympe lui adressa un sourire. Une autre dague était cachée dans son dos, rien n'échappait au chef des Fylis.

- Vous ne devez être reconnue sous aucun prétexte, murmura-t-il. Sauf si vous souhaitez mourir aujourd'hui. Je vais tout faire pour éviter d'en arriver à une telle extrémité, mais je ne peux rien vous assurer. C'est pourquoi vous montez avec moi afin que j'assure votre sécurité.

- Saphir n'était-il pas assez compétent ? ironisa Olympe qui n'était pas particulièrement enchantée de se trouver si proche de Charles.

La Disparition de la Princesse

Le chef des Fylis la fusilla du regard tandis qu'il prit un pot rempli d'une pâte rougeâtre. Il trempa ses doigts dans la mixture en expliquant :

- J'ai parfaitement confiance en Saphir. Cependant il est préférable que je sois celui en charge de votre sécurité jusqu'à la forêt. Si vous me le permettez, je dois vous marquer du symbole des Fylis. Bien que vous ne fassiez pas partie du clan, vous devez être considérée comme telle. Durant cette mission vous n'êtes plus princesse, ni même Olympe. Vous êtes une Fylis, et vous gardez votre capuche sur votre tête.

Charles se tut pour se concentrer sur le symbole rouge des Fylis. Le contact de son index sur la peau de la princesse fit des étincelles dans son ventre, mais aussi dans celui d'Olympe. Quand il eut fini, elle ajusta la cape sans rien dire et remonta la capuche sur sa tête. Natas libéra les dragons et les binômes se mirent en selle : Alphonse et Tana, Daphnée et Marceau, Saphir et Ruby, Victor et Gabrielle et Natas seul sur le dragon qu'aurait dû prendre Charles. Ellie se dirigea vers un plus petit dragon qu'elle devait utiliser régulièrement lors de ses espionnages. Elle partit avant les autres en éclaireuse. Charles se dirigea vers un dragon aussi noir que le charbon. Olympe se sentait comme lui : seule tache foncée au milieu d'un monde trop blanc. Ce dragon était un peu à son effigie. Quoi qu'elle sentît que l'obscurité se cachait quelque part. Comme si elle n'était pas seule à renfermer un démon. Cela devait être causé par sa proximité avec le portail qui se trouvait dans la fin du monde. Charles l'aida à se hisser sur le dragon et vint se placer derrière elle. Il attrapa les rênes.

ARCALYA

- Accrochez-vous bien, ce serait bête de mourir maintenant, alors que vous êtes si proche de découvrir le monde extérieur.

Au signal de Natas, tous les dragons s'engouffrèrent dans la fin du monde par la grande ouverture qui coupait le mur.

Le dragon noir vola en pique vers la surface à une vitesse folle. Olympe en eut les larmes aux yeux tant le vent était violent. Mais par-dessus tout, elle eut les larmes aux yeux tant le sentiment de liberté l'enveloppa fort. Comme lorsqu'elle s'était enfuie. Atteindre la surface était comme une libération et même quand le dragon noir ralentit, elle ne put empêcher un « waouh » de franchir ses lèvres. Voilà ce que souhaitait réellement la princesse : voyager et découvrir le monde.

CHAPITRE 28

Les dragons atteignirent la lisière de la forêt dense de l'est en deux heures. Olympe était légèrement décoiffée mais l'euphorie du début du voyage avait vite laissé place à un sérieux inébranlable. Daphnée était son amie et elle était bien décidée à l'aider. Elle avait compris sa souffrance. Elle savait à quel point la peur de retrouver un quotidien royal pouvait être dévorante. Si Daphnée avait grandi dans le même univers qu'Olympe, il était hors de question qu'elle y retourne.

Les dragons se posèrent dans une clairière en bordure d'arbres et les Fylis descendirent de leur monture. Des arbres dont la cime culminait à plusieurs dizaines de mètres leur faisaient face. La forêt dense semblait sombre. Bien plus que ce qu'Olympe aurait pu imaginer. Un chant d'oiseaux résonnait. Tout semblait paisible, rien ne laissait présager un combat sanglant.

Les Fylis savaient qu'ils devaient être vigilants et qu'au moment où ils franchiraient la frontière de la forêt, la reine

Loulu en serait informée. Deux groupes se formèrent alors : Gabrielle et Charles, les négociateurs ; et le reste du clan, la défense. Gabrielle et Charles pénétrèrent dans la forêt les premiers tandis que les autres grimpèrent dans les arbres. Marceau restait bien proche de Daphnée, tout comme Tana avec Alphonse. Les deux héritiers n'avaient aucun mal à se mouvoir dans cette végétation dense, ce qui n'était pas le cas d'Olympe. Tous les Fylis avaient reçu un entrainement précis qui lui manquait pour escalader cet arbre sans difficulté.

Même si elle ne se sentait pas en danger, Olympe ne pouvait empêcher son cœur de battre à une vitesse anormale. Elle s'inquiétait beaucoup pour Daphnée, mais était prête. Elle savait comment gérer les conflits, elle avait été élevée pour cela. Si la négociation de Charles se révélait défaillante, elle serait en mesure d'intervenir. Dans les arbres, les Fylis avançaient lentement, se faisant distancer par Gabrielle et Charles au sol. Lorsque les deux négociateurs arrivèrent au point stratégique, la défense eut le temps de les rattraper et de se positionner d'une façon avantageuse. Olympe ne lâchait pas Charles du regard. Lui qui allait devoir négocier alors qu'il n'avait pas la pratique des dirigeants. Loulu était redoutable, la princesse n'avait aucun doute là-dessus et le regard que lui lança Daphnée ne fit que confirmer cette intuition. Elle espérait que Charles soit maître en matière de négociation.

Plusieurs minutes plus tard, les feuilles se mirent à bouger et la forêt s'éveilla. Même les arbres stoïques se mirent à gesticuler. Une armée composée d'une centaine de soldats se positionna en face de Charles et Gabrielle qui ne reculèrent pas d'un pas, le visage grave. Arriva alors la reine Loulu. Grande, forte, d'une beauté sans pareil, les yeux vert sapin. Elle était vêtue d'une tenue de combat en écorce et un serpent lui servait d'écharpe. Elle dégageait une puissance inégalée, renforcée par sa taille de géante. Un sourire mauvais étirait ses lèvres et son expression n'avait rien de bienveillant. Loulu était là pour en découdre, il n'y avait aucun doute. Un frisson remonta la colonne vertébrale de la princesse qui ne put se défaire d'un mauvais pressentiment. La mort s'invitait à la table des négociants, elle en était certaine. Elle sentit Daphnée tressaillir à côté d'elle. Marceau la maintenait sur sa branche alors que son état n'inspirait rien de bon. La jeune reine ne supportait pas la vue de sa sœur. Alphonse quant à lui était livide et une rage froide consumait son cœur.

Au bout de quelques minutes de contemplation, la reine se mit à exploser d'un rire sec qui n'augurait rien de bon. Elle rugit alors que sa voix fit trembler le sous-bois :

- Où sont mon fils et ma sœur ? Je vous avais prévenus, Fylis. Vous risquez gros.

- Je ne suis pas ici pour vous les rendre, Reine Loulu, fit Charles d'un ton trop calme. Je suis ici pour négocier.

La reine se remit à rire mais cette fois-ci, Olympe put lire la même rage qu'elle avait perçue dans le regard de son fils quelques secondes plus tôt.

- On ne négocie pas avec une reine, Fylis.

Charles ne répondit pas tout de suite. Erreur. L'armée s'échauffait déjà derrière la reine. La conversation n'avait même pas vraiment commencé, qu'elle tournait déjà au vinaigre. Loulu était absolument décidée à ne laisser aucune chance à Charles qui n'en démordait pas. Olympe fut alors certaine qu'elle devait intervenir. Utiliser ses apprentissages, ou elle ne savait quel talent, pour renverser la tendance. Un instinct primaire la poussa vers les négociateurs. La jeune femme se tourna alors vers les Fylis, faisant signe qu'elle devait descendre. Elle ne pouvait pas parler sous peine de les faire repérer, si ce n'était pas déjà fait, alors elle tenta de mimer. Ceux qui comprirent refusèrent d'un simple geste de la tête mais Alphonse fut le plus perspicace. Il comprit bien mieux que les autres. Il comprit qu'Olympe était une future reine et qu'elle savait négocier. Alors il plaça ses mains devant lui, faisant naître des lianes sous le regard horrifié des autres Fylis. Alphonse, ce petit garçon si particulier, qui possédait le pouvoir royal de la forêt dense… Les lianes vinrent s'enrouler autour de la taille d'Olympe et la délogèrent de sa branche pour la faire descendre. C'était le moment.

Olympe atterrit sur le sol dans un mouvement vif mais gracieux et les lianes remontèrent instantanément vers son propriétaire. Quelque chose changea dans l'expression de la princesse qui était prête à en découdre et à prouver qu'elle aussi, était capable de grandes choses. Elle avança, le visage toujours dissimulé sous sa capuche et s'exclama :

- En effet, Loulu, on ne négocie pas avec une reine. Mais qu'en est-il d'une négociation de reine à reine ?

La reine Loulu posa son regard sur elle, attendant la suite, l'expression légèrement crispée par la surprise. Alors Olympe s'avança et bouscula Charles pour qu'il lui laisse la place en face de la reine. Celui-ci ne fit aucune remarque mais Olympe pouvait remarquer la terreur et la confusion qui enveloppaient son visage. Elle n'y prêta aucunement attention et rapprocha sa tête encapuchonnée vers la reine dont l'armée avança brutalement pour la défendre. Toutefois la reine les arrêta d'un signe de main lorsqu'elle aperçut les deux mèches noires qui sortaient de la capuche blanche. Un éclair de crainte traversa alors son visage, balayant la confiance autrefois si ancrée dans ses traits. Olympe fit glisser sa cape, se dévoilant alors, entièrement vêtue de noir. Seule sa peau porcelaine était blanche. Seuls ses yeux étaient gris. Le reste était aussi foncé que la fin du monde. Le reste était aussi foncé que l'esprit d'Olympe.

- Bonjour Loulou, fit-elle un sourire carnassier assombrissant son regard. J'imagine que nous pouvons négocier à présent. Entre reines.

- Tu n'es pas reine. Pas encore.

- Seul le temps me sépare de mon destin royal. Le temps qui se compte sur les doigts d'une main, et qui n'empêche pas ma puissance d'être d'ores-et-déjà établie. Le royaume d'Arcalya est puissant, beaucoup plus que le tien, et mes contacts sont solides. Des contacts présents aussi bien chez les militaires, que chez les civiles.

- Tes cheveux noirs ne t'accordent aucune aide. Tout le monde t'a rejetée, Olympe. Tu ne fais pas le poids face à mon armée.

- J'ai hâte de vérifier tes dires, assena Olympe alors qu'un aura démoniaque commençait déjà à émaner d'elle.

La reine de la forêt dense avait perdu de sa superbe, assaillie par la noirceur de son adversaire. Elle réfléchit quelques secondes, incapable de formuler sa réponse, puis tenta de retrouver un minimum de contenance.

- Je souhaite uniquement reprendre ce qui est à moi : ma sœur et mon fils.

- Avec une armée de cent soldats ? Olympe explosa d'un rire aussi faux que sa confiance. Ce conflit va bien plus loin, tu veux la guerre, Loulu. Tu as soif de pouvoir et tu comptais profiter de ma disparition, pour déclarer la guerre à Arcalya.

- Je pourrais te tuer si je le souhaitais. J'ai une armée, comme tu l'as justement souligné. Pas toi.

- Tu pourrais, en effet, mais tu n'en feras rien car tu sais que j'ai bien plus.

Olympe attrapa Loulu par le bras, prenant conscience du démon qui se réveillait dans son ventre, attiré par la vengeance, la colère et le sang qui tachait les armes des soldats de Loulu. Elle lâcha complètement ses cheveux, ignorant l'armée qui s'excitait et s'approcha du visage de la reine. Le moment était arrivé pour Olympe d'assouvir sa puissance jusqu'ici ignorée. Il était temps pour elle de montrer qui elle était vraiment et de quoi elle était capable. L'obscurité s'abattit sur la forêt, apportant la fraîcheur avec elle. Il était là, il allait sortir. Mais pour une fois, Olympe en avait le contrôle total. Pour une fois, les frissons qui remontèrent sa colonne vertébrale ne furent pas douloureux. Pour une fois, Olympe n'avait pas peur d'elle-même. Pour une fois, elle aimait ce qui était en train de se passer. Elle ferma les yeux alors et murmura :

- Enfuis- toi, Loulu, avant qu'il ne soit trop tard pour toi et ton peuple. Car un jour viendra où tu seras à mes pieds et tu me supplieras de t'épargner. Ce jour-là je te regarderai mourir avec le même sourire que tu avais sur le visage en arrivant. Laisse Dia et ton fils et ne reviens plus jamais me déranger.

La Disparition de la Princesse

Puis elle ouvrit des yeux noirs comme le charbon. Des yeux qui reflétaient le vide abyssal de la fin du monde. Qui reflétaient le monde démonique dans son intégralité. Lorsque la jeune femme entrouvrit ses lèvres, s'en échappa une fumée si sombre que c'en était éblouissant. Elle planta ses ongles qui étaient devenus pointus et obscurs dans le bras de la reine. Son sang noir s'échauffait dans ses veines. Le démon ne faisait plus qu'un avec sa propre chair. Ils collaboraient afin de terroriser toute une armée.

La reine Loulu de la forêt dense de l'est se retira sans rien dire, la tête baissée vers les feuilles qui recouvraient le sol de son territoire...

Olympe se retourna alors vers Charles qui fulminait d'une rage nouvelle, mêlée à une terreur qu'elle n'avait encore jamais lue dans ses yeux. Il l'observait comme il aurait regardé une inconnue. Comme s'il ne la connaissait pas vraiment. Qui était ce démon qui se trouvait devant lui. Olympe retrouva son apparence d'humaine bien que la transformation n'eut pas été complète. Elle s'avança vers le chef, les membres engourdis et la vision troublée. Le monde tournait autour de sa tête. La forêt s'évanouissait. Olympe s'effondra dans les bras de Charles.

CHAPITRE 29

Daphnée et Ruby descendirent des arbres les premières et accoururent. La spécialiste de la forêt dense attrapa les joues de son amie et examina ses yeux, sa peau et sa bouche afin de s'assurer que la reine Loulou n'avait infiltré aucun maléfice dans son cerveau. Elle prit une poignée de terre qu'elle transforma en une poussière dorée. Elle la répandit sur les joues d'Olympe qui tenait à peine debout, sous le regard sidéré de Charles qui comprenait mieux comment son infirmière parvenait à soigner n'importe quelle blessure. Malgré cela le chef savait qu'Olympe n'avait pas été ensorcelée. Il savait que son mal venait d'elle-même. De son démon. Il lança un regard appuyé à Ruby qui comprit aussitôt. La jeune femme attrapa le bras de Gabrielle qui avait assisté à la transformation d'Olympe. Elle lui murmura quelque chose que Charles n'entendit pas, et elles s'éloignèrent, prenant le commandement des Fylis. Tous savaient que lorsque Charles n'était pas disponible, il fallait s'en référer à Gabrielle. Alors que Daphnée tenait Olympe, Charles lança des ordres à Natas et Marceau qui accoururent.

L'assassin du clan reçut l'ordre de laisser un dragon pour son chef dans la clairière et Marceau de raccompagner Daphnée en la gardant bien à l'œil. Le visage d'Olympe qui tentait de garder la face était dissimulé aux deux Fylis qui affichaient une mine inquiète. Perché dans l'arbre ils n'avaient pas eu la chance de bien voir ce qu'il s'était passé. Les deux hommes escortèrent Daphnée jusqu'à la lisière de la forêt.

Charles se retrouva alors seul avec Olympe. La jeune femme toussa fort jusqu'à ce que du sang s'échappe de sa gorge. Elle essuya ses lèvres et se redressa.

- Je peux tenir, assura-telle. Je n'ai cependant aucune idée de comment contrôler le démon qui m'habite.

Charles hocha la tête. Il était au courant. Il savait aussi que la princesse n'avait pas conscience de l'étendue de son pouvoir. Ils allaient devoir rentrer à l'hôtel au plus vite. Charles parut hésiter sur la marche à suivre. Olympe devait économiser ses forces et ne surtout pas déclencher sa crise démonique dans cette forêt ou dans les airs.

- Je vais devoir vous soutenir, expliqua-t-il. Vous ne pouvez pas marcher. Appuyez-vous contre moi.

La jeune femme ne sut pas déterminer s'il s'agissait-là d'ordres ou de conseils. Elle se rapprocha néanmoins du chef et plaça son bras sur ses épaules. Celui-ci ne la soutint pas par les hanches, l'autorisant à s'appuyer de tout son poids sur lui. Tous deux sortirent de la forêt et rejoignirent la clairière qui marquait la frontière entre les deux royaumes. Un dragon les attendait. Les autres Fylis étaient visibles dans les airs, volant déjà vers le vide de la fin du monde. Charles se hâta. Il aida Olympe à se hisser sur le dos de l'animal avant de prendre place derrière elle.

- Excusez ma question fort déplaisante, hésita-t-il, mais m'autorisez-vous à vous tenir ? A placer mes mains là où je ne l'aurais initialement pas fait si vous n'étiez pas dans cet état ? Vous avez fait face à trop d'hommes dégoutants dans votre vie pour que je me rajoute à cette liste écœurante. Dites-moi si mes gestes sont déplacés, et sachez bien que je ne profiterai pas de cette situation pour dépasser les limites.

Olympe fut touchée par tant d'attention. Malgré son étourdissement quelques minutes plus tôt, Olympe gardait l'esprit clair. Elle savait que les préoccupations de Charles étaient sincères et que cette situation le mettait mal à l'aise. Cependant ils savaient aussi tous les deux que la crise démonique était proche. Même si l'état actuel d'Olympe s'était stabilisé, cette crise pouvait se déclencher à n'importe quel instant. L'urgence était réelle.

Olympe attrapa elle-même les mains du chef des Fylis et les attira vers la tête du dragon afin qu'il attrape les rênes au plus proche de l'animal, collant son torse contre son dos. Ainsi les bras de Charles constituaient des barrières qui l'empêcheraient de tomber. Cette proximité accrue permit à Olympe de sentir le cœur de cet homme énigmatique. Son cœur qui battait la chamade.

Charles siffla deux fois et le dragon décolla, déployant ses ailes.

Par chance, le retour se déroula sans encombre, quoi qu'Olympe commençât à sentir des fourmillements au niveau de sa colonne vertébrale. Le dragon plongea à pic dans le vide de la fin du monde et Charles dut refermer ses bras autour d'Olympe pour éviter sa chute dans les entrailles de l'abysse. Ce n'était vraiment pas le moment pour elle de tomber dans ce portail vers le monde démoniaque. Le dragon continua sa descente vertigineuse, ne s'arrêtant pas au niveau de la porte de la cage. Il ne s'immobilisa qu'après avoir atteint la fenêtre du bureau de Charles. Celui-ci lâcha la princesse un court instant. Il se redressa afin de se tenir debout sur le dragon et finit par faire coulisser la fenêtre. L'homme aida Olympe à se lever. Leur équilibre était précaire, mais ils n'avaient pas le choix. Il souleva la princesse qui s'agrippa à l'ouverture pour s'y engouffrer. Quand elle fut en sécurité dans le bureau, il la rejoignit, libérant le dragon qui retourna parmi les siens.

Venait l'étape la plus délicate. Charles devait avouer à Olympe ce qu'il avait découvert à son sujet.

- Asseyez-vous, ordonna-t-il. Vous avez besoin d'être assise.

Le cœur d'Olympe s'accéléra tandis que Charles réfléchissait à la manière de formuler ce qu'il allait dire. Elle prit place dans le fauteuil émeraude en face du bureau tandis que le chef resta près de la fenêtre. Au bout de plusieurs minutes qui parurent interminables, il se lança :

- Aucun démon ne dort dans votre ventre, mademoiselle.

La princesse le regarda sans comprendre. En effet le démon ne dormait plus, il était bien réveillé et elle l'avait compris lorsqu'elle était face à la reine Loulou. Cependant elle sentait que ce n'était pas ce que voulait dire Charles.

- Expliquez-moi, Charles. Ne cherchez pas vos mots, ne craignez pas de me froisser. Je vous assure avoir entendu des tas d'horreurs dans ma vie, je suis prête. Dites les choses telles qu'elles sont.

Charles se tourna vers elle, conscient qu'elle ne mesurait pas l'ampleur de ce qu'il s'apprêtait à lui révéler.

- Vous *êtes* le démon.

Olympe haussa les sourcils. C'était tout ce qu'elle pouvait faire en réponse à cette courte phrase qui la bouleversait tant. Elle avait l'impression que son corps entier s'était resserré en entendant ces quelques mots. Ces quelques mots qui n'avaient aucun sens, et qui pourtant expliquaient tout. Mais elle ne pouvait pas être un démon. C'était inconcevable.

- C'est impossible, hésita Olympe après quelques secondes de suspense. Les démons ne survivent plus à la surface de la terre depuis la nuit infinie. Les rois fondateurs s'en sont assuré. J'aurais dû périr au simple contact de la lumière du jour.

- Je suis d'accord avec vous, mademoiselle. Cependant vous êtes un démon, il n'y a aucun doute. Votre sang est noir, vos cheveux sont noirs, vos yeux sont noirs, vos ongles sont noirs. Tout chez vous témoigne du démon. Vous vous êtes transformée dans cette forêt. Vous avez retrouvé votre apparence naturelle.

Olympe examina ses mains comme pour s'assurer que ses ongles étaient bien courts. Une tempête était en train de tout ébranler dans son esprit. Toute sa vie était remise en question. Elle était un démon. Voilà pourquoi les nombreux tests n'avaient rien donné. Voilà pourquoi son esprit avait toujours été si froid.

- Je ne suis pas sûre de comprendre, murmura-t-elle, car elle avait besoin qu'il lui explique.

- J'enquête sur votre nature démoniaque depuis vos premiers pas à l'hôtel des Fylis, depuis que vous m'avez emporté dans le vide lors de votre première chute. Vos comportements ne ressemblaient en rien à ceux des Herumor. Aujourd'hui devant Loulu, Vous étiez... Vous étiez vous. Vous étiez le démon. Vos ongles étaient noirs et longs. Vos yeux... Je pouvais lire la mort dans vos yeux.

- Je ne comprends pas.

- Vous *étiez* la mort.

Ces quatre mots figèrent Olympe. Elle se souvenait du sentiment de bonheur qui l'avait enveloppé lorsqu'elle avait pris l'apparence que lui décrivait Charles. Cette rage froide qui la consumait. Ce plaisir dévastateur. Cette surpuissance inégalée. Tout cela, elle ne l'avait ressenti qu'une seule fois auparavant : quand elle avait tué. Charles avait raison, elle était un démon. Un démon qui avait survécu à tous les sorts mis en place contre ses semblables. Un démon plus puissant que tout. Un démon héritier d'un royaume de la surface. Un démon qui pouvait renverser le monde magique à tout jamais, car personne, non personne, ne pourrait arrêter Olympe si elle décidait de faire le mal.

- Cette condition ne vous empêche pas de choisir la lumière, Olympe, ajouta-t-il. Il est possible, en tant que démon du jour, de ne pas vous laisser submerger par les ténèbres car justement, vous avez la chance de vivre à la lumière. D'autres avant vous y sont parvenus.

L'attention d'Olympe fut déviée. Quelque chose clochait. Ce discours comportait une incohérence.

- Comment le savez-vous ? demanda-t-elle soudain.

La Disparition de la Princesse

- J'ai connu des Herumor qui n'avaient pas pu empêcher leur démon intérieur de grandir et de les submerger.

- Comment le savez-vous ? répéta Olympe qui pressentait quelque chose.

Charles la regarda, troublé. Leurs deux regards se combinèrent, inexorablement attirés l'un par l'autre. Elle savait. Aussi fou que cela puisse paraitre, Olympe avait deviné. Elle avait lu en Charles comme dans un livre ouvert. Il ouvrit la bouche pour se défendre puis se ravisa. Ainsi quand il lui répondit, elle ne fut pas étonnée :

- Je l'ai vécu.

CHAPITRE 30

- Sortez, murmura Charles.

Olympe ne bougea pas, observant le chef des Fylis qui n'était plus tellement différent d'elle. Un démon. Un pariât. Un monstre.

- Sortez, demanda-t-il d'une voix plus forte.

Olympe resta là, l'observant. Elle savait que sa propre aura de démon agissait sur lui, la crise démoniaque menaçant de démarrer. A présent elle comprenait tout. Voilà pourquoi Charles avait été si prévenant à son égard. Il avait senti dès le début, dès leur chute dans la fin du monde, qui elle était, ou plutôt, ce qu'elle était. Il avait su, et il l'avait évitée pour ne pas se laisser attirer par elle. Pour contrôler sa condition d'Herumor qui le torturait intérieurement dès qu'elle se trouvait proche de lui. Charles qui était lui aussi plus qu'un simple Herumor. Cela lui serrait le cœur. Il n'y avait rien d'affectif dans les réactions du chef des Fylis, et ce depuis le début. Jamais Charles n'avait ressenti une once d'attachement pour elle. Tout cela n'était que démoniaque.

- Sortez, hurla Charles, l'urgence crispant ses traits. Je vous en supplie, Olympe, sortez !

Olympe se décida enfin à bouger, sortant de la torpeur dans laquelle ses pensées l'avaient plongée. Alors qu'elle se dirigeait vers la porte, la pièce perdit toute sa lumière et tout devint sombre. Olympe se figea, incapable de faire un pas de plus, la main sur la poignée de la porte. Elle sentit que les battements de son cœur se faisaient plus pressants. Ses mains se mirent à trembler et malgré l'obscurité opaque et oppressante du bureau, elle pouvait distinguer les lignes de ses veines sur son bras. Noires, obscures, plus foncées qu'elles ne l'avaient jamais été. Olympe se débloqua et rebroussa chemin vers la fenêtre où se trouvait Charles. Elle n'eut aucun mal à se mouvoir dans cet univers insondable.

Le chef des Fylis était recroquevillé sur le sol et gémissait douloureusement. Une fumée noire sortait de tous les orifices de son visage : la bouche, le nez, les oreilles et même les yeux. Olympe s'agenouilla près lui, réfrénant l'envie insupportable de plonger dans le vide de la fin du monde qui se trouvait derrière la vitre. Elle murmura le nom du chef qui était maintenant secoué de violentes convulsions. Jamais elle n'avait assisté à une crise démoniaque. Elle était incapable de réagir. Incapable d'aider Charles.

Soudain, un frisson puissant secoua le corps de la princesse qui s'écroula au sol. Son heure arrivait. Peut-être qu'en plus d'assister à une crise démoniaque pour la première fois, elle allait en vivre une également. Elle avait déjà vu ses pouvoirs sortir, mais elle n'avait jamais vécu ce que vivait

Charles à cet instant. Olympe observa le chef et posa une main sur son avant-bras. A l'instant où leurs deux peaux entrèrent en contact, Olympe sentit sa tête attirée vers l'arrière et ses yeux devinrent entièrement noirs. Il n'était plus question de pupille ou d'iris, tout était noir. Son corps convulsa. Elle fut alors emportée dans une transe indescriptible qui la conduisit vers les souvenirs de Charles...

J'avais mal au ventre ce jour-là. Le jour où c'est arrivé. Maman m'avait expliqué qu'un démon sommeillait dans mon ventre et qu'il fallait l'empêcher de se réveiller car s'il se réveillait, il allait tout engloutir. Moi j'avais peur. Donc j'évitais de faire du bruit, craignant qu'il ne remonte. Mais ce jour-là, le roi avait fait trop de bruit pour mon démon. Il avait encore réduit les salaires et papa avait pleuré dans la cuisine. Maman m'avait expliqué qu'il avait peur de ne pas pouvoir nous nourrir mais qu'il ne fallait pas s'inquiéter. Sauf que moi j'étais en colère. Ce roi vivait dans un château où il avait de la nourriture à ne plus savoir qu'en faire. Pourquoi n'était-il pas capable de partager ? Mais cette colère a réveillé le démon de mon ventre. Il est sorti alors que je n'étais pas prêt et il a tout englouti, comme l'avait dit maman. Sauf qu'il a aussi englouti maman. Et Papa. Et Marion, ma sœur. Et moi, Charles.

Olympe poussa un hurlement strident qui se fit entendre aux étages supérieurs alors qu'elle s'extirpait du cerveau de Charles. Celui-ci avait retrouvé sa contenance en transmettant sa propre crise à Olympe par inadvertance. La jeune femme se recula à quatre pattes et se cogna contre le bureau. Ses yeux étaient encore noirs et ses bras encore striés de zébrures de la même couleur. Son sang battait dans sa tête et commença à s'écouler le long de sa joue, sortant de son nez, ses yeux, ses oreilles et même de sa bouche.

C'était un bien atroce spectacle. Charles resta immobile, incapable d'agir tant l'état d'Olympe était difficile à regarder. Tant elle était terrifiante. Elle était en train de se noyer dans son propre sang, les ténèbres l'engloutissant. Il devait agir. Il devait l'aider. Mais comment ?

Charles se précipita vers la princesse qui s'étalait sur le sol, se tordant de douleur et prit sa tête dans ses mains. Son pouvoir était trop puissant pour son corps. Elle devait apprendre à le contrôler sinon elle serait engloutie, exactement comme lui l'avait été. Il murmura son nom, tentant de la faire revenir dans le monde actuel, une panique nouvelle s'entendant dans sa voix chevrotante. Il fit son maximum pour aspirer ses propres ténèbres qui assombrissaient toujours légèrement le bureau mais rien n'y faisait, Olympe était toujours inerte.

Alors qu'Olympe se tordait dans tous les sens, Charles se précipita à son bureau et arracha une page de livre sur laquelle il griffonna « alerte noire ». Il glissa ensuite la feuille dans un petit compartiment qui l'envoya aux étages supérieurs de l'hôtel. Il fallait que Ruby le trouve. Il avait besoin d'aide. Il ne pouvait pas laisser mourir Olympe.

Le chef des Fylis se rapprocha de la princesse. La jeune femme gesticulait sous la torture que lui infligeait la douleur de ses pouvoirs. Son visage était couvert de sang noir qui sortait abondamment de tous les orifices de son visage.

La voix d'Olympe se mit alors à résonner dans le bureau. Ce n'était qu'un râle qui n'avait rien avoir avec sa tonalité habituelle. La jeune femme n'était plus elle-même, les ténèbres l'emportaient complétement.

- Tu m'abandonnes exactement comme tu as abandonné ta famille, hurla l'esprit démoniaque d'Olympe.

La Disparition de la Princesse

Cette situation ne te rappelle donc rien ? Ils sont tous morts par ta faute et je mourrai à cause de toi. Tout ce que tu touches, tu le détruis. Tout ce que tu aimes se fane.

Le corps d'Olympe se tordit selon des angles inhumains. Elle n'était plus humaine. Elle n'était plus elle-même. Le démon que Charles avait libéré durant sa crise s'était accroché à l'esprit de la jeune fille, décuplant les forces de sa propre âme démoniaque. Voilà pourquoi Olympe énonçait des vérités si douloureuses. Charles ne savait que faire face à la détresse et à l'urgence de la situation. Elle allait mourir. Son cœur était sur le point de s'arrêter. Ses os allaient se briser. Il s'agenouilla auprès d'elle et prit sa tête dans ses mains. Il fallait tout tenter. Il fallait la sauver. Tous ce qu'il aimait ne pouvait pas se faner…

Alors Charles attrapa du papier qu'il utilisa pour boucher les oreilles d'Olympe.

Il pinça son nez pour couper sa respiration.

Puis il se jeta à l'eau. Sans réfléchir. Sans hésiter.

Il posa ses lèvres sur les siennes, aspirant une grande bouffée d'air directement dans la bouche d'Olympe.

Aspirant la douleur de la jeune femme.

Aspirant la mort.

CHAPITRE 31

Olympe ouvrit les yeux, ne sentant plus son corps, bien trop engourdi. Elle leva la tête difficilement tant elle lui paraissait lourde et observa le bureau de Charles. Tout était sens dessus-dessous. Les feuilles qui encombraient le bureau jonchaient le sol à présent. Les livres de la bibliothèque étaient éparpillés partout dans la pièce et certains étaient éventrés. Olympe se mit à genoux et chercha Charles du regard. Elle le trouva recroquevillé au fond du bureau, contre le mur. Il avait retiré sa chemise pour l'enrouler autour de ses avant-bras, laissant apparaitre des griffures sombres sur son torse. Ses yeux étaient clos mais Olympe le savait conscient et parfaitement éveillé.

Les souvenirs se frayèrent alors un chemin dans l'esprit de la princesse qui se remémora le passé de Charles et même la puissance des ténèbres qu'elle avait en elle. Elle se souvint avoir avalé les ténèbres de Charles au simple contact de sa peau. Son cœur s'emballa. Elle observa alors ses bras qui avaient retrouvé leur pâleur habituelle. Olympe porta une main à son visage qui était recouvert de sang sec et de transpiration, créant un mélange poisseux à l'odeur âcre. Un frisson remonta sa colonne vertébrale : la soirée n'avait pas été très calme...

- Charles ? murmura-t-elle. Est-ce que tout va bien ?

Elle vit alors le chef des Fylis ouvrir lentement les yeux et la fixer. Elle fut frappée par l'intensité de son regard, bien trop foncé. Mais par-dessus tout, elle fut frappée par la panique qu'elle pouvait lire dans ses yeux. Lui qui ne laissait jamais rien paraître était en train de se briser... Olympe se rapprocha alors de lui, traversant le bureau à quatre pattes, incapable de se relever. Elle parcourut difficilement les quelques mètres qui les séparaient, ignorant son corps qui lui hurlait de s'arrêter. Charles la regarda arriver sans bouger. Le temps fit mine de se suspendre. Les deux démons ne se lâchaient plus du regard, tentant de comprendre l'état mental de l'autre, en vain. Charles ne montrait que de la peur, Olympe ne montrait que de l'incompréhension ; tout était encore tellement confus dans son esprit. Olympe s'arrêta en face du chef des Fylis.

Après plusieurs minutes de contemplation, Charles déroula sa chemise, laissant apparaître ses avant-bras... Olympe leva des yeux qu'elle ne voulait pas horrifiés vers lui : ils étaient devenus noirs. Un noir extrêmement foncé. Le même que le vide de la fin du monde. Un noir de démon. Un noir de ténèbres. Ses ongles, ses mains, sa peau : tout évoquait un arbre calciné.

- Il fallait que je vous sauve, souffla-t-il. Je n'avais pas le choix.

Olympe replongea son regard dans le sien.

La Disparition de la Princesse

- Je ne pourrai plus jamais sortir de ce bureau.

Olympe leva lentement sa main qu'elle approcha de l'avant-bras du chef des Fylis. Elle se décala pour se rapprocher de lui, incapable de faire taire cette attirance enivrante. Délicatement, elle posa son doigt pâle sur ce bras trop sombre, ignorant le danger que le contact de leurs deux peaux représentait. Elle avait les larmes aux yeux. Son cœur battait à tout rompre.

Puis, son autre main vint se loger naturellement sur la joue du chef, gravissant quelques centimètres encore. Elle devait se rapprocher. Olympe ne savait pas ce qu'elle faisait, elle le faisait, c'est tout. Elle ne pensait plus, elle agissait. Elle suivait son instinct, ou plutôt son désir… Les regards des deux démons étaient à présent comme accrochés dans une intensité insoutenable. Peut-être que cette attirance n'était pas que démoniaque, finalement. Lentement, Olympe s'approcha un peu plus du chef des Fylis, réduisant millimètre après millimètre la distance qui les séparait. Lentement, ses doigts se rapprochèrent des lèvres du jeune homme, qu'ils effleurèrent. Elle hésita, interrogeant Charles du regard. Puis ce fut au tour des lèvres d'Olympe, de lentement les effleurer. Seuls quelques millimètres séparaient ces deux êtres qui n'osaient pas vraiment franchir ce vide dangereux. Charles n'attendit pas. Il brisa la distance, aussi minuscule soit-elle, de leurs deux bouches et s'abandonna à un baiser infiniment doux et désespéré. Un baiser timide dans un premier temps, qui s'intensifia au fur et à mesure. Un baiser qui arrêta le temps. Charles attrapa doucement le visage de la princesse, la faisant frissonner. Il l'attira contre lui pour que plus rien ne les sépare. Rien dans ce bureau n'avait quoi-que-ce-soit à voir avec les baisers forcés du prince Lucius. Celui-ci était infiniment tendre. Il était voulu des deux côtés, ce qui constituait une différence considérable. Charles le désirait, il *la* désirait. Olympe aussi. Cet acte de tendresse était le premier auquel elle s'abandonnait. Elle se sentait vivre. Elle sentait son cœur de glace se réchauffer. Maintenant qu'elle goutait aux lèvres de Charles, elle savait qu'elle ne pourrait plus jamais revenir au château, car tout, dans ce monde de fou, lui rappellerait ce baiser.

Quand Olympe se détacha enfin de son amant, à bout de souffle, une larme coula le long de sa joue. Charles vint poser ses lèvres à cet endroit même. Sur la larme. Et cela eut le bénéfice d'en faire couler davantage. Olympe glissa sa main froide sur le torse musclé de son amant, le faisant frissonner. Elle dessina les lignes sombres incrustées dans sa peau, puis descendit jusqu'à son bras noir, autour duquel elle renoua la chemise délicatement. Elle ne le laisserait pas rester enfermé dans son bureau. Elle allait trouver une solution.

Ruby pénétra dans le bureau dans un fracas, haletante, et posa un regard horrifié sur Olympe et Charles. Daphnée arriva quelques secondes plus tard, une grosse trousse de secours dans les bras. Elle poussa un petit cri en apercevant le visage de la princesse, puis les bras du chef.

- Occupez-vous d'Olympe, ordonna Charles d'une voix sèche.

Celle-ci lui lança un regard désapprobateur. Elle allait bien. Du moins elle se sentait capable d'attendre un peu. Lui avait peut-être besoin de soins plus urgents. Cependant Daphnée et Ruby n'hésitèrent pas. Elles s'agenouillèrent auprès d'Olympe et commencèrent à lui nettoyer le visage afin de déterminer l'ampleur des dégâts. Les gestes de Daphnée étaient doux et précis tandis que les gestes de Ruby étaient familiers et rapides. La doyenne des Fylis avait toutefois les mains tremblantes lorsqu'elle essuya le sang du visage d'Olympe, ce geste éveillant bien trop de souvenirs du château. Quand les deux femmes furent certaines qu'Olympe ne présentait aucune blessure grave, elles se tournèrent vers Charles et commencèrent à l'examiner, sans jamais poser les yeux sur ses bras. Celui-ci se laissa faire sans protester et attendit le verdict : lui non plus n'avait rien. Daphnée sortit toutefois un flacon vert de sa trousse de secours et força Charles et Olympe à en avaler deux gorgées chacun. Le liquide était âcre et amer mais la princesse fit confiance à son amie. Daphnée sortit ensuite du bureau en assurant qu'elle allait revenir, laissant Ruby seule avec Charles et Olympe.

- Il ne me semble pas avoir demandé à Daphnée de venir, reprocha Charles à Ruby.

- Je ne suis pas infirmière et je ne savais pas dans quel état j'allais vous retrouver tous les deux. J'ai préféré ne pas perdre de temps. Daphnée sait tenir sa langue, personne ne saura que tu es un Herumor.

- Je n'ai plus confiance en elle depuis sa trahison.

Ruby soupira mais ne répondit rien. Même si elle comprenait Daphnée, elle ne pouvait pas en vouloir à Charles et ce n'était pas le moment de le contredire.

Au bout d'une dizaine de minutes, la porte du bureau de Charles s'ouvrit sur Daphnée, qui vint s'agenouiller près de son chef. Elle lui tendit une chemise blanche épaisse ainsi que des gants de la même couleur.

- Va retirer le sang qu'il reste sur ta peau et essaye ça.

Charles obéit à l'ordre et se dirigea vers la salle de bain. Les trois femmes entendirent l'eau de la douche couler durant de longues minutes, puis le chef ressortit, vêtu de la chemise blanche qui parvenait à camoufler totalement la noirceur de ses bras.

- Merci Dia, fit-il d'une voix chargée de défi.

Mais Daphnée ne répondit rien, consciente qu'il était inutile de lutter contre Charles.

CHAPITRE 32

Cela faisait à présent une grosse semaine que la crise de noirceur était passée. Une semaine que Charles et Olympe tentaient de reprendre le cours de leur vie sans penser aux ténèbres. Charles était encore plus froid et tendu que d'habitude. Olympe, quant à elle, s'en sortait plutôt bien. Elle passait son temps dans la salle de musique, se remémorant les morceaux qu'elle jouait avec la reine, oubliant les ténèbres du bureau. Certaines fois, des Fylis l'accompagnaient à la guitare ou à la harpe, et certaines fois, Alphonse venait l'écouter jouer, apaisé par ses mélodies. Les Fylis n'avaient posé aucune question sur l'intervention d'Olympe lors de la négociation avec la reine Loulou, ni sur la raison pour laquelle Charles s'était soudainement mis à porter des gants. Ils avaient conscience que l'ignorance était parfois la meilleure solution.

Olympe pénétra dans la bibliothèque des Fylis. Cette pièce n'était pas très grande mais comportait une quantité d'ouvrages impressionnante : il y en avait partout. La princesse se dirigea tranquillement vers l'étagère réservée aux livres de romances et en sélectionna un qu'elle n'avait pas déjà lu. Il s'agissait d'un classique assez prévisible mais elle n'avait pas envie de lire un ouvrage trop compliqué. Elle n'en avait surtout pas le courage. Elle retourna dans sa chambre pour poser le livre près de son lit, à côté de la montagne d'autres qu'elle avait déjà lus et qui attendaient d'être rapportés à la bibliothèque. Olympe se dirigea ensuite vers la salle à manger, comme à son habitude. Comme chaque matin, midi et soir, entre ses sessions de violon. Elle poussa les grandes portes et vint s'asseoir à côté de Daphnée. Celle-ci exprimait une telle fatigue qu'Olympe avait le cœur serré dès qu'elle la voyait. En effet, Daphnée s'était enfermée dans une inquiétude puissante qui hantait ses nuits, l'empêchant de trouver le sommeil ; et ce depuis que son masque était tombé.

L'ambiance dans la salle à manger était plus tendue qu'auparavant. Bien qu'inconscients des évènements, les Fylis n'étaient pas dupes. Ils savaient que quelque chose de grave s'était produit et certains supportaient mieux que d'autres ce mystère. Natas, par exemple, était constamment en colère et même son frère Saphir avait du mal à le contenir. Tana n'aimait pas beaucoup ne pas être au centre de la discussion non plus, alors, lorsqu'elle interceptait des regards entre Charles, Olympe, Daphnée ou Ruby, elle piquait des crises de jalousie qui remuaient le clan tout entier. Car rien ne restait jamais longtemps un secret chez les Fylis. Rien sauf cela. Cette crise de noirceur...

Olympe attrapa la viande du jour et s'en servit un petit morceau. Elle aussi était angoissée et cela lui coupait l'appétit. Elle tenta un sourire lorsque Daphnée recouvrit sa main tremblante de la sienne pour la rassurer.

- Tout va bien, murmura Olympe. Cette crise de noirceur était unique, elle ne se reproduira plus.

Daphnée hocha la tête, retirant sa main de celle de son amie, mais se garda bien de répondre quoi que ce soit. Elle sentait le regard menaçant de Tana sur elles. Les deux amies se contentèrent de manger en silence, comme à tous les repas, afin de ne pas s'attirer les foudres de la combattante en chef.

Olympe porta son verre de vin à sa bouche mais son mouvement fut stoppé par un bruit sourd : celui de la porte de la salle à manger qui s'ouvrait. Elle tourna la tête vers le nouvel arrivant qui n'était qu'Ellie. L'espionne était essoufflée et en nage, la peur se lisait sur son visage. Olympe reposa son verre sans avaler la moindre gorgée de son contenu et lança un regard inquiet à Charles qui fixait son espionne.

- J'ai fait aussi vite que j'ai pu, balbutia Ellie. Le prince...

Elle fit une pause, incapable de prononcer le moindre mot tant elle était essoufflée. Cependant Olympe voyait la mauvaise nouvelle arriver. Tout ce qui commençait par « le prince », tout ce qui se référait au château ne pouvait être bon.

- Le prince de Barossellie, reprit Ellie, il va être couronné dans une semaine. Ils ne veulent plus retrouver Olympe et l'ont déclarée morte. Son enterrement a lieu demain et le pays entre officiellement dans une phase de deuil royal. C'est une catastrophe.

Olympe écarquilla les yeux, incapable de faire le moindre mouvement, comme figée par la stupeur de la nouvelle. La nouvelle qui avait été brutale et qui avait agi tel un ouragan dans le corps de la princesse. Non, ils ne pouvaient pas couronner Lucius. Pas le prince.

Une tempête d'émotions et de réflexions se forma dans le cœur de la princesse, qui était incapable de réfléchir correctement. Ses mains, qui tremblaient déjà, devinrent incontrôlables tant leur agitation était forte. La peur, oui la peur, enveloppa Olympe. Elle connaissait peu le prince mais elle était certaine d'une chose : il ne devait pas régner. Le peuple était mécontent du roi ; il ne connaissait pas encore le prince, qui serait, qui plus est, sous la tutelle de Percyvell d'Arcalya. Tout cela était pire de tout.

- Ça veut dire qu'Olympe va rester avec nous pour toujours ? murmura Alphonse, qui, sauf à Olympe, n'avait jamais prononcé un mot depuis sa fuite du royaume de la forêt dense.

Tous les regards étonnés des Fylis convergèrent vers lui. Puis l'attention fut portée sur Olympe. Elle seule connaissait assez le château et les individus concernés par cette nouvelle pour décider de la meilleure chose à faire. Elle-même pouvait répondre à Alphonse. Mais pour le moment elle était incapable de parler. Le château l'avait déclarée morte ? Sa mère avait abandonné les recherches ? Une larme perla au coin de l'œil droit d'Olympe, qu'elle empêcha toutefois de couler. Plus de larmes, c'était fini. Son cœur battait si fort qu'elle craignait qu'il ne s'arrête. Elle ferma les yeux quelques secondes, tentant de reprendre ses esprits et quand elle les rouvrit, elle murmura :

- Je souhaite devenir l'une des vôtres. Laissez-moi devenir une Fylis.

Partie IV

Le prince et la reine

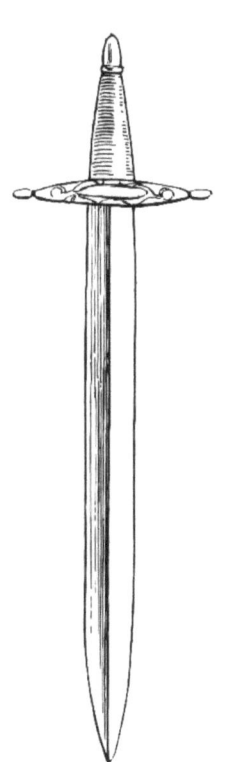

CHAPITRE 33

Le cerveau d'Olympe réfléchissait à toute vitesse alors que Charles débattait sur l'importance de cette décision qui ne devait pas être prise à la légère. A quel point elle était lourde de conséquences. A quel point il était difficile d'être une princesse dans un clan qui s'opposait fondamentalement aux valeurs royales. Toutefois Olympe savait déjà qu'elle ne changerait pas d'avis. Une idée folle venait d'éclore dans son esprit, bouleversant toutes ses certitudes. Une idée qui nécessitait les Fylis, leur protection, mais aussi leur aide. La jeune femme goutait enfin à l'amitié, et par-dessus tout à la sécurité. Pour la première fois de sa vie, Olympe se sentait bien. Elle n'était absolument pas prête à abandonner ce sentiment de manière si précipitée.

Mais d'un autre côté, il y avait cette idée si obsédante qu'Olympe ne pouvait s'en défaire. Une idée qui avait germé dans son esprit alors qu'elle était encore enfermée… Trop de paramètres s'emmêlaient dans son esprit.

- Charles, fit-elle finalement, le coupant dans son monologue. Je ne changerai pas d'avis. Il est inutile de discuter plus longtemps.

- C'est une décision qui aura des conséquences lourdes et qui est irréversible. Vous ne pourrez plus revenir en arrière une fois le processus enclenché. Faire partie d'un clan vous lie à vie à ses membres. Vous devez être prête à sacrifier toute votre vie, et même à mourir pour nous. Vous devez comprendre que…

- J'ai pleinement conscience des conditions, Charles, acquiesça Olympe d'une voix calme et posée. C'est assez précipité, je vous l'accorde. Je suis héritière, certes. Nous ne nous connaissons que depuis peu, d'accord. Cependant vous-même avez conscience de l'urgence de cette situation. Je suis prête à sacrifier ma vie si c'est ce que vous me demandez de faire. Je vous assure, qu'à partir d'aujourd'hui j'agirai uniquement dans l'intérêt des Fylis. Laissez-moi vous rejoindre, j'ai déjà fait mes preuves.

Charles hocha la tête, la mine grave. Tous deux avaient conscience de la particularité de cette requête. Olympe n'était que leur prisonnière après tout. Une prisonnière qui allait changer radicalement de statut au sein du clan. Le chef fit signe à Olympe de le suivre alors qu'il se dirigeait vers la porte, fuyant visiblement son regard. Depuis le début de cette conversation, le jeune homme n'avait pas levé la tête vers son interlocutrice. Il se dirigea vers la porte et l'ouvrit, attendant qu'elle avance. Cependant elle ne bougea pas, leur baiser tournant en boucle dans sa tête. Depuis la crise de noirceur et leur léger dérapage, Charles ignorait la princesse qui tentait tant bien que mal de faire de même. Il évitait de lui parler, fuyait son regard, ne l'incluait plus dans les discussions qu'il avait avec le reste du clan… Olympe avait remarqué que cela lui coutait. Elle comprenait les enjeux de leur relation. Toutefois tout les renvoyait au souvenir de la douceur du contact de leurs lèvres. Plus le temps passait et plus Olympe réalisait à quel point l'attirance qu'elle avait pour Charles dépassait leur nature démoniaque. Il y avait bien plus, et elle était persuadée qu'il ressentait la même chose, lui aussi.

Le chef se tourna vers Olympe qui était toujours assise sur le fauteuil en face du bureau. Il avança doucement vers elle, en pleine conscience de ce qu'elle essayait de faire. Lorsqu'il s'appuya contre le bureau pour lui faire face, il osa enfin la regarder.

Charles aurait tant voulu la prendre dans ses bras et ne plus jamais la lâcher, mais il avait peur du contact de leur deux corps. Peur qu'elle ne retourne dans sa tête pour entrevoir ses souvenirs les plus sombres. Olympe se leva doucement, se retrouvant à quelques centimètres du visage du chef, sans pour autant le toucher. Elle leva les yeux pour plonger son regard dans le sien et effleura son bras de ses mains, sans jamais vraiment entrer en contact avec le tissu épais de sa chemise.

- Olympe, murmura-t-il, surprenant la princesse car il ne l'appelait presque jamais par son prénom. Nous ne pouvons pas... C'est trop dangereux.

- Je ne pensais pas que le grand Charles, chef des Fylis, craignait le danger, répondit-elle sur un ton provoquant.

- Vous-même craignez ce danger. Il est bien trop grand pour être pris à la légère, Olympe.

La façon dont il prononçait son prénom faisait battre le cœur d'Olympe encore plus rapidement. Charles... Ils étaient si proches à cet instant, que leur corps se touchaient presque. Quelques millimètres de torture les séparaient. Quelques millimètres qu'Olympe voulait ardemment franchir. Elle leva son doigt pâle vers le torse du chef et le posa délicatement sur le tissu de sa chemise. Rien ne se produisit. Elle fit glisser doucement son doigt vers la peau de son cou. Rien ne se produisit. Elle posa alors sa main entière sur sa nuque, sans que rien n'arrive. Alors lentement, elle alla effleurer les lèvres de Charles avec son autre main. Rien ne se produisit. Ils restèrent ainsi durant de longues secondes, si proches, n'osant pas franchir la dernière limite. Olympe se sentait d'humeur courageuse. Elle franchit cette infime distance et embrassa tendrement cet homme qu'elle convoitait tant. Tant pis pour le danger, la perspective de cette étreinte était bien trop tentante. Charles posa ses mains sur ses hanches quand celles d'Olympe vinrent se loger dans ses cheveux. Charles souleva alors la princesse pour venir l'asseoir sur le bureau, chassant toute la paperasse bien ordonnée. Le baiser dura une éternité. L'éternité la plus agréable du monde. A bout de souffle, les deux amants se séparèrent, mais Olympe reposa ses lèvres en feu sur celles de son amant. Elle aurait voulu qu'ils ne se séparent plus jamais. Les mains de Charles remontèrent le corps d'Olympe, suivant la courbe de ses hanches, caressant sa peau, pour finir sur ses joues porcelaine. C'est alors qu'il coupa le baiser pour venir plonger son regard dans les yeux gris de la jeune femme. Ils restèrent quelques secondes dans cette position, profitant de cette parenthèse enchantée, puis Charles plongea sa tête dans le cou de son amante dans une plainte désespérée. Ils ne pouvaient pas s'aimer. Jamais. Il embrassa tendrement son cou puis se détacha de la princesse brusquement, s'éloignant vers la porte sans se retourner ; du travail les attendait, ils ne pouvaient plus se laisser emporter ainsi. S'il ne s'arrêtait pas tout de suite, il lui aurait été trop dur de résister.

Ils quittèrent le bureau, remontant les escaliers en gardant une distance respectable. Malgré la frustration que cela représentait pour elle, Olympe s'amusait du comportement du chef pour qui cette relation relevait de la torture. Une fois devant la salle à manger, Charles posa une main sur la lourde porte mais suspendit son geste. Il posa sa tête contre le battant et soupira. Le jeune homme se retourna et attrapa délicatement la taille de la princesse. Il enroula ses bras autour de son corps dans une étreinte, posant sa tête au-dessus de la sienne, profitant de cette proximité. Un peu de douceur ne faisait de mal à personne. Il ne souhaitait qu'une seule chose : prolonger la parenthèse que composait leur amour, car lui aussi, ressentait cette attirance qui allait au-delà du démon qui les qualifiait. Charles pouvait entendre le cœur d'Olympe battre contre son propre torse. Son cœur affolé. Son cœur qu'elle lui offrait sans hésiter… Olympe releva la tête et posa ses mains sur ses joues sans qu'il n'émette la moindre résistance. Elle l'embrassa une dernière fois. Ce dernier baiser eut un goût triste car tous deux savaient que leur amour était trop compliqué et vain.

Dans la salle à manger, personne n'avait bougé. Tous les Fylis étaient toujours attablés, attendant le retour du chef et de la princesse. Attendant la suite des événements, la réaction de Charles, la décision d'Olympe. Ainsi les regards de tous les Fylis convergèrent vers ces deux derniers lorsqu'ils pénétrèrent dans la salle à manger. Tous. Gabrielle, Daphnée, Tana, Alphonse, Saphir, Natas, Victor, Marceau, Ellie, Ruby. Olympe comprenait leur inquiétude et leur incompréhension. Elle comprenait la réticence de certains à son sujet. Elle comprenait tout. Car elle avait conscience d'avoir mis la lumière sur elle. Elle avait conscience d'avoir perturbé leur équilibre. Elle avait conscience d'avoir créé des mensonges et des secrets au sein de ce clan si soudé. Mais après tout, elle n'avait pas décidé d'être là...

Charles se dirigea vers sa place en bout de table, toujours suivi d'Olympe qui ne savait pas vraiment comment agir. Elle sentait le regard du reste du clan sur elle. Ce regard avide de réponses. Le chef des Fylis prit une grande inspiration et expliqua d'un ton détaché :

- En vue de la situation, nous ne pouvons pas soumettre Olympe au protocole traditionnel qui stipule que le membre entrant doit passer une lune de tests et d'entraînements afin de prouver sa loyauté et ses capacités. Cependant je pense que personne ne peut me contredire si j'affirme qu'Olympe a déjà plus ou moins prouvé ses aptitudes, notamment face à la reine Loulou. Et plusieurs raisons que je ne mentionnerai pas me poussent à dire qu'elle a également eu l'occasion de prouver sa loyauté, si nous passons outre ses escapades de départ. Cela m'amène donc à vous poser la question fatidique : quelqu'un s'oppose-t-il à l'entrée d'Olympe dans le clan des Fylis ?

Olympe avait le souffle court. Son destin se jouait maintenant. Sans les Fylis elle n'était rien. Si quelqu'un s'opposait à son entrée dans le clan, elle pouvait dire adieu à la réussite de son plan. Elle avait besoin du soutien des Fylis pour survivre au château. Elle avait besoin du soutien des Fylis pour empêcher le prince Lucius de monter sur le trône. Mais par-dessus tout, elle avait besoin du soutien des Fylis car elle n'avait jamais eu de soutien auparavant et que, pour une fois dans sa vie, elle se sentait presque en sécurité...

La Disparition de la Princesse

Olympe eut l'impression que le monde avait arrêté de fonctionner. Les quelques se secondes qui la séparaient de la décision des Fylis s'éternisèrent, comme si le temps était suspendu. A chaque instant elle craignait une opposition. Tana, Ellie ou Natas pouvaient très bien nourrir pour elle une haine bien dissimulée. Elle les comprenait presque. Son cerveau s'embrouillait tant elle imaginait tous les scénarios possibles. Charles fut celui qui la rappela à la réalité. Il frappa dans ses mains d'un coup sec, mettant fin aux spéculations. Olympe eut l'impression que son cœur descendait dans ses chaussures. Personne ne s'opposait à son entrée dans le clan. Ni Natas, ni Tana. Daphnée posa des yeux remplis de larmes sur son amie, profondément touchée par l'événement. Car Daphnée, pour l'avoir vécu, comprenait parfaitement ce que pouvait ressentir Olympe, et il en allait de même à l'inverse. La perspective de son entrée dans le clan lui réchauffait donc le cœur. Elle non plus, ne se sentirait plus jamais seule avec Olympe à ses côtés.

- Si personne ne s'oppose à l'entrée d'Olympe dans le clan des Fylis, reprit Charles qui avait l'air aussi soulagé que la princesse, je suppose que nous pouvons commencer la cérémonie.

Victor frappa dans ses mains, applaudissant la princesse, l'émotion tordant son visage bourru. Il fut vite suivi par Marceau, puis Daphnée et Ruby. Les autres se joignirent au mouvement, se levant des bancs pour acclamer la princesse. Olympe ne put retenir plus longtemps ses larmes. Pour la première fois de sa misérable vie, elle pleurait de joie.

CHAPITRE 34

Victor sortit des cuisines, muni d'un immense chariot sur lequel étaient disposés toutes sortes de plats. Des entrées, des viandes, des légumes, des accompagnements, des sauces, des desserts, des pâtisseries, des salades, des gâteaux, du vin et des jus furent placés sur la longue table de la salle à manger, donnant de la couleur à cette pièce un peu terne. Il avait pris la cérémonie très à cœur, se parant de son plus beau tablier de chef. Le reste du clan aussi s'était investi, cette fête représentait beaucoup pour eux. Il était en effet rare que de nouvelles personnes rejoignent ce clan au cercle si restreint.

Tana et Ellie allumèrent des dizaines de bougies qu'elles disposèrent d'une manière à donner à l'endroit une ambiance charmante qui réchauffait le cœur. Marceau, Saphir et Natas descendirent de la salle de musique des violons et la harpe et ils les placèrent dans un coin reculé de la salle à manger. Pendant ce temps, Ruby, Gabrielle et Daphnée emmenèrent Olympe dans sa chambre et la couturière lui dénicha une robe bleu marine qui faisait ressortir la couleur lait de sa peau et le gris de ses yeux. Elles la maquillèrent légèrement et laissèrent ses cheveux tomber sur ses épaules en cascades.

- Nul besoin de dissimuler une si belle chevelure, lui glissa Daphnée à l'oreille.

Depuis l'annonce de la cérémonie d'entrée dans le clan, Olympe n'avait pu s'empêcher de sourire. Ce qui lui arrivait était surréaliste et elle commençait à prendre conscience de l'absurdité de ce changement de vie si brutal. Sa vie. Ce tournant était inattendu. Elle, l'héritière maudite du royaume d'Arcalya. Elle qui avait essuyé les coups du roi pendant des années. Elle qui n'avait jamais connu le bonheur. Olympe était heureuse avec les Fylis. Elle pouvait l'affirmer. Ce mot qui lui avait tant brulé la gorge, qui lui avait tant serré le cœur. En ce jour de fête elle voulait le hurler. Les Fylis avaient changé sa vie pour le meilleur. Plus jamais Olympe ne pourrait retourner au château.

Les quatre filles regagnèrent la salle à manger qui avait pris des allures de fête avec ses instruments, ses bougies et ses plats impressionnants. Une douce folie réchauffait l'air et les cœurs. Le clan accueillit Olympe dans la même clameur qu'une heure auparavant, lors du vote. Elle fut applaudie, enlacée, bousculée, choyée. Olympe s'installa en bout de table, en face de Charles dont le regard l'enveloppait d'une tendresse surprenante. Le repas pouvait commencer.

Entre deux fou-rires, la princesse enchaînait les petits plats délicieux que lui avait concoctés Victor. Soupe de baies bleues, cerf, sanglier, gâteaux à la vanille, apéritifs feuilletés, pâtisseries à la sève. Même la cuisine du château n'était pas aussi variée. Victor pouvait tout préparer tant son talent culinaire était impressionnant. Il avait donné son maximum, profitant enfin du palais développé de la princesse, habitué à la cuisine raffinée. Elle seule, ainsi que Daphnée et, dans une moindre mesure Ruby, avait connu les cuisiniers royaux. La légèreté était de mise et Olympe s'abandonna à plusieurs crises de rire qui lui étaient si peu familières. Les Fylis la poussaient dans des retranchements jusqu'ici inconnus. Même Charles se mit à rire dans cette salle à manger heureuse.

Après plusieurs bouteilles de vin, l'ambiance changea du tout au tout. Les rires cédèrent leur place aux chants triviaux, les uns frappant sur la table en bois, les autres renversant les chopes de bière. Les Fylis chantaient fort, ils hurlaient même. Saphir et Gabrielle montèrent sur la table, bousculant le reste de nourriture qui encombrait leur passage. Ils chantèrent à tue-tête, avalant encore plus de vin et de bière, ou même les deux à la fois. Olympe observait Ruby se resservir et raconter des anecdotes salaces à qui voulait l'écouter, sur sa vie au château et ses relations variées avec les gardes. Cette Ruby-là, Olympe ne la connaissait pas. Marceau attrapa Daphnée et la fit danser au rythme des Fylis chanteurs. Les deux amants tournèrent dans tous les sens sous les rires des autres, qui commencèrent à former un cercle autour des deux amoureux. Marceau grimpa sur les bancs, invitant Daphnée à l'imiter, puis tous les deux sautèrent sur la table qui se transforma en scène de spectacle. Quand ils furent essoufflés, le jeune homme attrapa la femme qu'il aimait et l'embrassa tendrement, devant tout le clan qui hurla de bonheur. Daphnée changea de couleur, s'empourprant, mais lui rendit son baiser avec encore plus de tendresse, soulagée que leur relation soit enfin rendue publique. Les Fylis hurlèrent en se ruant sur eux, créant un tourbillon de bonheur. Tout le monde monta sur la table qui manqua de se renverser, Olympe en leur sein, intégrée comme la vraie Fylis qu'elle était presque devenue.

Puis la couturière conduisit Olympe vers les instruments. Elle s'assit derrière la harpe et tendit un violon à Olympe. Celle-ci lui jeta un regard intrigué, ne sachant pas quoi jouer, et fut surprise d'entendre les premiers accords de la harpe. Elle ne connaissait pas ce talent de son amie. Daphnée lui avait montré sa couture ou même sa peinture, mais n'avait pas manqué de taire son appétence pour la musique. Daphnée entama un morceau que la princesse avait longtemps joué avec sa mère au piano. Pas l'habituel, autorisé par le roi, non, celui que les deux femmes jouaient en cachette quand Percyvell n'était pas dans les parages. Il s'agissait d'une ode aux reines, puisant son inspiration dans un ancien conte dans lequel le courage des femmes sauvait le royaume. Olympe plaça son archet sur les cordes de l'instrument et se laissa emporter par la musique, comme à chaque fois. Cependant, à présent, ses sentiments étaient plus forts. Le cœur battant, elle laissa les notes de musique s'envoler comme ses rêves et espoirs de l'époque. Elle ferma les yeux pour empêcher les larmes de couler. Comme c'était bon de jouer ce morceau... Izilbeth aurait été fière de la voir si heureuse.

Lorsque le morceau s'acheva, Olympe ouvrit les yeux. Tous les Fylis s'étaient calmés, assis par terre devant les deux musiciennes. Ils écoutaient tous attentivement, comme hypnotisés par la beauté de la musique. On aurait dit des enfants. Ruby pleurait à chaudes larmes. Alphonse était bouché-bée. Tana souriait d'une manière si bienveillante que s'en était surprenant. Tous étaient blottis, les uns contre les autres, comme liés par la musique, si belle et si pure. Olympe reposa son violon et se tourna vers Daphnée qui essuyait elle aussi les larmes qui perlaient aux coins de ses yeux verts. La princesse la serra dans ses bras, infiniment reconnaissante de la relation qu'elles partageaient.

Charles, qui était le seul encore debout, se rapprocha des deux jeunes femmes et annonça, non sans une touche d'émotion dans sa propre voix :

- Je pense qu'il est grand temps que nous procédions aux échanges de promesses.

Olympe hocha la tête et se détacha de Daphnée. Il était temps, en effet. Le moment était venu pour elle de se lier pour la vie à ce clan qui avait donné un sens à la sienne. Olympe se remémora rapidement le chemin parcouru. Semé d'embuches il fallait l'avouer, mais qui l'avait conduit vers ces gens, si paradoxaux, fous, maladroits, dangereux, attachants, drôles, têtus, aimants… Les Fylis se levèrent et se disposèrent en cercle autour d'Olympe et Charles. Celui-ci prit maladroitement les mains d'Olympe, craignant les ténèbres qui n'arrivèrent pas. Le contact avec le tissu des gants du chef fit frissonner la jeune femme. Cela lui rappelait le baiser qu'ils avaient échangé plus tôt dans la journée. Ce baiser qu'elle voulait revivre à l'infini. Elle plongea son regard dans les yeux sombres de Charles et attendit qu'il commence. Elle était prête. Elle ne l'avait jamais autant été.

- Olympe d'Arcalya, fit-il d'un ton solennel, acceptez-vous de servir le clan et uniquement le clan, dans ses meilleures et pires missions, avec pour seule limite la mort ?

- Je l'accepte, répondit fièrement Olympe.

- Répétez après moi je vous prie. Je promets de rester fidèle et loyale aux Fylis quoi qu'il arrive.

- Je promets de rester fidèle et loyale aux Fylis quoi qu'il arrive, souffla Olympe, prise d'émotion.

- Je promets de me soumettre à l'autorité de son chef et consens à sacrifier ma vie si c'est nécessaire, pour assurer le bon fonctionnement du clan.

- Je promets, récita Olympe, de me soumettre à l'autorité de son chef et consens à sacrifier ma vie si c'est nécessaire, pour assurer le bon fonctionnement du clan.

- Pour finir, et cette promesse s'applique uniquement à votre cas, je promets de ne jamais monter sur le trône d'aucun royaume et de rejeter mes titres royaux car la seule autorité ou famille à laquelle j'appartiens est celle des Fylis.

Olympe frissonna. Elle s'apprêtait à renier tout ce pour quoi elle avait été élevée. Mais peu importait, la perspective de devenir une Fylis était bien meilleure. Elle n'avait pas besoin de cette couronne qui avait empoisonné sa vie. Olympe prit une grande inspiration et récita :

- Je promets de ne jamais monter sur le trône d'aucun royaume et de rejeter mes titres royaux car la seule autorité ou famille à laquelle j'appartiens est celle des Fylis.

- Olympe, bienvenue chez les Fylis.

Des hurlements de joie s'élevèrent alors du reste du clan qui se jeta sur la princesse, qui n'en était plus vraiment une, pour l'enlacer et la féliciter. Olympe était une Fylis. Pour le meilleur comme pour le pire, elle était liée à ce clan pour toujours. Cette finalité inattendue la remplissait d'une joie nouvelle. Jamais plus elle ne gouterait à la solitude et l'insécurité obsédante dont elle avait été victime auparavant.

Quand les Fylis furent un peu plus calmes, Charles sortit un écrin de sa poche et s'approcha d'Olympe.

- Chaque Fylis, expliqua-t-il, reçoit une bague à son entrée dans le clan. Une bague le représentant, lui ou le lieu d'où il vient. Voici la vôtre, Olympe.

La jeune femme prit délicatement l'écrin, les yeux pétillants. Grande fut sa surprise lorsqu'elle découvrit la bague qu'il contenait. Le bijou représentait une couronne miniature qui faisait exactement la taille du doigt d'Olympe. De couleur or, elle ressemblait beaucoup à la couronne de la reine. Finalement, c'était un peu comme si, en entrant chez les Fylis, Olympe s'était fait couronner. Il s'agissait d'un couronnement bien différent de celui auquel elle avait jadis été destinée, mais rien n'était plus significatif que cette bague. Elle avait définitivement renoncé à une couronne pour une autre. La jeune femme enfila le bijou et le contempla quelques secondes. Elle releva les yeux vers Charles qui lui souriait timidement. Elle sentait le poids de ses espoirs. Cette bague était un gage de promesse entre les deux amants. Elle leva les bras vers le cou du jeune homme qui l'attrapa par la taille dans un geste impulsif qu'il parut regretter une seconde. Tous les Fylis les regardaient. Ainsi proches l'un de l'autre, ils s'exposaient à la vue de tous, mais aussi à la crise démoniaque. L'hésitation du chef fut de courte durée. Il enlaça simplement Olympe, fermant les yeux pour couper tout contact avec son clan. Il n'y avait plus qu'elle et lui, irrésistiblement accrochés, cœurs et âmes pulsant à l'unisson.

- Merci de m'offrir les clefs de ma vie, Charles, murmura Olympe alors qu'elle le serrait encore plus fort. Jamais mes mots ne décriront à quel point tu m'as sauvée.

Là, contre Charles, Olympe pensa que son futur n'allait peut-être pas être si terrible, finalement. Grâce à lui, Charles. Lui qui avait décidé de l'enlever pour défier le roi...

CHAPITRE 35

Tous les Fylis étaient assis autour de la table ronde de la salle des stratégies. L'humeur joviale avait laissé place à une tension palpable qui crispait le clan entier. Une question leur torturait l'esprit : que faire pour empêcher le prince de Barossellie d'accéder à la couronne sans faire d'Olympe la reine, tout en la gardant en sécurité loin du roi ? Voilà le casse-tête qu'affrontait le clan. Car il était hors de question qu'Olympe subisse de nouvelles violences. Il était de leur devoir de la protéger. En tant que responsable des stratégies, Marceau se creusait le cerveau pour trouver une solution convenable tandis que Tana, combattante en chef, se disputait avec Charles qui voulait envoyer les Fylis au château. Pour le chef, garder Olympe en sécurité était primordial. Il s'opposait à chaque nouvelle proposition qui impliquait qu'elle ne se retrouve trop proche du roi ou du prince. Daphnée argumentait en faveur d'Olympe, contre Natas qui voulait envoyer la princesse tuer le prince de Barossellie. Les autres tentaient d'aider comme ils le pouvaient, ne trouvant aucune combine à ce nœud bien serré.

Olympe restait muette, incapable de réfléchir. Pour y avoir été enfermée durant vingt longues années, le château n'avait aucun secret pour la princesse qui avait eu la liberté d'en explorer tous les moindres recoins. Elle avait également connaissance de la liste du personnel, atout précieux pour ce genre de mission. Les surveillances n'avaient aucun secret pour Olympe. Olympe, mais également Ruby. Elles étaient les seules capables de résoudre cette équation insupportable.

Après une heure de réflexion et de conflits, Charles demanda le silence. Ces débats étaient vains et n'avaient aucun sens. Ils n'avançaient pas, or le temps était précieux. Le chef parut enfin se rendre compte de son erreur initiale. Il la corrigea :

- Peut-être est-il plus judicieux de demander à Olympe et Ruby ce qu'elles en pensent. Ruby ?

La vieille femme lui lança un regard compatissant. Elle comprenait la position de Charles qui voulait contenter tout le monde. Le chef gardait du récit qu'elle lui avait fait de la vie au château un goût amer. Il voulait absolument préserver Olympe de tout ça. Toutefois Ruby connaissait aussi les enjeux de cette mission d'ordre mondial. Il ne s'agissait pas là d'un simple sauvetage. Des sacrifices étaient nécessaires.

- Je pense qu'il faut nous envoyer au château, trancha-t-elle. Sans ça, aucune chance d'empêcher le couronnement du prince. Il faut qu'Olympe refasse surface pour retourner la situation.

- Pour cela, répondit Daphnée, il faut qu'Olympe soit prête à retourner au château. Il est nécessaire qu'elle soit au clair avec ses traumatismes car elle va y être plongée d'une façon très brutale. Cela fait des semaines qu'elle vit avec nous, et je suis certaine qu'elle espérait profondément que l'enlèvement marque la fin de son calvaire…

- Sauf qu'il n'y a pas d'autre solution, Daphnée ! s'impatienta Natas. Ruby a raison, on ne...

- Ne nous énervons pas, calma Charles sèchement. Olympe, qu'en pensez-vous ?

Charles remit l'église au milieu du village. Il avait remarqué l'extrême concentration qui crispait les traits de la princesse. Celle-ci releva les yeux lorsqu'il prononça son nom. Les sacrifices étaient rudes, mais elle avait promis de sacrifier sa vie pour le clan.

- Ruby et moi devons retourner au château, sans quoi le prince sera couronné, acquiesça-t-elle à contre cœur.

Charles leva vers elle des yeux remplis d'admiration, mesurant à quel point cela lui coûtait.

- Demandons une rançon dans ce cas, proposa Victor. Comme ça on remplit les caisses du clan tout en empêchant le couronnement.

- Mais Olympe est moins entraînée que nous, ajouta Ellie. Elle est nouvelle dans le clan, c'est bien trop risqué de la placer au centre d'une mission si importante alors qu'elle a peu de ressources. Nous devons trouver un autre moyen d'empêcher ce couronnement. C'est bien trop risqué.

- J'ai bien plus de ressources que ce que tu imagines, Ellie, répondit calmement Olympe. De plus, personne ne connaît le château et ses membres mieux que moi. Malgré mon manque de technique évident lorsqu'il s'agit de combattre, j'ai d'autres qualités essentielles qui font de moi la personne idéale pour cette mission. Et puis, ce n'est pas comme si vous aviez d'autres choix.

Marceau et Charles hochèrent la tête et le chef se leva pour mieux observer les cartes. Il était évident que son cerveau fumait à cet instant. Lui qui avait tant l'habitude de planifier des missions, se retrouvait démuni face à celle-ci qui prenait trop d'ampleur. Il avait toujours cru que l'enlèvement de la princesse serait le coup de génie de sa carrière, il réalisait à présent que ce n'était rien à côté du coup d'état qu'ils étaient en train de planifier.

- Résumons, fit-il. Nous demandons une rançon au château, en leur donnant rendez-vous... (il hésita encore quelques secondes puis pointa du doigt une clairière) Ici. C'est à mi-chemin entre le début du Désert Aride et la capitale d'Arcalya, et ça se trouve dans la forêt dense de l'ouest, qui appartient normalement à Dia ici présente. Nous réduisons ainsi les risques lors du dépôt. Le château acceptera forcément notre demande étant donné que nous la rendrons publique afin qu'ils ne l'ignorent pas volontairement. Ensuite nous attendons. Quand ils réagissent, nous déposons Olympe et Ruby, ou plutôt Mary dans ce cas, dans la clairière. Tout se jouera ensuite au château. Nos deux Fylis seront les seules maitresses de l'avenir du monde magique. Quelqu'un a-t-il une objection ?

Personne n'en opposa. Et le plan fut lancé. Marceau pointa toutefois du doigt un détail important :

La Disparition de la Princesse

- Une question reste encore sans réponse, souffla Marceau. Que faisons-nous pour empêcher le prince de monter sur le trône ?

- On le tue, fit sèchement Natas, l'assassin du clan. Cette vermine ne manquera à personne.

- Tu peux pas tuer le prince, Natas, répondit Gabrielle. Pas possible, il n'y a que Olympe qui peut agir contre lui.

- Justement, répondit celle-ci.

Entrer, Attendre, Tuer.

CHAPITRE 36

Le château réagit vite. Seulement quelques heures après la remise officielle de la demande de rançon, le rendez-vous était fixé. Olympe et Ruby retourneraient au château au coucher du soleil, ce qui laissait au clan un peu moins de quatre heures. Tous les Fylis furent envoyés à l'entrainement, sauf Olympe dont Charles exigeait la présence dans son bureau. La jeune femme descendit donc tout l'hôtel en compagnie du chef et pénétra dans le bureau de l'enfer.

La grande fenêtre qui habillait le mur attirait toujours autant Olympe qui tentait tant bien que mal d'éviter de la regarder. Elle s'assit sur le fauteuil qui faisait face au bureau de Charles et attendit qu'il prenne la parole. La princesse se doutait qu'elle allait recevoir des consignes supplémentaires et des mises en garde, elle n'était pas dupe. Son manque d'entrainement était flagrant et lui laisser la charge d'une telle mission relevait de la folie. Charles s'assit à son tour et observa quelques secondes les yeux gris de la jeune femme, ignorant l'attirance qu'il avait pour elle.

- Sachez premièrement, que j'ai entièrement confiance en vous, mademoiselle. Je ne vous ai certainement pas conviée pour cela car je n'ai aucun doute en vos capacités d'adaptation. Si vous vous sentez capable de retourner au château et d'affronter le prince, alors vous l'êtes. Cependant nous devons discuter de vos pouvoirs, Olympe.

La princesse frissonna. Cette conversation n'aurait pas dû avoir lieu dans le bureau du chef, où la crise de noirceur s'était déroulée. Elle baissa les yeux vers les mains gantées de Charles qu'elle contempla sans grande concentration. *Ses pouvoirs…*

- Ce qui s'est passé dans ce bureau, ne peut plus se reproduire. Surtout pas au château. Vous n'avez pas de démon dans votre ventre, Olympe. Vous *êtes* le démon. Cela implique que vous avez la capacité de contrôler ce don maudit.

Charles marqua une pause. Il était éprouvant de discuter à cœur ouvert de cette condition d'Herumor. En expliquant à Olympe ce qu'elle était, il s'exposait à sa propre introspective.

- Pour l'avoir vécu, murmura-t-il, j'ai conscience de la difficulté de contrôler un démon qui sommeille dans votre ventre et se réveille uniquement pour tout engloutir. Vous l'avez vu dans ma tête. Cependant ce n'est pas votre cas. Vous pouvez contrôler vos pouvoirs beaucoup plus facilement qu'un Herumor lambda. La clé, Olympe, c'est de ne jamais au grand jamais renier vos pouvoirs. Vous êtes spéciale, et vous devez en avoir conscience. Laissez venir votre magie. Prenez conscience de votre puissance. Elle est votre alliée, rien de plus. Vous pouvez faire de grandes choses, mais je vous en prie, choisissez toujours la lumière…

Olympe releva la tête et plongea son regard dans celui de Charles. Ne jamais renier sa condition d'Herumor ? Ce discours était étonnant, mais ne manqua pas de la toucher. Charles parlait d'une voix chargée d'une émotion nouvelle. Une émotion qu'elle ne lui connaissait pas.

- Lorsque vous vous rendrez compte de l'étendue de votre magie, alors vous en aurez le contrôle. C'est un travail mental difficile mais vous en êtes capable. Vous *devez* en être capable, car au château, vous serez de nouveau confrontée à vos plus grandes peurs, ce qui favorise les crises de noirceur.

- J'en serai capable, promit Olympe.

Charles hésita. Une autre question le taraudait.

- Une dernière chose, lança-t-il. Êtes-vous certaine d'être prête ? Nous vous demandons presque l'impossible. Si vous me dites que c'est trop dur, ou que la douleur que vous infligent vos souvenirs est insupportable, j'annule tout. J'ai peut-être de nombreux ennemis, mais mes alliés sont puissants. Je lèverais une armée si vous me le demandiez. Rien que pour exterminer le roi. Rien que pour vous permettre de ne pas l'affronter une dernière fois.

Olympe leva vers lui des yeux remplis d'émotion. Venant de ce chef bourru, ces paroles constituaient une véritable déclaration d'amour. Olympe devait garder les pieds sur terre et rejeter cette proposition si alléchante. Une guerre ne pouvait définitivement pas être déclenchée pour elle.

- Charles, souffla-t-elle. Cette proposition atteint mon cœur profondément, cependant vous et moi sommes au courant des enjeux de cette mission. Vous ne pouvez pas engager la vie de milliers de soldats pour moi. Je trouverai la force de surmonter mes traumatismes.

- Mais vous sentez-vous réellement capable de mettre fin aux jours du prince Lucius ? Cette partie peut changer, nous pouvons trouver une solution différente. Une autre issue.

- J'ai déjà tué, Charles.

- En effet, dans l'urgence, ce qui est très différent d'un meurtre de sang-froid totalement contrôlé.

- J'en serai capable.

Charles hocha la tête. Jamais il n'avait tant admiré quelqu'un.

- Pour finir, enchaîna-t-il d'un ton plus grave, je voulais vous remettre en tête vos promesses. Lorsque vous avez prêté serment pour entrer dans le clan des Fylis, vous m'avez juré obéissance, ce qui signifie que vous devez obéir à mes ordres en toutes circonstances. Cela nous amène à une nouvelle consigne étant donné votre soif de vengeance évidente : ne tuez personne à part le prince Lucius. Pas même le roi, pas même la famille royale de Barossellie. Est-ce clair ?

- Tout à fait.

- Enfin, n'oubliez pas votre dernière promesse : vous ne devez pas monter sur le trône d'Arcalya. Jamais.

- Charles, s'amusa Olympe. Avant mon enlèvement, être couronnée et mariée constituait mon pire cauchemar. Vous n'imaginez quand même pas, qu'alors que j'ai enfin la possibilité d'échapper à l'enfer, j'y sauterais à pieds joints ?

Charles émit un léger sourire, visiblement satisfait de la conversation qu'il venait d'avoir avec Olympe. Elle allait terriblement lui manquer, beaucoup plus qu'il ne voulait admettre.

- Merci mademoiselle.

Olympe haussa les sourcils, surprise.

- Pour quelle raison ? fit-elle d'une petite voix.

- Pour tout, répondit simplement Charles.

Olympe sentit son cœur se serrer et les larmes humidifier ses yeux clairs. Charles faisait preuve d'une sensibilité paradoxale qui n'était pas habituelle. La jeune femme ne put s'empêcher d'attraper sa main de l'autre côté du bureau. Ce geste impulsif était simple, pourtant la connexion qui les liait fut amplifiée. Charles serra la paume froide de la princesse, profitant du contact de sa peau.

- Je suis si reconnaissante, murmura Olympe. Les Fylis m'ont fait découvrir la vraie vie, et m'ont laissé goûter au bonheur que je convoitais tant. Enfin, merci à vous, Charles. Vous m'avez fait découvrir des sentiments que je ne pensais jamais ressentir. Jamais je ne pourrai vous oublier.

- Mademoiselle, ne sonnez pas si défaitiste. Vous allez nous revenir en un seul morceau, en moins de temps qu'il n'en faudra au prince pour comprendre que vous l'avez tué. Nous… *Je* ne compte pas me débarrasser de vous si facilement.

Olympe baissa la tête. Charles devait avoir raison. Elle lâcha sa main et se dirigea vers la sortie. Il la raccompagna, posant une main timide sur son dos. Ce moment constituait sûrement le dernier où ils se trouvaient en tête à tête. Leur dernière chance. Mais Olympe ne recherchait rien de charnel, elle voulait simplement profiter une dernière fois de cette acception qu'elle éprouvait pour le chef des Fylis. La jeune femme se retourna pour plonger son regard dans le sien. Le sien devenu si sombre, comme les abimes de la fin du monde. Lorsqu'elle s'était retournée, la main de Charles était restée immobile, passant ainsi de son dos à sa taille. Il l'attira contre lui, l'enlaçant comme pour la protéger, elle qui n'en avait pas vraiment besoin…

Olympe remonta les escaliers, tentant en vain de ne pas penser au chef des Fylis. Il allait tant lui manquer. Elle fut interceptée par Daphnée qui lui prit délicatement les mains et la conduisit vers la salle de couture. Elle déverrouilla la porte et fit entrer Olympe dans la pièce de paravents, puis dans la salle principale, où se trouvaient toutes ses œuvres et créations.

- Il est temps que tu t'habilles, Olympe, expliqua Daphnée. J'ai conscience que c'est un peu précipité, mais nous n'avons plus de temps à perdre. Heureusement, j'ai gardé ta robe de mariée que j'ai retouchée pour la rendre plus adaptée à la situation. Il faut absolument que le château pense que tu es restée prisonnière durant tout le temps de ta captivité.

Daphnée s'éloigna vers le fond de la salle de couture où se trouvait la robe d'Olympe. Elle était déjà dans un état pitoyable quand la princesse l'avait laissée à Daphnée, mais à présent, c'était pire. La jeune femme en eut le cœur serré pour les couturières qui avaient dû passer un temps fou sur une telle pièce. Le tissu était déchiré en de nombreux endroits et recouvert de boue ou de sable. Daphnée y avait ajouté du sang rouge ainsi que des branchages et une quantité impressionnante de poussière. Olympe s'approcha de sa robe de mariée. Son unique robe de mariée de toute sa vie... Ainsi abimée, elle donnait envie à la jeune femme de pleurer. Plus jamais Olympe ne se marierait. Or le mariage n'était-il pas l'événement le plus attendu dans la vie d'une jeune princesse ? Olympe avait passé son enfance à espérer que son père ne choisisse pas un mari horrible pour elle. Elle avait tant rêvé de trouver le grand amour. Comme Daphnée et Marceau... Mais toute sa vie n'avait été qu'un enchaînement de catastrophes, l'empêchant de réaliser la moindre petite envie, l'empêchant d'accéder au vrai bonheur. Une larme coula le long de sa joue porcelaine. Cette époque était révolue. Olympe était maintenant maitresse de ses actes. Elle allait reprendre le contrôle de sa vie. Daphnée remarqua immédiatement le désarroi de son amie, et se contenta simplement de la prendre dans ses bras, sans un mot, comprenant l'immense douleur qu'elle pouvait ressentir. Olympe pleurait car elle allait revenir au château. Elle savait que ce n'était pas définitif, pourtant cela faisait remonter en elle tant de mauvais souvenirs qu'elle avait du mal à garder la face. Le retour au château s'annonçait difficile, mais Olympe n'avait pas le choix. Elle était une Fylis, elle devait obéir aux ordres. De plus, elle n'avait toujours pas abandonné officiellement ses titres royaux, elle devait donc sauver son pays du prince.

  Daphnée se détacha d'Olympe et l'observa d'un regard rempli de fierté et d'admiration.

  - Je comprends ce que tu peux ressentir en ce moment, bredouilla-t-elle. L'horreur de la famille royale, je l'ai connue, à la différence que j'étais reine... Je peux affirmer une seule chose aujourd'hui, Olympe : jamais au grand jamais, je n'aurais été capable d'y retourner. Tu es la personne la plus courageuse que j'ai jamais connue et tu vas terriblement me manquer durant toute la durée de la mission. Tu peux y arriver, tu en as les capacités, c'est évident. Je crois en toi plus que je n'ai jamais cru en personne, Olympe.

Une vive émotion enveloppa le cœur d'Olympe. Elle baissa la tête, contemplant ses chaussures.

- Daphnée, fit-elle d'une voix affaiblie par l'émotion. Promets-moi, que, quoi que je puisse faire au château, de bon ou de mauvais, tu ne m'en voudras pas. La pression est forte et je tiens trop à notre amitié. Or je crains réellement de me tromper. Le moindre faux pas au château sera remarqué et analysé par le roi. Et malgré ma condition d'Herumor, je reste humaine, je ne suis pas infaillible.

- Bien sûr, Olympe. Je te le promets avec tout mon cœur et de toute mon âme.

Les deux jeunes femmes se serrèrent une dernière fois dans les bras, puis Daphnée aida Olympe à revêtir son encombrante robe de mariée. Cette robe qui la seyait encore parfaitement, malgré ses déchirures et ses trous. Lorsque la princesse fut vêtue, Daphnée la conduisit vers les salles de bains où Ellie et Gabrielle l'attendaient.

- Ravalement de façade princesse ! hurla Gabrielle, toujours aussi enjouée par tout ce qu'elle pouvait faire, et ce malgré la lourdeur de l'ambiance.

Les deux femmes la firent s'asseoir sur une chaise en face d'un miroir. L'apparence de la princesse avait bien changé depuis son arrivée à l'hôtel. Elle avait abandonné son allure cadavérique. Malgré la pâleur qui lui était propre, Olympe paraissait vivante avec ses joues roses, ses cheveux vifs et la nouvelle lueur qui allumait ses yeux.

Alors qu'Ellie coiffait les cheveux d'Olympe, les crêpant par endroit, Gabrielle lui tartinait sur le visage de la boue et de la poussière afin de rendre sa captivité plus crédible. Rien n'était laissé au hasard, elle devait donner l'impression d'avoir été maltraitée. Elle étala sur son corps de la crasse à n'en plus finir, salissant ses bras et ses jambes, son cou et son visage, sans pour autant exagérer. Pendant ce temps, Ellie reproduisit le chignon qu'Olympe avait à son arrivée et s'acharna sur le résultat final afin d'emmêler les cheveux de la princesse. Elle rajouta de la crasse, de vieilles brindilles, et même du sang qu'elle prenait dans un bol posé sur le lavabo et dont la provenance restait un mystère. Petit à petit, Olympe se métamorphosait en une créature horrible, apeurée et sans défense. Une créature qu'elle n'avait pas cessé d'être toute sa vie au fond d'elle.

Olympe encaissait la transformation sans bouger, le visage fermé et le cœur battant. Il lui était difficile de se voir dans cet état. Elle s'apprêtait à retourner dans la gueule du loup. Et le loup allait l'avaler toute crue, elle en était persuadée. Elle frissonna.

Quand Ellie et Gabrielle eurent terminé leur travail, Tana pénétra dans la salle de bain et sourit tristement à Olympe. Son visage était beaucoup plus pâle que d'habitude, à la limite du verdâtre. Elle semblait fébrile, démunie de toute sa vigueur. Elle bredouilla :

- Il reste encore une chose à faire pour parfaire ta préparation...

Olympe savait. Elle savait depuis qu'elle avait vu la robe. Elle savait. Elle savait. Elle savait. C'était inévitable.

Des artifices ne suffiraient pas à berner le château, il en fallait bien plus. En retournant dans la gueule du loup, elle s'exposait à une inspection détaillée de tout son corps. Le roi n'allait pas la laisser s'en tirer ainsi. Elle se leva, les mains tremblantes et hocha la tête. Elle souffla :

- Je t'en prie, Tana, fais ce que tu as à faire. Cependant laisse-moi te donner une consigne.

- Tout ce que tu veux, acquiesça Tana qui semblait sur le point de vomir.

- Ne fais couler aucune goutte de mon sang. Le faux suffira à berner le château.

La jeune femme s'approcha de la princesse et murmura une excuse indistincte. Elle avait compris. Elles avaient toutes deviné. Olympe venait de leur révéler indirectement ce que tout le monde savait déjà plus au moins : elle était une Herumor. Personne dans la salle de bain n'émit le moindre commentaire. Tana prépara alors son poing et frappa, non sans hésiter, le visage d'Olympe qui craqua dans un bruit sourd. Cette fois-ci, à la différence des coups reçus au château, il fallait que ces derniers laissent des marques. Elle recommença à trois reprises, sans jamais parvenir à faire osciller la princesse qui avait l'habitude d'encaisser. Olympe resta immobile, avec un regard vide, qui avait perdu toute trace de vie. Ce regard qui avait tout vu, et qui se conditionnait déjà, se préparant à tout revoir.

Au coup suivant, Olympe vacilla et Daphnée ne put retenir un cri, se blottissant dans les bras d'Ellie qui avait pâli. Elles comprenaient, face à la résistance infinie de la princesse, l'ampleur des horreurs qu'elle avait vécues plus jeune. Gabrielle regardait ailleurs, troublée, évitant tant bien que mal la vision de cet horrible spectacle. Toutes avaient le cœur extrêmement serré, sidérées.

Olympe avait la vue trouble, le monde tourbillonnait autour d'elle. De grosses plaques rouges qui allaient devenir mauves recouvraient son visage. Sa respiration se fit haletante quand elle aperçut la dague que sortait Tana de son pantalon. Tentant de retrouver la maitrise de sa vue, elle tendit une main tremblante vers l'arme de la Fylis, lui adressant un signe de tête compatissant.

- Je m'en occupe, murmura-t-elle, le cœur au bord des lèvres.

Tana lui confia l'arme, ne sachant pas si elle devait se sentir soulagée de ne pas avoir à blesser Olympe elle-même, ou horrifiée de la voir se racler la peau elle-même avec la lame.

Olympe se griffa les bras. Elle griffa tout son corps, sans jamais laisser perler la moindre goutte de sang, laissant toutefois des marques rouges sur sa peau pâle devenue vive. Tana la regardait gravement, le visage durci par un choc extrême. Même si elle l'avait détestée longuement pour avoir retourné le clan des Fylis, elle devait avouer qu'elle était attachée à la princesse et son caractère provocateur. La voir ainsi, dans un tel état, lui retournait l'estomac. Jamais elle ne s'était retrouvée face à quelqu'un d'aussi courageux. Olympe plongea sa main dans la coupelle de sang rouge et éclaboussa ses bras brulants. Elle les laissa tomber le long de son corps et fit signe à Tana de prendre le relais et de s'attaquer à ses jambes, son ventre et son dos.

- Frappe, murmura-t-elle, alors que les sanglots de Daphnée redoublaient. Nous n'avons pas le choix.

Olympe se mit debout, poussant la chaise sur laquelle elle était assise auparavant. Cette scène était insoutenable pour les quatre femmes présentes dans la salle de bain. Pourtant Tana s'exécuta, consciente de la nécessité du processus. Elle utilisa ses pieds pour frapper Olympe qui cette fois, s'écroula par terre, ne tenant plus. Son corps entier la brûlait. Sa peau était comme embrasée par la douleur et la violence des coups. Elle se pencha sur le côté et cracha du sang noir sous le regard horrifié de Tana, Ellie et Gabrielle. Daphnée se détacha de l'espionne et se précipita sur Olympe qui crachait encore.

- Ne me craignez pas, supplia celle-ci à l'intention des autres. Ne me craignez pas.

Puis Gabrielle s'agenouilla à son tour et plaça délicatement ses bras autour d'Olympe afin de l'étreindre. Elle fut rejointe par Tana et Ellie. Démon ou pas, Olympe restait Olympe. Là, dans cette longue étreinte, le regard de la princesse changea, comme si elle comprenait seulement : elle retournait au château pour de vrai. Elle allait perdre ce sentiment qu'elle ne connaissait qu'à l'hôtel des Fylis. Ce sentiment qui l'apaisait et la faisait se sentir chez elle. Ce sentiment qui lui réchauffait le cœur… Une larme perla au coin de son œil mais ne coula pas : il n'y avait plus de place pour les émotions à présent.

CHAPITRE 37

Olympe était assise sur les bancs de la salle à manger, savourant son dernier repas en compagnie des Fylis. Ce n'était pas officiellement son dernier repas étant donné qu'elle n'était pas sensée mourir durant cette mission, cependant la princesse connaissait la colère de son père. Elle avait conscience de la haine qu'il devait lui porter maintenant qu'elle revenait au château alors qu'il était si proche du but. Et il était capable de tout, il le lui avait dit.

Elle avala une cuillère de pois rouges et contempla les Fylis, ses amis, un sentiment déchirant secouant son cœur. Tana ne s'était toujours pas vraiment remise des blessures qu'elle avait dû infliger à Olympe pour obéir aux ordres de Charles. Elle évitait son regard et la honte, mais aussi la peur et les regrets, se lisaient sur son visage. Daphnée était très inquiète pour son amie, la seule qui l'avait entièrement comprise dans toute sa vie, et les larmes n'avaient jamais vraiment quitté ses yeux depuis leur apparition dans la salle de bain. Ruby avait retrouvé son rôle de femme de chambre. Elle avait revêtu l'uniforme du château et se trouvait dans un état similaire à celui d'Olympe, les blessures en moins. Sa peau était coupée à de nombreux endroits mais l'objectif était de concentrer l'attention sur Olympe qui avait toujours été la cible. Les autres tentaient de masquer leur inquiétude face à cette mission des plus importantes, de laquelle découlait l'avenir d'un pays entier, et même du monde magique, Arcalya en étant la première puissance.

Soudain, Marceau se leva, un verre de vin à la main. Il prit une voix forte et dit :

- Je voudrais porter un toast à Olympe, qui est entrée dans le clan en chamboulant tout sur son passage, mais qui, malgré ses cheveux foncés, l'a illuminé.

Olympe mit sa main sur sa bouche, profondément touchée par les paroles de Marceau qui lui lança un clin d'œil avant de se rasseoir. Daphnée se leva à son tour, essuyant les larmes sur ses joues.

- Je voudrais porter un toast à Olympe, que j'admire pour son courage infini. Olympe tu es la meilleure amie que j'aurais pu avoir et je t'en remercie du fond du cœur.

- Un toast à Olympe, s'écria Gabrielle en se levant. Elle nous en a fait voir de toutes les couleurs mais maintenant on peut plus s'en séparer tellement elle est géniale et indispensable au bon fonctionnement du clan.

- Un toast à Olympe, qui a su apprécier ma cuisine à sa juste valeur tant elle est bien éduquée contrairement à la majorité du reste du clan, fit Victor.

Des rires s'élevèrent des bancs de la salle à manger. Des rires mêlés aux larmes de certains Fylis émotifs comme Daphnée, Alphonse, Saphir ou Ruby. Olympe, elle, était figée. Les Fylis lui avaient tant apporté. Ils avaient fait d'elle une personne nouvelle, ils lui avaient permis de découvrir une petite partie du monde, jamais elle ne les oublierait. Saphir essuya ses joues humides d'une main et se leva à son tour :

- A Olympe, un plaisir pour nos oreilles tant son talent musical est impressionnant.

- A Olympe, fit Ellie, sans qui Alphonse et Daphnée ne seraient pas à cette table aujourd'hui.

Ruby se leva en jetant un clin d'œil à celle qu'elle considérait comme sa fille. Dans un sourire rempli de malice, elle déclara :

- A Olympe, qui a réussi à bouleverser notre ours Charles.

Charles fusilla Ruby du regard tandis que le reste du clan acquiesçait en riant. Les joues pâles de la princesse s'empourprèrent alors que les souvenirs des baisers lui revenaient en mémoire. Elle tourna la tête vers Charles qui la fixait, le visage fermé mais le regard expressif. Ses yeux, foncés comme une tempête, exprimaient tant de complicité qu'Olympe en eut la chair de poule. Lui aussi se rappelait, il n'oubliait pas. Il ne l'oublierait *jamais*.

Olympe avait l'impression que son cœur allait exploser tant elle se sentait aimée par les Fylis. Pour la première fois de sa vie, elle était vraiment appréciée pour ce qu'elle était. Une culpabilité immense l'enveloppa. Et si elle les décevait au château ?

- Pour Olympe, fit Natas, qui nous a prouvé qu'une princesse n'est pas toujours faible et sans défense.

- Pour Olympe, bredouilla Tana, qui n'a cessé de m'impressionner un peu plus chaque jour.

- Pour Olympe, articula Alphonse, ce qui entraina le silence dans la salle à manger, qui a réussi à me sauver de mes craintes les plus horribles.

Daphnée se mit alors à applaudir, soutenant le jeune garçon, vite suivie par le reste du clan. L'émotion était si forte que les larmes dominaient. Quand le calme revint, Charles se leva à son tour. Il se racla la gorge et leva son verre en direction de la princesse. Il dit d'une voix forte :

- A Olympe, qui était finalement, la pièce manquante du clan des Fylis. Ma pièce manquante.

Charles avait prononcé ses derniers mots d'une façon inaudible. Seule Olympe qui avait lu sur ses lèvres en avait compris le sens. La princesse sentit son cœur s'emballer et une folle envie de se retrouver dans ses bras s'empara d'elle, jusqu'au creux de son ventre…

Les Fylis n'étaient malheureusement pas au bout de leurs peines…

CHAPITRE 38

Tous les Fylis se trouvaient dans le couloir du rez-de-chaussée, devant la porte de la cage à dragon. Tous, excepté Alphonse et Daphnée, partaient pour cette mission dangereuse. Olympe serra fort son amie dans ses bras, comme pour graver sa présence et ses étreintes si réconfortantes dans son esprit.

- J'ai hâte que tu reviennes, murmura Daphnée.

- Daphnée, j'ai peur de ne jamais revenir.

- Je sais, je sais Olympe. Je n'oublie pas la promesse que je t'ai faite. Tu peux y arriver. Tu vas y arriver.

Olympe resta encore quelques secondes dans les bras de son amie puis s'en détacha. C'est alors qu'Alphonse se jeta à son tour dans ses bras.

- Tu vas revenir, n'est-ce pas ? bredouilla-t-il.

- Oui je reviendrai, mentit Olympe qui n'était certaine de rien.

- C'est promis ?

- C'est promis, affirma-t-elle pour rassurer ce petit garçon si fragile qui avait besoin d'être soutenu. Puis-je te poser une question, Alphonse ?

Elle le sentit acquiescer, la tête toujours blottie contre son épaule.

- Pourquoi t'être mis à parler avec moi ?

- Parce qu'avec toi je n'ai plus peur. Et la peur bloque mes mots dans ma gorge.

Olympe coupa l'étreinte et posa ses mains sur les épaules du jeune garçon pour le regarder dans les yeux. Tendrement, elle lui caressa la joue et murmura :

- Laisse-moi te dire dans ce cas, que tu es un garçon très courageux, Alphonse.

Elle déposa un baiser sur son front et rejoignit le reste du clan qui l'attendait pour entrer dans la cage à dragons. Elle franchit la porte sans se retourner vers Alphonse et Daphnée, et Saphir la referma derrière elle. Natas communiqua avec les dragons qui se mirent en ligne afin de permettre aux Fylis de les monter. Charles ordonna que Ruby et Olympe soient séparées pour plus de sécurité. Ainsi Ruby se mit en binôme avec Gabrielle et Olympe monta derrière Charles, comme à son habitude. La princesse soupçonnait que cette histoire de sécurité ne soit qu'un prétexte mais elle ne dit rien, profitant de ce contact avec le chef des Fylis, qui constituait sûrement leur dernier instant à tous les deux avant un long moment. Elle posa prudemment ses mains sur le dos de Charles et patienta quelques secondes. Rien n'arriva, les ténèbres restèrent bien au fond d'elle-même, lui permettant de se rapprocher de son amant. Elle glissa doucement ses mains jusque sur son ventre et serra fort, attendant le décollage. Alors les premiers dragons décollèrent, Olympe posa sa tête sur le dos de Charles.

Le dragon noir s'envola vers la clairière de rendez-vous. Il s'envola vers l'angoisse, la peur et même la mort, remontant à pique le vide de la fin du monde...

Les dragons avaient rasé les arbres de la forêt dense durant tout le long du trajet jusqu'au lieu de rendez-vous, et s'étaient posés là où ils étaient moins nombreux. Les Fylis étaient alors montés dans les arbres afin de ne pas courir le risque de se faire prendre en embuscade par l'armée royale.

A présent, Ruby et Olympe étaient les seules à terre. Leurs mains étaient attachées dans leur dos, ne facilitant pas le slalom entre les racines des arbres auquel elle s'abandonnait. Elles attendaient le sifflement de Charles qui leur indiquerait de commencer leur course jusqu'à la clairière. Olympe avait la gorge sèche et elle sentait les mots se bloquer, la rendant silencieuse. Ruby non plus ne parlait pas.

Les deux femmes connaissaient la vie du château et ni l'une ni l'autre ne souhaitait y retourner. Cependant l'enjeu était trop grand pour que de simples envies ou de simples peurs ne soient respectées. Olympe tentait de se donner un air grave, se concentrant sur la douleur des entailles qui recouvraient son corps. Des larmes se mirent à rouler sur ses joues, toutefois elles n'étaient pas fausses comme on aurait pu l'imaginer. Elle pleurait de peur, d'angoisse, faisant passer toutes ses émotions, si dures à contrôler, par les larmes, tentant de prendre conscience du pouvoir qui remuait ses entrailles. *Je sais que tu es là*, pensa-t-elle. *J'ai conscience de ta puissance. Mais laisse-moi tranquille pour le momen*t. Et elle continuait d'avancer, les yeux embués par les larmes qui l'empêchaient de voir clairement où elle mettait les pieds. Soudain le sifflement de Charles retentit dans la forêt. Tel un oiseau. Un oiseau mortel. Ruby lança un regard terrifié vers Olympe. Les deux pleuraient à chaudes larmes, terrorisées par la suite des évènements, ne les rendant que plus crédibles pour leur retour au château. Même Ruby était dans un état affreux. *Elle*. Elle qui avait toujours été la plus courageuse des deux. Elle qui avait toujours été la figure rassurante d'Olympe. Le deuxième sifflement de l'oiseau mortel retentit dans la forêt et les deux femmes se mirent à courir. Plus de choix, elles devaient obéir au chef. Elles coururent le plus vite possible, évitant les racines et les branches, vers la clairière qui se dessinait de plus en plus distinctement entre les arbres. Elles coururent, coururent, coururent à ne plus avoir de souffle, la respiration entravée par le tissu qui les bâillonnait et le corset qui serrait leur poitrine. Celui de la robe de mariée d'Olympe. Celui de l'uniforme de femme de chambre de Ruby.

Encore quelques minutes. Quelques secondes. Quelques pas.

Olympe et Ruby débouchèrent sur la clairière remplie de soldats de l'armée royale.

CHAPITRE 39

Des mains attrapèrent Olympe violemment et des soldats de l'armée royale l'entourèrent instantanément. Elle tenta de se débattre comme par réflexe avant de se rendre compte qu'ils n'étaient pas là pour lui faire du mal. Ruby fut emmenée ailleurs tandis que les soldats conduisirent Olympe vers une calèche. Tout se déroula si vite qu'Olympe n'eut pas le temps de réfléchir. On la libéra de ses liens sans lui adresser un seul mot. Elle avança sans opposer aucune résistance, dans un état second tant la mission était difficilement supportable. Un grand homme qu'elle ne reconnaissait pas demanda sèchement et sans aucune compassion :

- Êtes-vous blessée ?

- Superficiellement, balbutia Olympe qui tenta de retrouver un peu de contenance tandis qu'on enlevait ses liens.

- Vos agresseurs vous ont-ils laissée loin de ce lieu ?

- Oui.

- Avez-vous besoin d'une quelconque assistance ?

- Laissez-moi voir Mary.

Le soldat ignora sa dernière requête et la fit monter dans une calèche sans même un regard. Aussitôt le véhicule fut entouré de dizaines de soldats armés jusqu'aux dents. Tout allait trop vite.

L'intérieur de la calèche était moins lumineux car les rideaux avaient été tirés. Grande fut la surprise d'Olympe lorsqu'elle aperçut sa mère, la reine Izilbeth, sur la banquette en face d'elle. Son visage était grave, démuni de la moindre inquiétude pour sa fille qui lui revenait dans un état pitoyable. La princesse écarquilla les yeux et ne put empêcher un douloureux sanglot. Son cœur se déchira à la vue de cette femme qui l'avait abandonnée durant toute sa vie. Sa mère. Sa mère qui avait arrêté les recherches. Olympe plaça ses mains contre sa bouche pour s'empêcher de hurler tant cette première épreuve était difficile. Elle n'était pas prête à revoir la reine, pas encore. La transition était trop brutale et elle ne pouvait pas craquer. Le plan devait fonctionner. Olympe se recula le plus possible, s'enfonçant dans la banquette blanche qu'elle avait déjà tachée de sang et de boue. Son cerveau faisait face à un ouragan et sa seule protection était un petit parapluie qui s'envola bien trop vite.

- Inutile de feindre avec moi, Olympe, assena la reine. Je sais tout.

Tout s'arrêta.

Olympe se figea.

Impossible.

Que savait-elle ? Si la reine était au courant de quoi que ce soit, la jeune femme allait avoir besoin de faire un tour vers la forêt dense de l'est pour régler des comptes... La jeune femme parvint à calmer brutalement ses émotions, ne rendant ses sanglots que plus faux. Izilbeth ne pouvait pas être au courant. Elle murmura d'une voix dépourvue de compassion :

- Vous avez abandonné les recherches. Vous étiez prête à laisser le prince de Barossellie monter sur le trône. Quel genre de mère êtes-vous ?

- En effet. J'ai sacrifié mon pays pour ma fille.

- Vous avez sacrifié votre fille pour votre mari ! répliqua Olympe, une rage froide lui remontant la gorge. Tout cela ne découle que de père. Vous vous êtes simplement pliée à ses décisions, comme toujours. Comme vous l'avez toujours fait. Vous étiez prête à me laisser mourir assassinée plutôt que de lui désobéir ! Savez-vous au moins à quel point j'étais seule là-bas ? A quel point j'avais peur et espérais que vous me sortiriez de ce cauchemar éveillé ? Pendant que vous vous reposiez au château, je croupissais dans un cachot, mère ! Regardez dans quel état je vous reviens. Constatez par vous-même.

Olympe mentait, mais elle devait évaluer ce que sa mère savait avant de trop en dire et jouer la culpabilité était la meilleure solution. Elle avait peur d'en faire trop, de laisser la haine qu'elle éprouvait pour cette femme prendre le dessus. La reine sourit douloureusement sous les reproches et leva les yeux vers sa fille, sa petite Olympe.

- Cesse ! s'exclama-t-elle sèchement. Lorsque tu participais aux missions d'un clan antiroyaliste, qui s'occupait des pots cassés, d'après toi ?

Olympe fixa la reine, horrifiée. Loulu lui avait tout dit. Izilbeth renchérit, consciente que le temps leur était compté :

- Qui devait encaisser les excès de colère de ton père ? Qui devait protéger Zéphyr ? Qui devait gérer l'horrible famille royale de Barossellie qui s'impatientait et ne jurait que par le sexisme ? J'ai fait tout ce qui était en mon pouvoir pour retrouver ma fille qui ne voulait même pas rentrer ! J'ai donné mon temps, mais surtout mon corps pour que ton père ne te déclare pas morte des semaines auparavant. Je ne pouvais pas y croire. Ma fille, la jeune femme la plus courageuse que je n'avais jamais connue, plus forte que moi et que le monde, ne pouvait pas être morte ! Je n'ai jamais abandonné les recherches. Jamais ! Alors quand la reine Loulu m'a contactée pour m'annoncer qu'elle t'avait aperçue bien vivante, et plus encore, j'ai tout arrêté. Ma seule et unique mission depuis ta petite escapade à la forêt dense de l'est était de te faire gagner du temps pour que toi, Olympe, tu vives. Pour que tu sois libre, ne serait-ce que quelques jours. Que tu sois heureuse. Que tu ne sois plus moi le temps de quelques semaines !

- Mère...

- Je m'excuse profondément si j'ai mal géré cette situation mais j'ai fait de mon mieux et je continuerai de le faire. Avant ton mariage, lorsque je me suis rendu compte à quel point tu étais malheureuse, tu m'as ouvert les yeux, Olympe. Je ne voulais pas que tu vieillisses comme moi. Alors j'ai pris une grande décision et je profite que le cocher ne soit pas encore là pour contrôler nos paroles pour te la partager. Plus jamais au grand jamais je ne te laisserai tomber. Sacrifions ma vie à présent, plus la tienne. Car tu mérites de vivre et je suis profondément désolée d'en prendre conscience maintenant, après toutes ces années…

    Le cocher pénétra dans la calèche et ouvrit le rideau qui séparait son siège des banquettes. La reine Izilbeth se pencha vers sa fille et la serra dans ses bras en prononçant quelques banalités. Elle lui murmura toutefois à l'oreille :

    - Ne dis plus rien, le cocher est engagé pour nous espionner. Tu verras, la vie au château est encore plus rude que lorsque tu étais encore parmi nous.

CHAPITRE 40

La calèche s'arrêta devant les grandes portes d'entrée du château, le cœur d'Olympe également. Devant cette entrée impressionnante, se trouvaient le roi, ainsi que la famille royale de Barossellie au complet. Tous avaient une mine grave qui inspirait beaucoup de haine. Les portes de la calèche s'ouvrirent et Olympe composa une expression traumatisée qu'elle accrocha tant bien que mal à son visage porcelaine recouvert de boue et de sang. La reine sortit la première et montra le chemin à Olympe qui la suivait de près. Elle passa devant chaque membre de la famille royale de Barossellie et leur fit une révérence. Olympe, les jambes tremblantes et l'esprit vacillant, imita sa mère dans un état second. Toutes ses craintes remontaient. Tous ses souvenirs douloureux l'attaquaient violemment, meurtrissant son esprit déjà bien trop perturbé. Cependant lorsqu'elle se pencha pour saluer le prince Lucius, celui-ci attrapa son visage et s'exclama :

- Mon amour, pas de ça entre nous. J'étais si inquiet ! Comme ils t'ont abimée, ma pauvre femme.

Ses mains étaient fermement accrochées aux joues d'Olympe et ses doigts appuyaient volontairement sur les bleus que les coups de Tana avaient laissés sur sa mâchoire. Le prince pressa ses lèvres visqueuses sur celles de la princesse sans même attendre qu'elle ne soit prête et glissa explicitement sa langue dans sa bouche. Celle-ci n'eut pas le temps de l'en empêcher. Elle subit le baiser, qui eut néanmoins le bénéfice de lui remettre les idées en place. Entrer. Attendre. Tuer. L'esprit d'Olympe devint alors aussi froid que la glace et elle reprit le contrôle de ses émotions, sentant les ténèbres circuler dans ses veines. *La clé, Olympe, c'est de ne jamais au grand jamais les renier*, lui avait dit Charles. Alors Olympe les accepta, les laissant circuler dans son corps qui frissonnait à certains instants. Elle n'en avait plus peur. Ses pouvoirs étaient un avantage certain sur le prince et le roi. Un avantage secret. Que Lucius profite de son baiser, il ne lui restait plus beaucoup de temps pour embrasser.

Olympe s'extirpa poliment de l'étreinte du prince et se dirigea vers le roi, devant lequel elle fit une révérence si basse qu'elle pouvait presque toucher ses chaussures. Le roi lui ordonna de se relever et lui jeta un regard des plus mauvais, arrachant un frisson à Olympe qui avait tenté d'oublier ce monstre durant toute son absence.

- Le château se réjouit de ton retour, Olympe. J'attends le dîner avec impatience, nous pourrons nous retrouver plus convenablement à ce moment.

Puis le roi Percyvell tourna le dos à Olympe et regagna le château, suivi de la reine et de la famille royale de

Barossellie. La princesse resta quelques secondes immobile, ne sachant pas quoi faire vu son accoutrement et son état. Cependant elle n'eut pas le temps de réfléchir bien longtemps : des bonnes venaient déjà à sa rencontre. Elles l'emmenèrent à l'infirmerie où elle fut déshabillée et examinée. Le médecin du château nettoya ses plaies et soigna sa peau sans lui adresser le moindre mot. Les bonnes emmenèrent ensuite Olympe dans sa chambre dans un silence tout aussi pesant, où elle fut mise dans un bain chaud, préparé à l'avance. Elles frottèrent son dos, ses bras et son ventre pour enlever toute trace de crasse ou de poussière. Elles savonnèrent les cheveux d'Olympe avec soin et examinèrent ses blessures. Elles ne firent aucun commentaire sur le corps meurtri de la princesse. Meurtri d'avant, meurtri d'après. Elles ne pouvaient pas faire la différence. Elles ne pouvaient pas savoir que les cicatrices venaient toutes du roi et non de ses agresseurs. Toutes sauf celle à sa gorge, qui venait des pirates, et quelques autres également. Olympe resta de marbre, concentrée pour garder la face et ne pas trahir sa couverture. Les seuls mots qu'elle prononça furent pour interdire à quiconque de toucher à sa bague en forme de couronne. La seule qu'elle ne pourrait jamais porter. Olympe pensait sans arrêt aux Fylis, se remémorant le plan qu'elle devait suivre. Chaque minute, elle se répétait : Entrer, attendre, tuer. Entrer elle l'avait déjà fait. Attendre, elle le faisait. Tuer elle le ferait.

    Olympe pensait trop. Elle devait arrêter de réfléchir autant et redevenir maîtresse de ses actes. Elle devait sortir de ses pensées qui l'obsédaient. Elle devait vivre, même au château. Les Fylis lui avaient appris à vivre, ils avaient allumé la flamme qui réchauffait son cœur. Pour une fois, tout comme sa mère le lui avait dit, le roi n'aurait pas le plaisir de l'éteindre. La princesse devait penser à elle, à ce qui l'amenait en ces lieux, sans pour autant prendre ses distances avec la vie. Olympe cligna des yeux, tentant de se remettre les idées en place. Plus de larmes. Plus de pensées. Plus rien du tout. Simplement la vie qui enflammait son cœur.

  Olympe congédia les bonnes. Elle n'en avait plus besoin maintenant qu'elle savait se débrouiller seule. Elle sélectionna une robe dans sa penderie et l'enfila. Elle allait vivre sans aller dans le sens contraire du courant que constituait son père. Plus aucune vague avant le tsunami qu'elle s'apprêtait à créer. Olympe se comporterait en fille obéissante et sage jusqu'au mariage où les choses se métamorphoseraient. Elle avait peur, mais surtout hâte d'être libérée. Olympe revêtit donc une robe blanche à longues manches afin de cacher ses cicatrices, et des escarpins de la même couleur. Elle se maquilla peu, mais suffisamment. Elle noua ses cheveux noirs en chignon serré et quitta sa chambre. Il était déjà l'heure du repas.

  Olympe poussa un long soupir avant d'entrer dans la salle à manger pour évacuer toutes ses émotions, prenant, par la même occasion, conscience de la magie qui picotait ses doigts. *Pas maintenant*, pensa-t-elle. Pas encore. Elle avança donc dans l'allée qui menait à la table royale, faisant claquer ses escarpins sur le marbre du sol. Elle affichait un large sourire, quoiqu'un peu crispé, mais totalement préparé, celui qu'elle avait tant l'habitude d'utiliser avant son enlèvement. Elle s'assit à la même place, entre le prince et le roi. Et tout fut de nouveau comme si elle n'était jamais partie. Rien n'avait changé, rien, sauf elle.

CHAPITRE 41

Le dîner fut tendu, mais se passa sans encombre. Le prince Lucius et les deux rois discutèrent des affaires tout du long, ignorant le retour d'Olympe. Exactement comme avant sa disparition. Olympe ne s'en formalisa pas. Elle put tenter d'apaiser son esprit, le réhabituant à la présence des trois hommes, aussi insupportables et atroces les uns que les autres. Seuls la guerre et le pouvoir les intéressaient. Pour des dirigeants d'un monde dans lequel les démons étaient bannis, ils s'y apparentaient bien trop... Olympe n'osa pas regarder Zéphyr, assis à l'extrémité droite de la table. Elle aurait bien des occasions de lui parler plus tard. Cependant cette distance qu'elle imposait à son frère lui serrait le cœur. Elle espérait tant qu'il comprenait sa démarche.

Olympe quitta tranquillement la salle à manger, tentant de masquer ses craintes, tout en jouant la carte du traumatisme, malgré l'indifférence des rois et du prince qui s'était accordés pour l'ignorer totalement. Elle fut rejointe par sa mère qui passa son bras sous le sien et lui fit accélérer le pas.

- Il me semble que nous devons terminer une certaine conversation, murmura Izilbeth à l'oreille de sa fille.

Celle-ci ne répondit rien, se contentant de suivre sa mère vers sa propre chambre. Izilbeth avait raison sur ce point : la chambre d'Olympe était l'endroit le plus sûr pour parler car personne ne pouvait s'y cacher pour écouter les deux femmes. Quand elles pénétrèrent dans la pièce blanche, Olympe invita sa mère d'un geste de main à prendre place sur les fauteuils qui faisaient face à la fenêtre. La princesse ne souhaitait pas laisser la reine commencer la conversation et faire tomber ses barrières comme elle l'avait fait dans la calèche. Pour le bon fonctionnement de son plan, Olympe ne devait accorder sa confiance à personne, et constamment garder l'avantage. C'est pourquoi elle attaqua directement :

- Que savez-vous, mère ?

- Pas grand-chose à vrai dire, fit-elle tristement. Je sais que Mary est une traîtresse étant donné qu'elle m'a assommée lors de ton enlèvement. Je sais que tu as participé à des missions avec le clan des Fylis, sur qui je n'ai d'ailleurs trouvé quasiment aucune information tant il agit discrètement. Tu as apparemment révélé ta condition d'Herumor, que j'ignorais, ce qui me fend le cœur car j'espère que le roi ne l'apprendra jamais. Je sais que tu avais l'air heureuse avec les Fylis et que Loulou ne partageait pas vraiment ce sentiment étant donné que vous avez enlevé sa sœur Dia, la reine disparue, et son fils. Te rends-tu au moins compte des conséquences de tes actes, Olympe ? C'est totalement fou !

- J'en suis, en effet, parfaitement consciente. Concernant les Fylis et Loulu la situation est sous contrôle, croyez-moi. Enfin, Mary est une traitre mais je ne lui en veux pas, ce qui signifie que je souhaite qu'elle soit de nouveau ma femme de chambre.

- Raconte-moi tout, Olympe. S'il te plait.

- Je me vois malheureusement dans l'obligation de refuser. Malgré tout ce que vous avez pu me dire dans la calèche, je ne peux pas me résoudre à avoir confiance en vous. J'ai essayé durant toute mon enfance mais vous retourniez toujours voir le roi. Même quand des assassins venaient frapper à ma porte pour me tuer. Je ne peux faire confiance à une femme qui a laissé son enfant se battre seul contre la mort durant des années.

Accablée par les paroles de sa fille, la reine resta interdite quelques instants. Elle frissonna, puis finit par murmurer :

- Tu ne penses tout de même pas que je n'ai rien fait pour t'aider ?

Olympe resta de marbre, le visage plus fermé qu'une tombe. Elle parlait d'une voix calme et maîtrisée, affrontant ses traumatismes avec sa mère, prononçant à voix haute ces faits atroces qu'elle avait dû gérer durant son enfance.

- Très bien, souffla la reine, tu ne veux pas me raconter car tu n'as pas confiance, écoute bien ce que j'ai à te dire. Tu penses que je ne suis jamais allée à l'encontre du roi et que je l'ai toujours fait passer avant toi ou ton frère, tu as raison. Je ne suis jamais allée à l'encontre du roi *explicitement*. Car moi aussi j'ai œuvré contre les assassins du roi. Ils n'étaient pas dirigés contre moi, certes, mais ce n'en étaient pas moins des assassins. Je me suis battue pour *ta* vie comme je l'aurais fait pour la mienne sans jamais t'en parler car tu avais dix ans. A dix ans, on ne doit pas savoir que son père engage des meurtriers pour nous tuer. Alors je subissais. J'engageais secrètement des gardes pour veiller devant ta porte et quand je réussissais à attraper des bribes d'informations, je me chargeais moi-même de ta sécurité, car malgré quelques exceptions, les gardes ici sont fidèles au roi, non à la reine. J'ai tué dix-huit hommes pour toi. J'ai failli y laisser ma vie un nombre incalculable de fois et je suis hantée chaque nuit par les visages des hommes dans lesquels j'ai planté mes couteaux ! Donc Olympe, tu ne peux pas me reprocher de n'avoir rien fait. Je ne suis pas la meilleure des mères, j'ai sûrement très mal géré certaines situations mais je ne suis certainement pas restée indifférente aux atrocités que ton père te faisait subir ! J'ai fait tout ce qui était en mon pouvoir pour t'assurer une enfance heureuse mais j'ai échoué et je préfère mille fois revoir le visage de tous ces hommes morts plutôt que ton expression malheureuse. Tu n'en as probablement pas conscience, mais je t'aime Olympe. Plus que quiconque.

    Olympe observait sa mère, les yeux écarquillés par la surprise. Le choc était difficilement dissimulable. Izilbeth avait tué dix-huit hommes ? Olympe avait le cœur serré mais elle s'était promis de ne plus verser aucune larme alors elle les retint bien au fond d'elle. Sa mère était sa bonne fée : la princesse savait qu'elle n'aurait jamais survécu à autant de meurtriers. Olympe se leva et vint se blottir dans les bras, devenus si rassurants, de sa mère, respirant son odeur familière.

    - Moi aussi je t'aime, maman.

CHAPITRE 42

Trois jours. Voilà le temps qui séparait Olympe du mariage et du couronnement. Trois jours pour tout préparer. Trois jours pour accueillir tout le monde. Dans trois jours, la lune atteindrait son apogée et la tradition reprendrait. Le roi n'avait laissé aucun répit à sa fille traumatisée, reprenant la vie comme si elle n'avait jamais disparue. Cette fois-ci, le mariage et le couronnement auraient lieu l'un à la suite de l'autre afin de rattraper du temps sur le retard causé par l'enlèvement. Tout dans la même soirée... C'était parfait pour le plan d'Olympe.

Olympe traversa le château et se rendit dans l'aile réservée au personnel. Elle avait rendez-vous pour essayer une nouvelle robe que les couturiers avaient dû concevoir en urgence. Elle pénétra dans la salle de couture où s'activaient une dizaine de personnes autour d'une gigantesque robe blanche éblouissante. Elle était encore plus impressionnante que la dernière, composée d'une jupe bouffante et d'un corset à lacets pailleté. Le haut de la robe était fait de fine dentelle et la jupe était parfaitement lisse. Olympe s'approcha de sa nouvelle robe et observa les couturiers avec admiration. Ils possédaient tous de longs cernes qui durcissaient leur visage, mais semblaient satisfaits de leur travail, à juste titre. La princesse leur exprima sa gratitude, ce qui eut le mérite de leur redonner quelques couleurs. Ils la conduisirent vers une cabine d'essayage où trois habilleuses l'attendaient afin de l'aider à enfiler l'imposant vêtement. Plusieurs longues minutes plus tard, Olympe était prête à sortir de la cabine, sublimée par la magnifique robe qu'elle porterait à son mariage. Le jour où tout basculerait. Le rideau qui la séparait de la salle de couture s'entrouvrit, laissant passer Ruby qui sauta dans les bras de la princesse.

- Voulez-vous bien nous laisser un instant, je vous prie ? murmura Olympe aux habilleuses qui hochèrent la tête sans poser de question. Que fais-tu là ? Vas-tu redevenir ma femme de chambre ?

- Même si ta mère n'est pas roi, déclara Ruby en hochant la tête, son rôle de reine lui confère quelques avantages.

Olympe ne put s'empêcher de sourire. Peut-être qu'elle pouvait avoir confiance en Izilbeth finalement. Un poids énorme quitta son cœur : quand Ruby était à ses côtés, elle se sentait toujours plus en sécurité. Celle-ci la contempla quelques minutes, émerveillée par le travail des couturiers.

- Lorsque tu tueras le prince, souffla Ruby à l'oreille d'Olympe, veille à ne pas gâcher une nouvelle fois le travail de ces pauvres gens.

La princesse se crispa légèrement, pensant à ce meurtre qu'elle allait devoir commettre. Même si elle vouait une haine infinie au prince de Barossellie, assassiner n'était pas une mince affaire et aurait des conséquences, notamment psychologiques, indéniables. Charles l'avait bien prévenue.

- Je profite que nous soyons seules, continua Ruby, pour te dire que si tu as besoin de quoi que ce soit pour tuer le prince, je suis là pour t'aider. J'ai convenu avec Charles que le poison serait une bonne manière d'en finir, ainsi les soupçons seraient éloignés de toi et il n'y aurait aucun moyen de sauver Lucius. Comme les Fylis aiment le spectacle, nous avons pensé à l'empoisonner durant la fête qui précède la cérémonie de mariage et de couronnement. Cependant tu es la seule à être en capacité de le faire, je ne pourrai pas, en tant que femme de chambre, accéder au verre du prince. Il nous faut également un plan de secours. Une dague dans ta robe est sûrement une bonne alternative.

- Parfait, confirma Olympe, la boule au ventre.

Les deux femmes ne firent pas attendre les couturiers plus longtemps et Olympe sortit de la cabine d'essayage. Elle fut surprise de voir le prince Lucius, assis sur une chaise, l'attendant. Il se leva en la voyant, affichant son sourire le plus faux, mais surtout le plus carnassier. Olympe frissonna mais s'arma elle-aussi, de son plus beau sourire, ne serait-ce que pour satisfaire les couturiers qui avaient fourni un travail qui méritait beaucoup de respect. Elle monta sur la plateforme réservée aux retouches et laissa l'équipe de couture s'activer autour d'elle, rectifiant les imperfections de cette robe qui semblait irréelle. Le prince s'avança vers Olympe et commença à tourner autour d'elle, observant les moindres détails de ce qu'elle porterait pour leur mariage.

- Savez-vous, fit Olympe d'un ton mielleux, qu'il est de mauvais augure de voir sa fiancée dans sa robe avant le grand soir ?

Elle se félicita de cette remarque qui annonçait très implicitement une issue tragique.

- Je me fiche des superstitions, répondit sèchement le prince qui ne poursuivit pas son inspection. Que faites-vous là, Olympe ?

- Je ne comprends pas vraiment...

- Je trouve simplement étrange qu'alors que j'allais accéder au trône, vous réapparaissiez brutalement.

Olympe frissonna et Lucius congédia tous les couturiers et tout le personnel présent dans cette salle. La princesse aperçut toutefois Ruby, dissimulée derrière le rideau de la cabine d'essayage, ce qui apaisa légèrement les battements de son cœur. Le prince ne pouvait pas savoir. Et même s'il savait, il n'avait pas grand intérêt à le dévoiler à Olympe.

- Pensez-vous sincèrement que j'avais le moindre pouvoir de décision dans ma cellule ? répondit calmement la princesse qui tenta d'ajouter de l'émotion dans sa voix. Pensez-vous que je pouvais décider de quoi que ce soit ? Avez-vous vu l'état de mon visage et de mes bras ? Ils sont couverts de bleus et de cicatrices...

Olympe ralentit sur le dernier mot. *Cicatrices.*

- Je sens que quelque chose de louche se trame mais je ne sais pas quoi pour le moment, cracha Lucius. Nous en rediscuterons quand nous serons mariés.

La Disparition de la Princesse

Le prince arrêta brutalement son inspection. Il attrapa vivement la main d'Olympe qu'il tira vers lui pour mieux l'examiner. Fronçant les sourcils, il commença à lui broyer les doigts, enfonçant ses propres ongles dans la peau de l'annulaire qui portait la bague des Fylis, celle en forme de couronne, qui se trouvait à l'exact emplacement de l'alliance qu'Olympe allait recevoir dans trois jours.

- Qu'est-ce ? interrogea Lucius d'une voix remplie de rage.

- Une bague de ma collection, répondit sèchement Olympe qui ne se laissa pas impressionner par la violence de son interlocuteur. Je tente depuis plusieurs semaines de m'habituer à porter une bague en continu afin de mieux accueillir l'alliance. Je comptais remettre cette bague-ci à ma mère aux portes de l'église mais c'est à cet instant que j'ai disparu. Elle ne m'a plus quittée depuis.

Elle avait menti vite et habilement, s'impressionnant elle-même. Le mensonge était si bien construit que le prince ne trouva rien à répliquer. Il soupira rageusement et lâcha la main de sa future femme, rougie par sa violence. Le regard noir, il quitta la salle de couture d'un pas pressé, marmonnant quelques injures. Olympe respira de nouveau lorsque la porte se referma derrière lui.

Les couturiers revinrent dans la salle et terminèrent les finitions de la robe. Deux heures plus tard, Ruby et Olympe quittèrent la salle de couture. La princesse avait les jambes engourdies à force d'être restée debout. Elle se dirigea vers sa chambre en compagnie de sa bonne et lorsqu'elle y arriva, la porte était déverrouillée. Ruby entra la première, assurant la sécurité d'Olympe, qui eut la surprise de trouver sa mère, assise sur les fauteuils près de la fenêtre. La reine se leva en voyant sa fille arriver.

- Olympe, s'exclama-t-elle, comme pressée de discuter. Je suis prête à tout pour que tu me fasses confiance. Je souhaite réellement t'aider, plus que je ne l'ai jamais fait. Je voudrais faire les choses à ta manière. Je t'en prie, crois-moi.

Olympe réfléchit rapidement, lançant un regard oblique à Ruby. Elle soupira, repensant aux dix-huit meurtres de la reine.

- Les Fylis sont dix, répondit Olympe d'une petite voix. Douze avec Ruby et moi.

- Ruby ? interrogea la reine, tournant la tête vers Mary. Je vois. Olympe es-tu un membre officiel de ce clan ?

Olympe hocha la tête et le visage d'Izilbeth pâlit. Elle ne fit toutefois aucun commentaire, se rasseyant sur le fauteuil en face de la fenêtre. La reine était réellement prête à suivre sa fille, qu'importe ce qu'elle entreprendrait. Elle voulait lui prouver qu'elle allait faire des efforts. La princesse reprit :

- J'ai besoin que vous les ajoutiez sur la liste des invités pour qu'ils soient présents aux cérémonies. Faites-les passer pour des amis que vous auriez rencontrés durant vos visites du nord. Trouvez des noms. C'est ma condition pour que je vous en dévoile plus sur ma disparition.

Izilbeth hocha la tête, se leva et quitta la chambre de sa fille. Aussitôt dit, aussitôt fait, elle ne devait pas perdre de temps. Olympe, qui était sûre que sa mère allait lui obéir, ouvrit un tiroir et y extirpa une feuille blanche qu'elle colla sur le carreau de sa fenêtre. Le signal était donné, les Fylis pouvaient venir au château.

CHAPITRE 43

Deux jours séparaient Olympe de son mariage et couronnement. Plus le temps passait, plus la boule qui s'était formée dans son ventre grossissait. Pour l'heure, elle ne pouvait rien avaler.

Olympe, Ruby et Izilbeth étaient assises sur les fauteuils de la chambre de la princesse. Comme prévu, la reine avait ajouté les dix Fylis manquants à la liste des invités sous de faux noms. Olympe les avait inscrits, avec d'autres renseignements, sur une feuille qu'elle avait glissée dans une fente de son mur. Ellie était une espionne discrète qui saurait récupérer le message sans soucis. En attendant, Olympe raconta sa disparition à sa mère, n'oubliant aucun détail comme elle le lui avait promis. La reine resta silencieuse, les yeux humides et la bouche sèche tant elle était touchée par le récit de sa fille, si courageuse et débrouillarde. Quand Olympe eut terminé, elle attrapa les mains de sa mère et les serra fort, comme pour lui assurer qu'elle allait bien et que cette disparition avait finalement été le moment le plus appréciable de toute sa vie. Izilbeth était très fière... Cependant les trois femmes savaient qu'il n'y avait pas de temps à perdre. La reine devait mémoriser l'apparence physique de chaque Fylis afin de les reconnaître alors qu'elle ne les avait encore jamais vus.

- Le chef, Charles, commença Olympe, est mon opposé. Il possède des cheveux blonds si clairs qu'ils peuvent s'apparenter à du blanc. Ses yeux sont plus sombres, mais restent dans la légalité. Il portera des gants.

- Charles est plus grand que le prince, décrit Ruby qui connaissait les Fylis bien mieux qu'Olympe. Il regarde votre fille avec une lueur pétillante dans les yeux et son regard se portera automatiquement sur elle lorsqu'il la verra.

La reine sourit malicieusement, échangeant un regard complice avec Ruby. Les joues d'Olympe s'empourprèrent lorsqu'elle tenta de se défendre.

- Rien ne sert de nier, s'amusa la reine, je le remarquerai bien assez tôt. Mais je suis heureuse pour toi, Olympe.

- Vous reconnaîtrez facilement Gabrielle, ignora Olympe. Ses cheveux sont d'un roux pur et éblouissant et elle sera sûrement très peu à l'aise dans ses talons. Gabrielle est très solaire, vous l'apprécierez sûrement.

- La cérémonie, ajouta Ruby, est également un moyen de faire réapparaître Dia et son neveu disparu, qui annonceront leur prise d'indépendance vis à vis de la forêt dense de l'est. Vous avez déjà rencontré la reine Dia ? (Izilbeth hocha la tête) C'est une Fylis.

Olympe sentit son cœur se serrer. Elle ne savait pas que Daphnée s'apprêtait à reprendre son rôle. Elle avait été si focalisée sur elle-même qu'elle n'avait même pas intercepté l'information. Une vague de culpabilité la submergea, mais Olympe se reprit rapidement. Elle n'avait pas le temps pour ce genre d'états d'âme.

- Je pense que ces trois descriptions sont suffisantes pour le temps que nous avons, annonça la reine. Les premiers invités arrivent dans moins d'une heure et je suis certaine de pouvoir reconnaître les Fylis grâce à Charles et Gabrielle. J'ai retenu leur faux nom, la tâche ne sera pas très compliquée.

Izilbeth se leva et salua les deux autres avant de quitter la chambre. Olympe voyait bien que sa mère tentait de lui masquer son appréhension. Elle voulait faire comme si tout était sous contrôle alors que le hasard et la chance étaient des acteurs à part entière dans le plan de la princesse. Mais la reine avait raison sur une chose : le temps était compté. Les Fylis allaient arriver au château, ainsi que les centaines d'invités conviés aux événements de la pleine lune. Toutes devaient se préparer.

Ruby reprit du service. Elle laissa Olympe se déshabiller derrière les paravents et lui tendit une longue robe de bal blanche. Olympe glissa les fines bretelles de dentelle sur ses épaules dont la pâleur rivalisait avec l'immaculé de la robe. Elle remonta la fermeture qui cintra le vêtement, moulant ses hanches. Les détails du tissu étaient impressionnants. Elle s'extirpa des paravents et vint s'asseoir devant sa coiffeuse. Ruby répéta les mêmes gestes qu'avant la disparition d'Olympe afin de réaliser le chignon traditionnel dont la princesse devait presque toujours être affublée à cause de ses cheveux noirs.

Elle maquilla ensuite légèrement ses yeux et sa bouche afin de relever les tons de sa peau. Olympe enfila une paire d'escarpins blancs et soupira. Elle observa son reflet dans le miroir. L'image qu'elle renvoyait était si loin de la personne qu'elle était devenue. Là, face à ce miroir, Olympe avait l'impression de contempler l'innocente princesse apeurée qu'elle était quelques semaines plus tôt, avant son enlèvement. C'était comme si rien n'avait changé. Pourtant son expression était changée. Une lueur inconnue illuminait son regard qui était habité par une détermination nouvelle. Entrer, Attendre, Tuer. La dernière partie du plan des Fylis allait commencer... Ils apportaient avec eux le poison qui mettrait un terme aux jours du prince Lucius, mais également à la royauté d'Arcalya. La princesse ignorait comment la situation allait tourner. Elle savait simplement qu'il s'agissait du plus gros complot depuis la nuit infinie ; le monde magique étant resté relativement calme depuis. Mais son plan à elle allait tout modifier. Toute cette tranquillité relative. Toute cette sécurité faussement établie.

   Il était l'heure. Olympe embrassa Ruby sur la joue et quitta sa chambre, le cœur battant. Il était temps d'accueillir les invités. La princesse traversa le château et rejoignit sa famille et celle de Barossellie devant la porte de la salle de réception, cette immense pièce capable de contenir des centaines et des centaines d'invités. En passant derrière Zéphyr qu'elle n'avait pas encore eu l'occasion de saluer convenablement, Olympe attrapa sa main qu'elle pressa tendrement, sans même le regarder, sentant les yeux du roi et du prince qui scrutaient ses moindres faits et gestes. Ce contact infime, d'uniquement quelques secondes eut le bénéfice de détendre la princesse dont le cœur battait bien trop vite. Elle se plaça ensuite à côté de son fiancé et de son père, attendant le signal qui les ferait entrer dans la salle de réception où les invités attendaient. Olympe se conditionna alors que les portes s'ouvraient, affichant son plus beau sourire. Le sourire qu'elle avait appris à revêtir en toutes circonstances, quels que soient ses sentiments. Au fur et à mesure que les portes s'ouvraient, Olympe sentait son cœur tomber au fond de son ventre. Tous ses muscles étaient contractés. Cependant elle n'avait plus le choix, ce n'était pas le moment de reculer. Elle pouvait trouver au fond d'elle la force nécessaire pour affronter la foule. La foule au sein de laquelle l'attendaient les Fylis. Il était là, son réconfort. Affichant son sourire le plus crispé, Olympe s'avança dans la salle, la tête haute.

Des applaudissements s'élevèrent de la foule alors que les deux familles royales s'avançaient sur le tapis blanc qui leur avait été déroulé. Lorsqu'ils eurent traversé l'immense pièce, la réception commença. Ce n'était ni un repas, ni un bal, les invités étaient simplement là pour engloutir des amuse-bouches et saluer les hôtes qui les accueillaient durant les cérémonies, mais aussi durant les semaines de fêtes qui succédaient aux heureux événements. Pour l'occasion, la grande salle avait été décorée dans des tons dorés et blancs. Plus éblouissante que jamais, elle paraissait encore plus grande qu'habituellement. La princesse avait le sentiment d'être éblouie par la blancheur criarde de cette réception.

Olympe fit en sorte de ne jamais s'éloigner de la reine qui tenta de faire de même. Elle devait s'assurer qu'Izilbeth reconnaissait les Fylis. Encombrée du prince Lucius qui voulait saluer tous ses amis de Barossellie, ce n'était pas une mince affaire. Olympe vivait la réception dans un état second, terrorisée à l'idée de trahir la couverture des Fylis. A l'idée que son plan n'échoue avant même d'avoir réellement commencé. Des murmures sur l'apparition de Dia et son neveu se détachèrent rapidement des conversations des aristocrates, assoiffés par la moindre goutte de divertissement, ou de scandale. Ils étaient tous vêtus de façon excentrique, mêlant plumages, velours et soie.

Tout à coup Olympe l'aperçut : Daphnée. Dia. Alphonse à ses côtés. Les deux Fylis avancèrent vers elle pour la saluer, un sourire, similaire à celui qu'elle-même affichait à ce moment, désespérément accroché au visage. Daphnée avait confié à Olympe ses craintes sur son retour à la forêt dense. Elle avait dit s'en sentir incapable. Pourtant elle était là, alors qu'elle aurait pu éviter une telle situation. Elle était là pour elle, Olympe. Pour la soutenir dans cette mission de la plus haute importance, d'une difficulté sans précédent. C'était un sacrifice qu'Olympe ne pouvait ignorer car ses conséquences étaient irréversibles. En réapparaissant, Daphnée s'enfermait de nouveau dans son rôle de reine. Elle n'allait plus pouvoir disparaitre. Lorsqu'ils arrivèrent, Dia se pencha dans une révérence parfaite qu'Alphonse imita. Olympe attendit qu'ils se relèvent pour faire de même.

- Prince Lucius, fit Daphnée d'une voix qu'Olympe ne lui connaissait pas. Princesse Olympe. C'est un honneur pour moi de vous rencontrer. Je vous souhaite un mariage rempli de réussite et d'héritage.

En effet dans le monde magique, on ne souhaitait pas un mariage rempli d'amour et de bonheur, mais de réussite et d'héritage, surtout lorsqu'il s'agissait d'un mariage royal, souvent arrangé uniquement dans un objectif d'alliance. L'amour était superflu. Olympe remercia Daphnée et ajouta :

- Laissez-moi vous présenter mon jeune frère Zéphyr. Je suis certaine que votre neveu et lui s'entendront à merveille.

Elle se tourna vers son frère, quelques mètres plus loin, qui s'approcha en entendant son nom. Olympe le présenta à Daphnée et Alphonse, dont le visage s'illumina, lui qui avait souvent été le seul enfant parmi les adultes. Puis Olympe s'éloigna à contre cœur, appelée par sa mère un peu plus loin. Le prince de Barossellie, qui avait jusqu'à présent été calme, glissa sa main moite dans celle de sa fiancée qui perdit son sourire une demi-seconde, le temps de se ressaisir. Le couple s'approcha de la reine... accompagnée des Fylis. Le regard de Charles s'accrocha immédiatement à celui d'Olympe, faisant exploser son cœur d'un sentiment indescriptible. Elle dut se faire violence pour ne pas pleurer. Un soulagement immense l'enveloppa à la vue de ses amis si bien apprêtés, parfaits pour leur rôle. Gabrielle paraissait souffrir dans des chaussures à talons trop petites pour ses pieds, Victor avait troqué son vieux tablier de cuisine pour une chemise blanche. Ellie et Tana portaient des robes pâles qui leur donnaient un nouvel air, elles qui étaient toujours si brusques. Et Charles... Son costume immaculé lui allait à ravir. Olympe prit garde de ne pas trop les regarder, surtout lui, pour ne pas rougir. La reine posa une main sur le bras de sa fille et annonça dans un sourire :

- Prince Lucius, Olympe, laissez-moi vous présenter mes amis rencontrés lors de ma visite du nord du pays. Leur zone d'influence se trouve près de la mer infinie et je suis persuadée qu'ils pourront vous être utiles lorsque vous serez mariés.

Olympe tendit sa main à Charles qui se présentait comme le représentant du groupe, comme le voulait le protocole. Celui-ci la prit délicatement, ravivant l'électricité entre eux et pressa doucement ses lèvres contre la peau porcelaine de la princesse. Leurs baisers tournaient en boucle dans son esprit.

Olympe salua à tour de rôle chacun des Fylis, suivant le protocole à la lettre. Natas. Gabrielle. Marceau. Victor. Tana. Ellie. Saphir. Tous les revoir lui fit un bien fou, tout en renforçant son angoissant, car le moindre faux pas les mettrait en danger. Le soulagement qu'elle avait ressenti quelques minutes auparavant fut rapidement remplacé par une immense culpabilité. Olympe détourna le regard, incapable d'affronter ceux des Fylis qui plaçaient en elle des espoirs qu'elle n'était pas certaine de pouvoir honorer. Elle s'éloigna ensuite de ce groupe dans un sentiment de déchirement. Or elle ne pouvait pas s'attarder. Elle ne pouvait pas attirer l'attention sur eux. Pas alors qu'ils étaient si près du but.

CHAPITRE 44

Olympe parcourait la longue allée qui composait le couloir principal, faisant claquer ses talons sur le marbre blanc du sol. Un seul petit jour la séparait de la troisième phase du plan. *Entrer, Attendre, Tuer.* La vitesse des battements de son cœur n'avait toujours pas diminué et elle avait l'impression d'être constamment dans un état de terreur extrême, veillant à toujours agir d'une façon raisonnable et ordinaire. Les repas, les déjeuners, les activités, les révérences, les danses, les sourires forcés ne s'arrêtaient plus, épuisant petit à petit la princesse qui ne se trouvait jamais seule. Olympe avait hâte que tout soit terminé, quoi qu'elle n'était pas certaine que la vie en devienne plus simple.

Pour l'heure, la jeune femme avait rendez-vous dans sa bibliothèque préférée avec son frère. Depuis son retour, elle avait dû éviter tout contact avec lui afin de le préserver. Elle savait que le roi voyait d'un mauvais œil son rapprochement avec la reine, elle ne souhaitait donc pas causer de soucis au jeune prince qui était déjà bien assez traumatisé.

    Olympe poussa la grande porte de la bibliothèque et retira ses escarpins pour éviter de faire le moindre bruit, au cas où quelqu'un d'autre se trouverait dans ce lieu calme. La jeune femme se dirigea discrètement vers le fond. Elle longea une rangée de livres ennuyants et se glissa derrière une étagère qui dissimulait une petite porte. Elle dut se pencher pour passer dans l'ouverture étriquée, mais son cœur se réchauffa lorsqu'elle aperçut son frère cadet, dans cette cachette qui représentait toute leur enfance. En effet, Olympe et Zéphyr avaient pour habitude de venir s'y réfugier lorsque les choses devenaient inadaptées à des enfants. Olympe ne comptait plus les heures qu'elle avait passées cachée dans cet endroit afin d'échapper aux assassins. Personne à part la fratrie n'était jamais venu ici. La cachette était aménagée avec des coussins rouges et des livres que les deux complices avaient adorés, mais qui étaient devenus interdits au fil des années. Des dessins et des poèmes recouvraient les murs bas et une obscure clarté régnait dans l'endroit qui ne possédait aucune fenêtre. Le jeune garçon avait amené une bougie qui diffusait une lueur jaunâtre sur les murs.

    Olympe vint s'asseoir aux côtés de son frère qui se blottit instinctivement dans ses bras. Son air était changé, plus mature, plus âgé. Pourtant la jeune femme n'avait pas disparu si longtemps. Elle caressa les cheveux de Zéphyr qui ne bougeait plus, rassuré par la chaleur de sa grande sœur.

    - Excuse-moi de ne pas avoir pris le temps de te parler plus tôt, murmura Olympe.

- J'ai vu les regards de père et du prince, répliqua le jeune garçon. Tu n'avais pas d'autre choix. Je sais de quoi ils sont capables à présent.

Olympe frissonna. Durant toute son absence, elle avait espéré que Zéphyr se porte bien. Elle avait supplié intérieurement la reine de le protéger mieux qu'elle ne l'avait fait pour elle. Elle avait prié pour son frère. Pourtant la vie au château n'avait pas ralenti durant toute la durée de son enlèvement. L'odieux roi n'avait pas changé.

- Ça a commencé trois jours après ta disparition, expliqua Zéphyr. Père était en colère à cause du report du mariage et du couronnement. Il disait que tu t'étais enfuie et qu'il espérait que tu allais mourir, torturée par des pirates qui te retrouveraient. J'ai répliqué.

Olympe ferma les yeux, retenant ses larmes de couler pour ne pas alerter son frère, toujours blotti contre elle. Elle connaissait trop bien la suite. Elle savait ce que Zéphyr s'apprêtait à raconter.

- Il est venu me trouver plus tard. Mère m'avait prévenu, elle m'avait dit de me cacher, mais je ne l'ai pas écoutée. Je voulais voir si père était capable de s'en prendre à moi comme il l'avait fait pour toi. Moi aussi j'étais en colère, je voulais me venger pour ce qu'il t'avait fait la veille de ta disparition, et ce qu'il avait dit. Je l'ai attendu.

- Oh Zéphyr... Tu n'as pas besoin de me venger.

- J'ai eu tort, je le sais maintenant.

Le jeune garçon releva la tête pour faire face à sa grande sœur et souleva le coin de sa chemise où une croûte brunâtre abîmait sa peau. Olympe observa la blessure, horrifiée. Elle leva légèrement sa jupe pour montrer une cicatrice provenant d'une blessure similaire sur sa cuisse. Le tisonnier... Olympe essuya une larme sur sa joue et fronça les sourcils. Elle prit le visage de son frère entre ses mains, lui qui était devenu si fort, et murmura :

- Je te promets que cela n'arrivera plus jamais, Zéphyr. Pas tant que je serai là. Père a commis des actes horribles, il mérite d'être puni. Je me chargerai de lui. Je me vengerai de ce qu'il t'a fait subir. Mais je me vengerai aussi du prince.

Elle lui tendit son auriculaire si symbolique qu'il serra du sien avec une force nouvelle. Cette promesse était lourde de sens pour Olympe qui n'arrêtait pas de se répéter son plan. Il s'accrocha ensuite à son cou, l'enlaçant, rattrapant le temps perdu durant son absence. L'amour que portait le jeune frère à sa sœur était infini.

Des pas se firent entendre près de l'entrée de la cachette. Olympe et Zéphyr se figèrent. Personne ne connaissait l'existence de cet endroit. L'individu cherchait visiblement quelque chose, or les ouvrages qui se trouvaient dans cette partie de la bibliothèque étaient loin d'être intéressants.

- J'ai un couteau, informa Zéphyr à voix basse.

- Moi aussi, répondit Olympe en regardant son frère avec effroi.

Si le jeune garçon sentait nécessaire de se balader armé dans le château, c'était que la situation était bien plus grave que ce qu'imaginait Olympe. Elle fit signe à Zéphyr de ne pas bouger et poussa doucement la porte de la cachette, distinguant des chaussures blanches. Elle sortit vivement, sans révéler son arme. Grande fut sa surprise lorsqu'elle aperçut Charles. Le visage du jeune homme s'illumina lorsqu'il la vit. Dans un sourire étonné, la princesse fit signe à son frère de sortir.

- N'est-ce pas un ami de mère ? fit-il d'une voix différente de celle qu'il employait pour s'adresser à sa sœur en privée. Il me semble que nous avons été présentés mais je ne me rappelle plus votre nom.

Le jeune garçon suivait le protocole à la lettre, comme s'il ne venait pas de se faire surprendre, caché dans un renfoncement de la bibliothèque. Charles adressa un sourire sincère à Zéphyr et répondit sur un ton protecteur, qu'il employait également avec Alphonse :

- Peu importe, je suis là pour m'entretenir avec votre sœur.

Zéphyr interrogea Olympe du regard, comme pour lui demander s'il était sage de la laisser seule avec cet inconnu. La princesse se pencha vers lui et murmura :

- Un jour je t'expliquerai tout. Pour l'heure, retourne dans ta chambre, je viendrai te voir plus tard si j'en ai la possibilité.

Le jeune prince qui avait une confiance aveugle en sa grande sœur hocha la tête et salua Charles avant de s'éloigner vers la sortie de la bibliothèque.

- Votre frère est impressionnant, fit celui-ci.

- Qu'est ce qui amène notre très convoité ami de la reine dans une partie si reculée de la bibliothèque ? s'amusa Olympe, ignorant la première remarque du chef des Fylis.

- Est-il nécessaire que je vous fasse une révérence, maintenant que vous êtes redevenue une princesse ?

- Sans aucun doute.

Olympe se moqua de Charles qui se plia en deux plaçant son nez à quelques centimètres de ses talons. Un peu de légèreté ne faisait de mal à personne, surtout dans des situations si angoissantes. Malgré son sourire, Olympe était hantée par la même culpabilité qu'elle ressentait depuis son arrivée au château.

- Plus sérieusement, reprit Olympe, pourquoi être venu me trouver ?

- Je voulais m'assurer que tout allait bien de votre côté et vous remettre l'arme du crime, murmura Charles en sortant un sachet de poudre blanche. Voici le poison qui vous aidera à achever votre fiancé.

Olympe prit le sachet dans sa main, observant le poison quelques instants. L'arme du crime. Le crime qu'elle allait commettre. Elle le rangea ensuite dans sa robe. Elle leva les yeux vers Charles qui, comme l'avait si justement affirmé Ruby, n'avait pas détourné le regard de sa personne depuis son arrivée. Ses yeux sombres étaient enivrants et la dévoraient sans aucun effort de discrétion. Olympe profita de ce moment pour se confier :

- J'ai peur, Charles. Peur de ne pas parvenir à verser le poison dans le verre du prince. Peur des conséquences. Peur que quelqu'un avale le contenu de la boisson avant Lucius. Peur de ne pas être à la hauteur.

- Olympe, fit-il d'une voix qui se voulait tendre, tout en lui attrapant les mains maladroitement. Vous nous avez montré

La Disparition de la Princesse

à de nombreuses reprises que vous étiez capable de beaucoup d'exploits. Je suis certain que vous parviendrez à verser ce poison dans le verre de notre cher ami Lucius. Si ce n'est pas le cas, une armée de Fylis est derrière vous et s'occupera du prince. Nous trouverons une solution ensemble. Il vous faudra seulement empêcher le couronnement. Si à la dernière minute, vous ne vous sentez pas capable de tuer, Natas s'en chargera. La situation sera simplement plus difficile à étouffer.

Olympe baissa les yeux, tentant de s'imprégner des paroles de Charles. Il fallait qu'elle se fasse confiance. Elle ne pouvait pas échouer. Le chef des Fylis attrapa son menton pour relever le regard de la princesse vers lui. Il lui caressa la joue dans un geste infiniment tendre et murmura :

- Je suis heureux d'être au château à vos côtés. Je veux que vous sachiez que vous n'êtes plus seule face à vos bourreaux. Les Fylis sont là. Je suis là.

Et la culpabilité d'Olympe noua son estomac et sa gorge, l'empêchant de répondre quoi que ce soit à la déclaration de Charles.

CHAPITRE 45

Olympe ne pouvait plus respirer, étranglée par le corset de sa robe de mariée. Dans quelques minutes débuterait la cérémonie d'ouverture du mariage royal le plus attendu de cette décennie. Dans quelques minutes, la troisième phase du plan commencerait. *Tuer*. Le cœur de la princesse battait à tout rompre, menaçant de briser ses côtes. Elle pouvait sentir tout son corps se contracter au rythme des secondes qui défilaient, la séparant de la cérémonie fatidique, celle qui changerait sa vie pour toujours.

Le prince se trouvait à ses côtés, les cheveux parfaitement plaqués, vêtu d'un costume blanc et de chaussures de la même couleur. Des détails dorés le différenciaient cependant des autres hommes présents à cette cérémonie, les invités étant tous vêtus de blanc. Lucius avait insisté pour se trouver aux côtés d'Olympe lors de la cérémonie d'ouverture qui précédait le mariage. Celle-ci permettait aux invités d'offrir leurs cadeaux aux jeunes mariés. L'ordre des événements était bouleversé par la combinaison du couronnement et du mariage, mais comme il fallait attendre minuit, le roi avait décidé d'organiser cette réception avant la cérémonie.

    Lucius attrapa la main gantée de sa fiancée et la serra fort. Très fort, compressant la bague des Fylis qu'Olympe tenta de dissimuler afin d'éviter un scandale à quelques secondes de l'ouverture des portes de la salle de réception. Cette bague qu'elle n'avait pas retirée et qu'elle ne retirerait jamais. Cette bague qui symbolisait sa vie à l'hôtel des Fylis. Cette bague qui lui rappelait Charles.

    - Vos Majestés, fit un valet, permettez-moi de lancer la cérémonie d'ouverture.

    Le prince hocha la tête, affichant un sourire qui effrayait Olympe. Elle accrocha son sourire parfait à sa figure trop pâle, qui jusque-là avait toujours réussi à berner tout le monde quant à son prétendu bonheur. Il était temps pour elle de débuter le plan le plus fou qu'elle avait jamais imaginé. Ce soir elle reprenait sa vie en main, n'en déplaise au reste du monde magique. Olympe fit abstraction de toutes ses émotions et son expression changea. Une confiance nouvelle l'enveloppa. Elle était seule maitresse de ses actes. Elle allait réussir. Une lueur de détermination illumina son regard.

    Les grandes portes s'ouvrirent, laissant entrer le couple royal sous un tonnerre d'applaudissements qui couvrit même la musique jouée par l'orchestre officiel de la famille royale. Olympe adressa de grands sourires aux invités qui tentaient d'attirer le regard du prince Lucius. Lucius cet héritier parfait, aux cheveux blancs, à l'allure dominante. Elle passa outre ce mépris évident, continuant d'avancer vers la table d'honneur. Le prince lâcha sa main pour venir l'aider à s'asseoir, tel le gentleman qu'il n'était pas. Olympe agissait toutefois comme s'il l'était, suivant le protocole, offrant un spectacle de princesse parfaite à toute l'assemblée, mais surtout à son père qui attendait qu'elle ne faute, dont la main n'avait cessé de se trouver au-dessus des joues de sa fille, prête à frapper au moindre faux pas.

Les applaudissements tarirent et la foule s'amassa devant les trônes des futurs mariés. Comme le voulait la tradition, chaque invité vint saluer le couple et déposer un présent derrière leur trône. Cette mascarade dura pendant bien deux heures avant que la dernière personne ne se présente à Lucius et Olympe : Daphnée. Elle se pencha en une révérence toujours aussi parfaite et afficha un sourire entendu qu'elle destinait à la princesse. Elle s'éloigna ensuite derrière les trônes où elle déposa son cadeau, glissant par la même occasion un morceau de papier à Olympe par le côté opposé d'où se trouvait le prince qui ne remarqua rien. Olympe le dissimula dans les plis de sa robe, le moment n'était pas opportun à la lecture.

Le couple se leva enfin des trônes et la cérémonie commença réellement. Un buffet d'amuse-bouches était servi aux invités qui s'amusaient dans toutes sortes de danses folles. Olympe déambulait entre les danseurs et les plus modestes qui se contentaient d'observer, un verre à la main. Les valets se frayaient également un chemin entre tous ces gens pour remplir les verres vides de certains aristocrates au gosier visiblement desséché.

Plus l'heure fatidique approchait, moins Olympe ne ressentait d'émotions. Elle était pleinement concentrée sur son objectif, et tout était devenu clair dans son esprit. L'histoire était sur le point de changer, de prendre une tournure inattendue. Elle avait hâte. Aucune appréhension ne remuait son estomac tant sa concentration était solide. La jeune femme déambulait, un sourire carnassier accroché au visage. Elle savait qu'elle effrayait les aristocrates mais pour l'heure, cela l'amusait beaucoup. Une seule crainte traversa son esprit. Si elle avait bien compris les instructions de Ruby, le poison était une bombe à retardement. Il n'allait pas agir directement sur son consommateur. Olympe imaginait donc que l'intoxication commencerait au moment du mariage. Elle parcourut alors la salle à la recherche de son frère. Lorsqu'elle le retrouva, il discutait avec Alphonse. Son costume blanc le taillait parfaitement, mais son expression était marquée d'une inquiétude déchirante.

- Zéphyr, murmura Olympe gravement, promets-moi de ne pas avoir peur. Quoi qu'il arrive ce soir, promets-moi que tu n'auras pas peur, surtout pas de moi.

Le jeune prince regarda sa sœur avec surprise, ne comprenant pas vraiment où elle voulait en venir. Alors que le roi et la reine se dirigeaient vers eux, Zéphyr murmura un « promis » presque inaudible. Le couple royal rejoignit ses enfants.

- Ne restez pas dans ce coin, gronda le roi.

Ses deux enfants hochèrent la tête et le cadet s'éloigna rapidement, rejoignant Alphonse qui lui faisait signe poliment. Olympe se rapprocha, quant à elle, de sa mère qui s'excusa auprès du roi, prétextant une excuse ridicule qu'elle regretta rapidement en imaginant la remontrance qui allait suivre. Le plus important était qu'elles se retrouvent seules.

- Mère, murmura Olympe. Ce que je m'apprête à faire ce soir vous est sûrement inimaginable. Pourtant je vais devoir vous demander de me pardonner. Cela va vous sembler atroce et contraire à la personne que je suis. Cependant vous avez tort. Je ne suis plus la princesse médiocre et effrayée que j'étais jadis. Ce que je m'apprête à faire ne me donnera aucun remord. C'est pour ça que je m'excuse. Pour toute la peine que je vais vous causer, et pour tout le chaos que je vais mettre dans le royaume. Pardonnez-moi.

La reine posa une main sur celle de sa fille, le regard rempli d'émotions contradictoires et hocha la tête sans dire un mot, la gorge entièrement nouée. Olympe la regarda alors rejoindre le roi, les jambes en coton et le cœur serré. Izilbeth n'était pas au bout de ses peines.

Profitant de ce moment de solitude, Olympe déplia le papier que lui avait remis Daphnée quelques heures plus tôt.

Je suis de tout cœur avec toi. Quoi que tu fasses et même si tu échoues, je serai toujours à tes côtés.

Affectueusement, D.

Olympe replia le morceau de papier qu'elle replaça dans sa robe, juste à côté du poison, et de la dague que Ruby lui avait remise avant son départ pour la cérémonie. Il était l'heure. Minuit approchait à grand pas. Elle devait *tuer*.

Olympe se dirigea vers les tables sur lesquelles reposait la nourriture. Elle sélectionna soigneusement deux verres, l'un pour elle, l'autre pour cet homme qui lui causait tant de tort. Sa victime. Un orage se formait en elle. Un orage dépourvu de peur. Elle prenait sa revanche, enfin. Olympe versa discrètement le contenu du sachet dans cette coupe royale qu'elle remplit de vin. D'un mouvement délicat du poignet elle dilua la poudre blanche, puis se mit à la recherche de sa victime.

Olympe traversa la salle et s'approcha de cet homme rempli de haine. Elle s'avança, lui fit face et lui tendit le verre.

- J'imagine que vous avez gagné, cracha-t-elle rageusement. Trinquons à votre victoire.

L'attitude désemparée d'Olympe était intentionnelle. Il ne devait rien soupçonner. Les deux verres s'entrechoquèrent et Olympe se délecta de son vin, observant sa victime avaler le liquide rapidement alors que les cloches sonnaient. Il était l'heure. Minuit était là. Il reposa son verre sur le plateau le plus proche et attrapa le bras de la princesse qui l'imita. Le mariage allait commencer.

Tué.

CHAPITRE 46

Les invités étaient répartis dans la salle, assis à des places diplomatiquement attitrées. Les rangs les plus avancés étaient réservés aux personnes les plus influentes et il en allait ainsi jusqu'au fond de l'église. Daphnée se trouvait donc à l'avant, près de l'estrade, tandis que les Fylis étaient répartis dans la salle à partir des rangs du milieu. Une tension palpable polluait l'atmosphère. Les invités étaient conscients des enjeux de ce mariage. Ils savaient également ce qui était arrivé lors de la tentative précédente.

Olympe était derrière la porte de l'église, exactement comme lorsque l'alarme avait retenti des jours auparavant. A la différence que ce n'était pas sa mère, mais son père qui allait la conduire à l'autel. Celui-ci avait affirmé craindre qu'elle ne s'enfuie une deuxième fois et avait insisté pour l'accompagner. Quoiqu'il n'eut pas réellement dû insister étant donné qu'il était le roi. Il n'avait pas lâché son bras, la retenant fermement près de lui. Ce contact avec son père écœurait Olympe au plus haut point. Elle ne voulait plus jamais voir cet homme. Cependant son esprit était focalisé sur son objectif. Elle attendait avec impatience les effets du poison. Elle avait hâte de retourner le monde magique.

Les cloches retentirent et les portes s'ouvrirent lentement. Cette fois-ci, personne n'applaudit et la princesse fit son entrée sous un silence assourdissant. Un silence de plomb qui résonna dans son ventre. Seule la musique d'un violon cassait cet instant étouffant. Les visages des centaines de personnes présentes dans cette grande église étaient tournés vers elle alors qu'elle remontait l'allée. Le prince Lucius lui tournait le dos, au bout de ce tapis blanc qui la conduisait à l'instant le plus horrible de sa vie. Olympe sentait la tempête dans sa tête tout ravager sur son passage, mais son calme apparent était inébranlable. Le poison faisait effet, le plan allait marcher. Il fallait qu'elle joue bien, c'était essentiel. Car le poison n'allait éliminer qu'un seul des deux hommes qui empoisonnaient sa vie. D'autres facteurs étaient à prendre en compte. Olympe était déterminée, malgré la terreur qui dévorait son cœur. Jamais au cours de sa vie, elle ne s'était sentie aussi puissante. Elle allait reprendre le pouvoir et leur montrer qui elle était vraiment. Elle sentait le regard plein d'espoir des Fylis sur elle. Ils espéraient sans certitude qu'elle était parvenue à empoisonner le prince, et l'expression sereine de la jeune femme ne faisait que leur confirmer le bon déroulement du plan. Cependant de quel plan s'agissait-il ?

Le prêtre s'avança d'un pas lent et prononça le laïus habituel de début de mariage. Olympe fixait le prince, observant les moindres fluctuations de ses expressions faciales. Elle se délecta du sentiment de victoire qu'elle lisait en lui. Olympe avait un regard cruel qui la trahissait presque. Elle ne devait pas crier victoire trop vite, elle le savait. La jeune femme ne se défit cependant pas de ce sourire violent qu'elle affichait depuis le début de la cérémonie. Lorsque le moment fut venu d'échanger les vœux, Lucius parut le remarquer. Ses traits se contractèrent durant une infime seconde. Il lui jeta un regard si mauvais que le sourire d'Olympe s'accentua. Elle l'observa pâlir. Lucius clama lorsque ce fut son tour :

- Je promets d'être un mari aimant, qui veillera sur la princesse Olympe jusqu'à ce que la mort nous sépare.

Olympe frissonna face à cette promesse qui n'avait aucun sens. Son sang-froid était impressionnant. Son âme de tueuse avait pris le dessus sur chaque émotion qui tentait de s'extirper de son corps. Les ténèbres la possédaient sans se révéler au grand jour, lui donnant une force et une confiance qu'elle appréciait particulièrement. Olympe se sentait invincible. Son plan allait fonctionner. Elle allait se venger. Toutefois elle ne put refouler la culpabilité qui l'envahit.

Le prêtre prononça quelques mots de transition et ce fut le tour de la princesse. Elle avait répété ces mots des centaines de fois dans sa tête. Elle savait parfaitement ce qu'elle devait dire. Cependant elle avait espéré que le poison agisse plus vite afin d'éviter ce mariage inutile. Mais le sort en avait décidé autrement. Le spectacle continuait et le suspens durait. Seuls les Fylis devaient se trouver dans un état de peur incontrôlable, le doute de la réussite du plan devenant insoutenable. Olympe tourna la tête vers la foule et ses yeux s'accrochèrent directement à ceux de Charles, assis au quatrième rang derrière les invités de marques, tels que les autres familles royales. Son regard était rempli d'une inquiétude qu'il tentait de dissimuler. Olympe ne put se résoudre à le rassurer. Elle se concentra sur le prince et prononça d'une voix claire :

- Je promets d'être une femme aimante, qui veillera sur le prince Lucius jusqu'à ce que la *mort* nous sépare.

- Prince Lucius de Barossellie, souhaitez-vous prendre la princesse Olympe d'Arcalya pour épouse ?

- Oui, fit-il d'un ton tranchant comme un couteau.

- Princesse Olympe d'Arcalya, souhaitez-vous prendre le prince Lucius de Barossellie pour époux ?

- Oui, cracha Olympe comme une sentence irrévocable.

Son destin était lié à celui prince, aussi longtemps que celui-ci resterait en vie.

Le prince Lucius retira le gant d'Olympe et leva des yeux remplis de rage lorsqu'il remarqua la bague en forme de couronne, toujours à la place de l'alliance. Il la retira brusquement d'un geste peu assuré et la jeta au sol, ignorant les murmures qui s'élevaient de la foule intriguée. Olympe le laissa faire, alors que son cœur menaçait d'exploser. Elle le laissa remplacer la bague des Fylis par un anneau blanc surplombé d'un gros diamant sans rien faire. Sa seule alliée était la patience. Le poison allait se manifester un jour ou l'autre. Elle regretta de ne pas être passée à l'acte plus tôt, cela lui aurait épargné le petit spectacle du prince Lucius. Olympe prit l'alliance réservée à son mari dans l'écrin et la passa à son doigt boudiné. Elle était officiellement mariée au prince. Sa vie était liée à cet horrible individu pour toujours. Malgré sa confiance inébranlable, Olympe ne put réprimer une vive émotion et accusa le coup. Aucun retour en arrière n'était possible, et il en était de même pour le poison. La victime se mourait déjà à petit feu, il ne l'avait simplement pas encore réalisé.

  Soudain, une toux âcre résonna dans la grosse église, brisant le silence religieux dans lequel elle était plongée. Olympe soupira de soulagement. Son cerveau s'éveilla, la sortant de la torpeur dans laquelle elle semblait plongée depuis le début de la cérémonie. Il était temps de reprendre le pouvoir. La jeune femme se tourna vers Charles qui ne comprendrait jamais la décision qu'elle avait prise plus tôt dans la soirée. Elle lui lança un regard implorant. Rempli de culpabilité. Rempli d'amertume.

  - Enfin, s'exclama-t-elle en se tournant finalement vers le roi Percyvell, j'ai cru que le poison ne ferait jamais effet.

CHAPITRE 47

Olympe se mit à rire alors que des exclamations d'horreur soulevaient la foule. Le roi s'était levé, toussant à grands coups, crachant du sang sur le marbre blanc qui constituait le sol. Le plan d'Olympe commençait. Le plan d'*Olympe*, pas celui des Fylis.

Car, si vous ne l'aviez pas encore compris, Olympe n'avait jamais eu l'intention d'obéir à Charles. Depuis le début, tout cela n'était qu'une manigance.

Le roi fut pris de convulsions violentes alors que des médecins couraient dans tous les sens. La reine était figée sur sa chaise, incapable de ne regarder ni sa fille, ni son mari. Le prêtre récitait des paroles divines afin d'aider le roi à guérir, mais rien n'allait sauver ce monarque tyrannique de son sort. La mort était là pour venir le chercher et n'allait certainement pas repartir sans lui. La peau du roi devint violette alors qu'il s'étouffait dans un mélange de salive sanglante et de glaires. Ses yeux se révulsèrent et l'issue fut fulgurante : il s'écroula dans une flaque de son propre liquide. Olympe observa la scène. Malgré toute sa volonté, elle ne pouvait se délecter de tant d'horreur. Son estomac se contracta et elle sentit la bile remonter dans sa bouche. Toutefois elle ne pouvait rien laisser paraître. Pas alors qu'elle était si proche du but. La princesse battue par son père était bien loin à présent. Elle s'était enfuie en courant pour ne plus jamais revenir, engloutie par la tempête qui grondait au sein de la nouvelle princesse Olympe. Celle qui n'avait peur de rien. Celle qui n'avait aucun scrupule.

Charles se leva alors qu'un mouvement de panique enveloppait les invités. Olympe avait dû se tromper de verre. Elle avait tué son père par mégarde. Le chef des Fylis chercha son regard à travers la foule. La jeune femme était debout sur l'estrade, ignorant le tumulte qui secouait la pièce. Les mots qu'elle avait prononcés lors des premières toux du roi l'incriminaient, or ce n'était pas le plan. Olympe aurait dû se faire discrète, éviter de révéler au grand jour son crime. Elle aurait dû feindre le choc au lieu d'afficher cet air fier qui confirmait toutes les théories les plus folles. La fille avait tué le père, et elle en était fière.

Olympe se tourna alors vers la foule et poussa un rugissement qui fit revenir le calme instinctivement. L'attention des invités se porta alors sur elle, la meurtrière.

- Asseyez-vous, ordonna-t-elle d'un ton si sec que la foule obéit sans faire d'histoire.

Une terreur indéfinissable se lisait sur le visage de chaque personne présente dans cette église. La jeune femme se tourna vers le prince qui comprenait enfin qu'il venait de se marier à une tueuse.

- Qu'avez-vous fait ? murmura-t-il, pris d'une confusion extrême.

- Je reprends le pouvoir mon chéri.

La princesse reporta son attention sur l'assemblée sur laquelle s'était abattu un silence assourdissant. Le corps de feu le roi gisait toujours sur le marbre, aux pieds de la reine sur le point de vomir. Olympe s'avança sur le bord de l'estrade. Dans un geste théâtral, elle fit un mouvement de bras vers le ciel, et sa robe se métamorphosa. Le tissu s'assombrit, devenant si foncé qu'il devint plus éblouissant que la blancheur de l'église. La dentelle, le tulle, la jupe, le corset, tout se métamorphosa afin de donner à la robe une apparence beaucoup moins imposante et innocente. De la robe de mariée niaise, Olympe avait créé une robe noire, dont la fente laissait apparaitre sa jambe criblée de bleus. Sa taille était cintrée, ses côtes enfermées dans un corset qui laissait dépasser sa poitrine plus généreusement. Elle n'était plus étouffée par sa robe, au contraire, elle respirait beaucoup mieux. Ses cheveux changèrent également du tout au tout. De longues boucles tombèrent en cascades sur ses épaules. La bouche d'Olympe fut peinte en rouge et ses yeux cernés de charbon. Son regard se fit encore plus intense. Un regard qu'elle posa sur l'assemblée horrifiée. Olympe vit ses ongles s'allonger, sentit ses yeux devenir entièrement noirs. Elle était le démon. Celui qui allait rétablir la nuit infinie. Car même si Olympe n'était pas l'antagoniste originelle de cette histoire, car il lui était impossible de rivaliser avec le prince ou le roi, elle n'était pas non plus la belle héroïne qu'elle paraissait devenir. Son but n'était pas de sauver le monde magique, au contraire. Olympe voulait prouver à toute cette population hypocrite qui l'avait rejetée durant sa vie entière, ce qu'était un vrai démon. Elle voulait leur montrer sa puissance. Rendre justice à tous les Herumor oppressés. Il fallut beaucoup de courage à Olympe pour affronter l'expression horrifiée des Fylis. Il lui en fallut encore plus pour ignorer Charles. Elle savait pertinemment que si elle lui accordait de l'importance, elle ne serait pas capable de finir ce qu'elle avait commencé. Elle regretterait, elle s'en voudrait. Or le démon avait totalement pris le contrôle de son corps. Elle devait se concentrer sur les ténèbres et non sur la lumière qui faisait battre son cœur. Il n'en restait plus rien. Charles avait beau lui avoir dit qu'il lui était possible de choisir la lumière, elle n'en faisait rien. Car elle pouvait en effet *choisir*.

Le démon se tourna vers l'officier de cérémonie.

- Je ne suis pas certaine que nous ayons terminé. Cette soirée devait accueillir le mariage mais également le couronnement. Couronnez-moi.

L'officier paraissait sur le point d'enfoncer son spectre de sacrement dans son ventre pour en finir avec la torture que la peur lui infligeait. Il ne pouvait décidément pas s'opposer à une telle entité.

- Ne soyez pas terrifié, ce sont les choses de la vie. Le roi est mort, il doit être remplacé, et qui de mieux que sa descendante directe.

- Je ne vous laisserai pas faire, hurla le prince Lucius en se jetant sur Olympe qui l'arrêta d'un mouvement de la main.

Elle grommela des mots que personne n'entendit, profondément ennuyée par la présence du prince, puis le projeta tout au fond de l'église en espérant qu'il ne meure sous le choc. Il n'était qu'un léger obstacle à sa réussite.

- Je ne comptais pas vous couronner prince Lucius, vous êtes peut-être mon mari, mais je ne veux pas de vous sur le trône. (Olympe se tourna vers l'officier). Dépêchez-vous, je vous prie.

L'officier s'avança d'un pas trébuchant. Ses jambes tremblaient tant qu'il parvenait à peine à se tenir debout. Olympe voyait bien qu'il n'avait pas le courage de s'opposer à elle. Elle se nourrissait de sa peur. Le vieil homme s'avança pour lui faire face et commença par réciter d'une voix faible le serment des rois. Olympe le répéta fièrement, faisant face à tous les aristocrates épouvantés : ses sujets. L'officier fit le geste de couronnement avec son sceptre, et un enfant vint apporter la couronne de la reine. Majestueusement blanche, elle jurait avec la nouvelle apparence d'Olympe. L'officier la prit dans ses mains, mais se trouva incapable d'approcher le démon. C'en était trop pour lui. Olympe ne lui laissa pas le temps de réfléchir. Elle prit l'ornement dans ses mains et le plaça elle-même sur ses cheveux noirs.

- Olympe d'Arcalya, résonna la voix de l'officier, je vous déclare officiellement reine de notre beau pays. Que... (l'officier hésita, sachant pertinemment que les paroles qu'il s'apprêtait à prononcer n'avaient aucun sens). Que la lumière triomphe en vous et vous guide dans votre devoir de reine.

- Oh non, renchérit-elle, je ne pense pas.

D'un claquement de doigts, Olympe métamorphosa la couronne dont l'or blanc s'assombrit rapidement, s'ornant de pierres rouges. La nouvelle reine se tourna vers la foule abasourdie. Un discours était nécessaire. Elle leur devait des explications. Olympe afficha son sourire le plus cruel et s'exclama d'une voix mauvaise qu'elle tentait de rendre crédible :

- Chers sujets, me voici devant vous en tant que reine. Je n'attendais aucun applaudissement mais j'avoue être particulièrement déçue de votre absence de réaction. Mettons cela sur le compte de la sidération dont vous semblez pris.

Olympe lança un regard à Charles qui la fixait. Aucune expression ne trahissait sa déception. Il lui était impossible de lire en lui. Impossible de savoir ce qu'il pensait de la situation. Olympe avait conscience qu'il ne lui pardonnerait jamais, mais son pouvoir était tel à cet instant, qu'elle ne pouvait pas écouter son cœur qui se brisait lentement. Elle se détachait totalement de tous ces hommes qui avaient tenté de contrôler sa vie. Car même si Charles n'était pas sur la liste de ses bourreaux, il s'était permis de porter un jugement sur ses décisions, il lui avait ordonné de ne jamais être reine et s'était acquitté du droit de l'enlever et de contrôler sa vie durant des semaines. Malgré tous les sentiments qu'Olympe pouvait ressentir à son égard, elle ne pouvait s'encombrer de lui.

- Le roi Percyvell conduisait le royaume à sa perte, et le prince Lucius suivait ses traces. Je ne pouvais, dans votre intérêt, définitivement pas laisser ma conduite se faire dicter par ces deux hommes. De plus, ma vie n'a été que haine et violence. Vous vous êtes tous montrés hypocrites, et pour ceux qui n'ont même pas eu l'amabilité de le faire, votre haine a façonné la personne que je suis devenue aujourd'hui. Je suis votre reine, vous me devez obéissance. Je suis ici pour venger tous ceux que vous avez tués pour leur différence. Les Herumor, les déficients, les marginaux. Mon règne marquera de grands changements. Vous connaissez la nuit infinie pour son atroce violence. Cette période est restée dans les mémoires. Je compte bien marquer les esprits de la même manière, vous prouver que ce n'est pas parce que je suis un démon que je vaux moins que vous. Vous m'avez méprisée, à mon tour de faire de même. Le peuple retrouvera sa grandeur, quand vous, aristocrates, tomberez tous comme des mouches. Vous devrez prouver votre loyauté, pour ne pas finir comme tous ces Herumor que vous avez décimés. Je vous aurais bien affirmé que nous ne sommes pas dangereux et que j'en suis la preuve vivante. Mais ce serait mentir. Car je compte bien me venger de la manière la plus cruelle que vous n'avez jamais vue.

Olympe observa son discours attraper les cœurs de l'assemblée. Elle observa chaque visage sombrer dans un affolement difficilement dissimulable. Olympe avait gagné. Elle s'était faite une place au sein de cette société qui ne voulait pas d'elle et qui avait passé sa vie à la dénigrer. Elle était supérieure à tous ces aristocrates. A toutes ces reines, tous ces rois, car elle avait un pouvoir que personne n'imaginait. La puissance qui l'habitait était indescriptible. Par-dessus tout, une armée allait se former. Une armée de gens comme elle. Une armée de démons, prêts à tout pour défendre leur reine. Les Herumor, ces êtres qui n'étaient ni des démons, ni des humains, rejetés de tous les royaumes, allaient enfin trouver leur place.

Olympe adressa un sourire à la foule, et se mit à souffler les ténèbres. Elle souffla jusqu'à ce que ses poumons soient vides. Au fur et à mesure que l'air sortait de son corps, les ténèbres se déversaient sur la salle, plongeant les invités dans un brouillard opaque. Des cris percèrent l'obscurité alors que le rire de la nouvelle reine se mit à résonner dans ce lieu sacré. Sur Arcalya, la religion n'avait aucune valeur car le culte des rois était plus important. Les traditions bénissaient les rois, et les églises étaient des lieux de paix. Or Olympe maudissait les rois. Elle ne voulait pas la paix. La jeune femme apprécia le chaos qu'elle venait de créer. Elle profita du malheur de ceux qui avaient voulu la voir morte tant de fois.

Soudain un cri particulier résonna dans l'église. Celui de sa mère. Izilbeth venait de pousser un hurlement déchirant. En un rien de temps, Olympe ravala ses ténèbres. La lumière revint alors progressivement dans la salle. Lorsque la reine retrouva la vue, elle pencha son regard vers le bas de l'estrade et son cœur s'arrêta de battre. Les aiguilles du temps s'arrêtèrent de tourner. Les cris cessèrent. La vie fit une pause.

Olympe descendit de l'estrade au ralentit. Elle s'agenouilla au sol alors que de grosses larmes brouillaient déjà sa vue. La jeune femme posa une main sur la joue de son petit frère dont la peau était encore chaude. Une dague était plantée dans son cœur, répandant son sang sur le marbre du sol. Un sang noir, exactement comme celui d'Olympe. Zéphyr était un Herumor. Mais Zéphyr était mort.

Zéphyr.

Le cœur d'Olympe s'arracha, se tordant dans tous les sens, tombant dans son estomac, puis remontant au bord de ses lèvres, remuant tout son corps. Izilbeth était là, elle aussi, contemplant le corps sans vie de son fils cadet, présenté comme l'héritier parfait, mais qui n'était pas si différent de sa sœur finalement.

Zéphyr.

La Disparition de la Princesse

Le jeune garçon avait payé pour des crimes qu'il n'avait pas commis. Sa mort était injuste.

Une douleur si vive envahit la reine qu'elle crut mourir elle aussi. Une rage froide remonta sa colonne vertébrale. Quelqu'un dans cette salle était l'auteur de ce crime infâme. Quelqu'un devait payer. Olympe se redressa, et eut l'effroi d'observer tous les Fylis quitter l'église sans un regard compatissant pour la mort de son petit frère. Daphnée les suivait. Ruby les suivait. Personne ne restait pour elle. Son cœur se serra un peu plus. Pourtant Olympe ne devait pas perdre de vue qui elle était devenue ce soir. Elle ne pouvait pas se mettre à regretter ses actes. Elle devait garder en tête ses objectifs, qui prenaient une tournure inattendue. Olympe allait retrouver le meurtrier. Elle allait se charger de le punir. Elle allait lui montrer ce qu'était un vrai démon. Elle allait lui passer l'envie de vivre.

Olympe se le promit, avec ou sans Fylis, seule ou accompagnée, elle retrouverait ce meurtrier. Elle était reine à présent, tout lui était permis. Et la vengeance serait aussi froide que la rage qui consumait son cœur.

CHAPITRE 48

Les Fylis regagnèrent les toits du château. Tous, même les plus fervents défenseurs d'Olympe. Même Ruby, même Daphnée. Au dernier étage, le clan traversa l'une des fenêtres d'un salon de musique, et escalada la façade pour retrouver les tuiles blanches des toits La lune était à son apogée. L'air était frais. Un léger vent soufflait tandis qu'une pluie diluvienne trempait les Fylis désemparés. Jamais une aussi haute trahison n'avait été portée à leur atteinte. Olympe s'était infiltrée dans leur quotidien et les avait utilisés afin de parvenir à mettre le monde à feu et à sang. Et le pire était qu'ils étaient les uniques responsables de sa venue en leur sein. Sans cet enlèvement, rien de tout cela ne serait arrivé.

Daphnée ne pleura même pas, sidérée par le comportement de celle qu'elle pensait être son amie. Lorsqu'elle avait promis à la nouvelle reine qu'elle serait là pour elle quelle que soit l'issue de la soirée, Daphnée ne s'attendait certainement pas à cela. Par amitié pour Olympe, la jeune femme avait accepté de reprendre ses titres royaux alors que cela l'effrayait tant. Son cœur se retrouvait broyé sous le poids de la trahison.

Ruby se retrouvait obligée de suivre sa famille. Ils avaient plus besoin d'elle que la nouvelle reine. Malgré elle, la doyenne comprenait Olympe. Elle seule avait vu l'enfer que constituait son enfance, elle seule pouvait comprendre ce besoin de vengeance qu'avait assouvi la reine en cette soirée de pleine lune. Toutefois elle ne pourrait jamais plus la considérer de la même manière. Pas après avoir vu la satisfaction animer son regard alors que son père mourait sous ses yeux.

Charles poussa un rugissement de rage. Comment avait-il pu être aussi crédule ? Il avait laissé son cœur aimer cette femme qui n'en avait fait qu'une bouchée. Il s'était sacrifié pour elle. Il lui avait tout donné, même son clan si précieux. Plus jamais Charles n'aurait confiance en personne.

Les Fylis s'envolèrent vers la fin du monde, meurtris par l'ampleur de la trahison d'Olympe, à qui ils avaient tout offert… Peut-être qu'un jour Olympe affronterait un adversaire qui lui ferait ressentir ce qu'ils ressentaient à cet instant. Peut-être que cet adversaire n'était pas loin. Après tout, le corps du prince de Barossellie n'avait pas été retrouvé après son expulsion par la reine…

L'histoire de la princesse Olympe s'arrêtait où commençait celle de la reine sombre. Cette monarque sans cœur, prête à tout pour retrouver le meurtrier de son petit frère.

À SUIVRE…

REMERCIEMENTS

Tant de gens mériteraient que je les remercie. Tant de gens m'ont aidée, soutenue, supportée durant cette aventure qui s'étale sur de longs mois. Écrire un livre n'est jamais un long fleuve tranquille, et même si j'en suis l'autrice, ce texte que vous venez de lire puise ses racines dans le soutien inconditionnel de tout mon entourage. Une réelle équipe s'est formée derrière moi durant toute la rédaction de ce roman, et l'aventure aurait été bien plus dure sans eux.

Amélie mérite d'être remerciée par-dessus tout. Merci d'être mon plus grand soutien dans ce quotidien d'autrice novice, de soutenir toutes mes idées les plus folles, et surtout de toujours me suivre les yeux fermés. Tes conseils et tes retours ont participé à faire d'*Arcalya* ce qu'il est aujourd'hui.

Mais que serait ce livre sans sa magnifique couverture ? Marie, je resterai infiniment reconnaissante du travail monstrueux que tu as fourni pour produire cette couverture et toutes ses autres versions. Ton nom m'a paru évident lorsqu'il a été question de la couverture, tant ton talent est indéniable. Car un livre n'est rien sans sa couverture, et j'avais besoin de déléguer cette tâche à quelqu'un en qui j'avais confiance. Merci d'avoir accepté de me suivre dans cette aventure et d'avoir réalisé la plus belle couverture que ce livre aurait pu rêver.

Enfin, il est important pour moi de remercier mes correcteurs, qui me supportent depuis toujours, car ils ne sont autre que mes grands-parents, ma belle-mère et ma maman. En plus de me soutenir émotionnellement, ils s'attèlent à cette tâche plus que pénible qu'est la correction. Je leur mène la vie dure, mais ils le font toujours avec plaisir, et me sont essentiels dans ce processus de publication. Je me permets de faire une mention spéciale à Jenny, dont les conseils ont contribué à faire d'Arcalya ce qu'il est aujourd'hui. Je remercie également mon papa, qui m'aide en ce qui concerne toutes les démarches administratives, qui n'hésite pas à téléphoner quand je n'ose pas, et qui me pousse toujours à me surpasser.

Pour finir, que serait un livre sans lecteurs ? La publication de mon premier roman en novembre 2023 m'a fait découvrir la vraie vie d'autrice, les séances de dédicaces et même les articles pour le journal. Ce fut l'une des expériences les plus enrichissantes de toute ma vie, et c'est vraiment grâce à tous les lecteurs des *Quatre Etoiles*, qui m'apportent au quotidien un soutien et un amour indescriptible. Vous rendez tous mes rêves possibles, et jamais je n'oublierai cela. Merci infiniment.

Nb : à tous mes amis, qui se sont déplacés à chacune de mes dédicaces malgré nos emplois du temps divergents, et qui n'ont jamais cessé d'être là pour moi. Merci, merci et merci.

L'AUTRICE

Je m'appelle Clémentine Bellaca et je suis une jeune autrice de 18 ans. J'ai publié mon premier livre *Les Quatre Etoiles* en novembre 2023, et depuis, je vis comme dans un rêve. Écrire des histoires me passionne depuis que je suis toute petite et je suis très heureuse de pouvoir vous proposer mon second roman à un si jeune âge. Écrire Arcalya a été un réel challenge, car au départ, il était assez similaire à ma première histoire, notamment au niveau de la psychologie des personnages. Ce roman m'a permis d'explorer de nouveaux horizons, de me challenger, et j'espère qu'il vous plaira tout autant que *les Quatre Etoiles*.

N'hésitez pas à venir me suivre sur mes réseaux, sur lesquels je vous partage mon quotidien d'autrice à temps partiel.

Tiktok / Instagram : @clementinebellaca

Mail : clementinebellaca@gmail.com

(Si vous souhaitez me donner un avis plus détaillé)

Votre avis m'est précieux, alors n'hésitez surtout pas à me le partager, et à noter ce livre sur toutes les plateformes pour faire connaitre votre avis aux futurs lecteurs !!